本书为2014年江苏省社科基金后期资助项目"媒介场中基于主体的文学存在方式的动态研究"结题成果、国家社科基金项目"媒介场中基于文学主体的文学活动研究"（项目批准号：17BZW049）阶段性成果。

媒介场中基于欲望主体的
文学存在方式动态研究

赵玉 著

中国社会科学出版社

图书在版编目（CIP）数据

媒介场中基于欲望主体的文学存在方式动态研究/赵玉著.
—北京：中国社会科学出版社，2017.10
ISBN 978 - 7 - 5161 - 9735 - 6

Ⅰ.①媒… Ⅱ.①赵… Ⅲ.①文学研究 Ⅳ.①I0

中国版本图书馆CIP数据核字（2017）第010496号

出版人	赵剑英
责任编辑	王　琪
责任校对	胡新芳
责任印制	王　超

出　　版	中国社会科学出版社
社　　址	北京鼓楼西大街甲158号
邮　　编	100720
网　　址	http://www.csspw.cn
发 行 部	010 - 84083685
门 市 部	010 - 84029450
经　　销	新华书店及其他书店
印　　刷	北京明恒达印务有限公司
装　　订	廊坊市广阳区广增装订厂
版　　次	2017年10月第1版
印　　次	2017年10月第1次印刷
开　　本	710×1000　1/16
印　　张	13
字　　数	208千字
定　　价	56.00元

凡购买中国社会科学出版社图书，如有质量问题请与本社营销中心联系调换
电话：010 - 84083683
版权所有　侵权必究

序

周 宪

赵玉新作《媒介场中基于欲望主体的文学存在方式动态研究》即将面世，嘱我为她的新作写几句话，我欣然同意。我始终认为，一个青年学者的第一本学术著作的刊行，其重要性非同一般，它是一个学者学术生涯的新起点，也代表了知识界对其研究的认可。

赵玉的这本专著讨论的是当代文学所面临的全新问题，就像这本书书名中的三个关键词所标示的那样——"媒介场""欲望主体"和"文学存在方式"。在今天的文学研究和文化研究中，这三个概念或许我们都不陌生。但是，把这三个概念组合在一起，形成一个复杂的研究系统，乃是作者的用心所在，它反映了作者力图解答当代文学困境的学术雄心。

其实，文学的当代困境早已不是什么新鲜话题。从黑格尔的艺术终结论，到米勒的文学终结论，再到鲍德里亚的艺术消亡论，不一而足。赵玉的可贵之处是寻找一个解决这一困境的方法，她在深入研究的基础上提出了一个有效的研究路径。首先是对当代媒介场的考察，当代电子媒介已经极大地改变了文学的版图，囿于传统的印刷文化的文学已被彻底改观。新媒介的出现颠覆了文学的生产、传播和接受方式，印刷文明已被数字文明所取代。所以，媒介场成为今日文学生存方式的新语境，其特征之一就是多媒体共生。其次，在这样的语境中，文学的主体，无论是作者还是读者或是批评家，他们的行为方式和认知方式，也迥异于传统印刷文明时代的文学主体，作者给了一个颇具时代特征的说法——"欲望主体"。在一个多媒体、跨媒体或全媒体的时代，主体需求的多样性已不再是乌托邦，而是直接的现实。所以，媒体场成了主体欲望实现的场地，欲望主体依赖于媒体场，媒体场滋生出欲望主体。这既是当代文学最直观的场景，也是当代文学所面临的难题。更进一步，作者分别从创作主体、阅读主体和批评主体三个不同的角度，分别解析了他们是如何介入文学实践的，并给出了一系列有说服力的答案。

在我看来，赵玉新著的一个突出特色在于其研究理念的创新。她着力重构文学与媒介的复杂关系，独辟蹊径地把焦点对准多媒介场域中的文学，这可以避免基于单一媒体解释的方法论缺憾。无数文学发展的新趋势提醒我们，当代文学不再拘泥于任何一种媒介，而是处在多媒体、跨媒体和全媒体的复杂情境中。正是在这样的复杂系统中，文学的主体性改变了，文学的创作形态变化了，阅读和批评的状态也随之改变了。这本书提醒我们，不充分考虑媒体场的复杂性，我们对当代文学的判断必然会失之偏颇。更值得关注的是，这本书努力避免技术决定论的弊端，对媒介场的分析不是单纯的技术考量，而是注重技术与主体性的交互关系。这种交互关系呈现为某种辩证的状态：技术在改变主体，影响主体的感知和思维方式；同时，主体也在改变技术，技术所重构的主体反过来助推或改变技术。这也许就是当代文学的真实境况。

就我对当代网络文学和电子文献的了解来说，赵玉的判断显然是发人深省的。中国流行的网络文学，以往人们认为其不过是印刷文明纸质文本文学的网络版，但今天看来，网络文学远不是印刷文明时代的纸质文本文学所能比拟的。此外，西方人所说的"电子文学"（electronic literature）更是激进，完全改变了传统以纸质文本为载体的文学形态，将各种新技术融入其中，以至于从传统的文学观来看，根本算不上是文学了。这使我想起了美国波普艺术领军人物卡普罗的一句名言：波普艺术就是要"创造不像艺术的艺术"。在同样的意义上，也可以说"电子文学"就是不像文学的文学。

如果从文学漫长的历史演进史来看，今天新媒体对文学的挑战也许根本算不上什么，因为文学从来就没有亘古不变的存在方式，它始终处在不断的嬗变之中，有时变化微小，有时变化巨大。而今天显然是一个文学巨变的时代。

另一方面，媒介的演进与文学存在方式变化，并不是一个单纯的技术问题，媒介在不断地重塑文学的主体性。王国维说"凡一代有一代之文学"，或许我们有理由接着说："凡一代文学有一代之特异的文学主体。"这大概是赵玉这本新著希望我们注意到的文学史的问题意识。

是为序。

2017年6月于南京大学

目　　录

引　言 ………………………………………………………………（1）
 第一节　文学的当前危机与媒介指向 …………………………（3）
 第二节　媒介场的空间生成 ……………………………………（7）
 第三节　媒介场中文学研究应直面"文学事实" ……………（12）
 第四节　媒介场的文学建构 …………………………………（14）

第一章　媒介场中的欲望主体建构 ……………………………（21）
 第一节　欲望主体 ……………………………………………（22）
  一　欲望层次 ………………………………………………（22）
  二　欲望与表征 ……………………………………………（25）
  三　欲望与主体 ……………………………………………（27）
  四　媒介与主体 ……………………………………………（32）
 第二节　媒介变迁中的欲望主体表征 ………………………（36）
  一　机械印刷媒介场中的中心化主体 ……………………（36）
  二　播放型媒介场域中的非理性主体 ……………………（39）
  三　互动型媒介场域中的去分裂主体 ……………………（53）
 第三节　媒介场域中欲望主体的感性整体生成 ……………（62）
  一　指向感性整体的欲望主体 ……………………………（63）
  二　作为感性整体的媒介场 ………………………………（67）
  三　实现感性整体的"Avatar" ……………………………（69）

第二章　媒介场域中文学创作主体的欲望表征 ………………（72）
 第一节　文学创作主体——"蝜蝂"式的欲望他者 …………（72）

一　模仿——神、理念和自然之子 …………………………（72）
　　二　创造——新的神祇 ………………………………………（74）
　　三　教化——理想的圣殿 ……………………………………（75）
　　四　游戏——生命的畅通 ……………………………………（75）
　　五　代偿——白日梦想 ………………………………………（77）
　　六　复现——集体无意识的心灵回响 ………………………（78）
　　七　复制——技艺进步的无尽追寻 …………………………（79）
　第二节　媒介场域中文学创作主体的欲望的媒介分化 …………（81）
　　一　仿真性 ……………………………………………………（81）
　　二　游戏性 ……………………………………………………（83）
　　三　梦幻性 ……………………………………………………（85）

第三章　互介性：媒介场域中文学创作主体的跨界 …………（88）
　第一节　口头文学在书面文学中栖居 ……………………………（88）
　　一　口头文学表征范式 ………………………………………（89）
　　二　书面文学的听觉性 ………………………………………（91）
　第二节　文学与影视的"互介" …………………………………（94）
　　一　影视的文学化 ……………………………………………（95）
　　二　文学的影像化 ……………………………………………（98）
　第三节　文学向赛博空间的移居 ………………………………（103）
　　一　网络文学的欲望表征空间——赛博空间的虚拟性 …（103）
　　二　网络文学审美的在场性 ………………………………（104）
　　三　网络文学的平面媒介移植 ……………………………（108）
　第四节　媒介场域中文学"互介"的思考——多元共生 ……（109）
　　一　转换思路拆解文学与新媒介对立的思维模式 ………（110）
　　二　文学性是文学在媒介场域中的体制规约 ……………（112）

第四章　媒介场域中文学创作主体的文学性持存和伸张 …（114）
　第一节　媒介场中主体的虚构性：真实与幻觉的游戏 ………（115）
　第二节　媒介场域中游移于虚构与虚拟之间的文学
　　　　　创作主体 ……………………………………………（118）

第三节　媒介场域中文学虚构的意义 ………………………(120)
第四节　媒介场域中文学创作主体超越虚拟的
　　　　现实性和可能性 ………………………………………(129)

第五章　媒介场域中的泛媒介文学阅读 ……………………(135)
第一节　媒介场中文学阅读的泛媒介性 ……………………(136)
　　一　文学阅读载体的多样化 ………………………………(136)
　　二　文学阅读符号的多样化 ………………………………(137)
　　三　文学阅读体验的丰富性 ………………………………(138)
第二节　影视、网络接受的迷局 ………………………………(140)
　　一　图像的诱惑 ……………………………………………(140)
　　二　拟像的施魅 ……………………………………………(143)
　　三　超文本的漫游 …………………………………………(146)
第三节　媒介场中文学阅读的意义 …………………………(150)
　　一　文学阅读的"间离化" …………………………………(150)
　　二　文学阅读的内视性 ……………………………………(152)
　　三　文学阅读的时间性 ……………………………………(154)
第四节　泛媒介文学阅读的可能性 …………………………(155)
　　一　认知模式的变化 ………………………………………(155)
　　二　象征性——对完满的永恒追求 ………………………(157)
　　三　泛媒介文学阅读——深度注意力和过度注意力共存 …(159)
第五节　泛媒介文学阅读中的深度阅读 ……………………(161)
　　一　"读图"以何可能 ………………………………………(162)
　　二　媒介场中文学阅读"读图"的历史渊源——题画诗 …(165)
　　三　媒介场中文学阅读的"读图"实践 ……………………(167)

第六章　媒介场域中的文学批评 ……………………………(169)
第一节　媒介场中文学批评主体的构成 ……………………(171)
第二节　媒介场中文学批评对象的新变 ……………………(177)
第三节　媒介场中文学批评场域的生成 ……………………(179)

总结　媒介场域中文学的未来趋向 ……………………（183）

附　录 ……………………………………………………（186）

参考文献 …………………………………………………（188）

后　记 ……………………………………………………（195）

引　言

　　文学理论的生命力和价值在哪里？是在某种或大或小的界域中进行自圆其说的论证、理论本身的自我说明，还是不断发现当下时代文化土壤中生长出来的新问题，面对它们继续保持理论的应对和阐释活力？笔者以为突破学科壁垒的"问题"研究，在今天是一种有效地介入现实且具有实践意义的方式。它以问题为轴心，容许人们站在不同的学科立场，从不同角度切入对象。从问题开始建立理论，理论指导实践，在实践中发现问题，问题是起点也是终点，一切理论必然包含问题。文艺学研究不是规定应当这样，应当那样，而是要说明正在发生什么，影响因素是什么，产生了何种后果，如何应对。当前文学研究的核心问题是如何理解和应对"文学边缘化""文学终结""文学泛化"等文学现象。而上述现象的出现除了受到政治、经济转型和文化的变革影响外，还与媒介对文学的影响力日益凸显有关。

　　媒介作为文学的载体和传播介质，与文学的互动关系由来已久。庄子在《天道》中认识到书籍作为传播媒介的基本功用，是传输语言的媒介："语之所贵者意也，意有所随。意之所随者不可言传也，而世因贵言传书。"虽然庄子意识到了媒介的优先地位，但是在他并不看重媒介："世虽贵之，我犹不足贵也，为其贵非其贵也。"因为意尚不可言传，遑论媒介的传播了。在很长的一段时间里，媒介和文字、文学的互动关系都被遮蔽了。

　　20世纪以来由于人类技术的快速发展，媒介也紧随着扩张和膨胀，媒介对人类社会和文化的建构性也越来越显著。我们的社会正日益成为一个媒介社会，媒介引导着我们的生活形态和文化运作方式，构建我们的价值观，改造我们的思维方式，形塑着人的主体。总而言之，媒介已经从遮蔽状态中现身,不再仅是信息传输的介质,媒介给整个社会带来的变革,不仅仅是信息传播领域的变化,更是文化的更新,主体感受和体验世界的方式的巨变,文学形态和文学观念的新变。童庆炳先生虽然认为米勒夸大了电子图像的颠覆性影响,但他并没有否认媒介的建构性:"旧的印刷技术和新的媒体都不完全是工具而已,它们在某种程度上具有影响人类生活面貌的力量,旧的印刷术促进了文学、哲学的发展,而新的媒体的发展则可能改变文学、哲学的存在方式。"[①] 近来甚至有学者预测媒介研究会成为文艺学研究的显学,"媒介中心论"会成为新的文艺学研究范式。[②]

对于媒介影响力的研究,从法兰克福学派,到多伦多学派,再到美国传播学派,世界各国的学者从不同角度进行了理论的挖掘。早在20世纪30年代法兰克福学派就开始关注媒介对文学艺术的影响,他们的研究注重批判性。在他们看来媒介对文学艺术的影响更多是负面的。新型媒介由于受技术和市场的操控,使文艺缺乏个性、独创性和深度,日益大众化。在这种社会学的研究中,研究者往往以精英的立场面对新型媒介,视之为洪水猛兽。

与法兰克福派密切相关的本雅明则相对较为客观。他在《机械复制时代的艺术品》一书中指出,随着印刷术和摄影照相技术的发展,一方面文学艺术失去其原真性,丧失了权威性,另一方面强化了平等观念,更新了大众的思维方式。尽管本雅明注意到了新型媒介对于文学艺术的正面价值,但二者都是取社会学的意识形态研究方式。

20世纪50年代后,学者们从不同的学科角度着重研究媒介的社会、文化建构性,主要体现在麦克卢汉(Marshall McLuhan)、罗兰·巴特(Roland Barthesa)、詹姆逊(Jameson)、鲍德里亚(Baudrillard)、费瑟斯通(Featherstone)、费斯克(John Fisk)、马克·波斯特(Mark Poster)等相关研究中。在他们的研究中,媒介不仅仅是静态的形式,它还动态地影响着人的感知方式和思维结构,由此造成了接受方式的变

---

① 童庆炳:《全球化时代的文学和文学批评会消失吗——与米勒先生对话》,《社会科学辑刊》2002年第1期。
② 王咏梅:《现代文艺学范式的媒介中心论转向》,《理论探索》2011年第3期,第21页。

化，同时也带来了生产方式的变化，从而冲击着内容的承载形式，图像和文字之争由此产生。视觉文化的转向凸显在他们的研究中，单独的文学文本研究已经很少见，多为各种文化文本的研究。从他们的研究来看文学研究正在向文化研究转向。

而从文学发生学看，媒介与文学并生，自然参与着文学的创生，但长久以来，媒介之于文学几乎是一种隐性存在，少有研究者会去关注文学的媒介特性。随着文学载体从龟甲兽骨到赛博空间的变迁，新型媒介的增量出现，越来越多的研究者借助传播学研究成果，让媒介在文学研究中从幕后走向台前。他们着力于媒介的后果，或否定，得出了文学终结，文学边缘化悲观言论；或肯定，提出了文学性蔓延、扩张，文学泛化等乐观预测。上述研究对于我们广泛而深入地理解媒介与文学发展的关系无疑具有重要的参考价值。但现有研究存在的缺陷也是明显的：一是以文化研究取代文学研究，取消了文学的审美属性；二是缺乏历史地、动态地研究，过多地强调媒介对文学发展的负面影响；三是缺乏整体研究，割裂了人的感知的整体性，执着于某一媒介对文学发展的影响，从而得出媒介对文学发展具有消极作用或积极作用的片面结论。本书在布尔迪厄的场域理论的基础上，结合麦克卢汉的媒介感性整体思维，提出了"媒介场"的概念，以整体的、动态的、历史化的方式呈现各种力量相互作用的异质趋向，而不是线性地、静态地、抽象地、分散地同质性地考察，力求避免文学阐释中内部/外部的取舍，自律/他律的区分，借助拉康的欲望主体理论，在多媒介相互作用的场域中探究媒介对文学主体的建构性，考察媒介多大程度上改变了文学的存在方式，文学在对媒介的同化与顺应中又能在多大程度上保持自身的独立性，即文学的通变之道。通则不乏，变则可久。

第一节　文学的当前危机与媒介指向

在传统社会中，文学是人文场域的重要组成部分，是时代的花朵，是文化中最好的东西（利维斯），而今文学的边缘化几乎是全球性的。斯洛文尼亚美学家艾尔雅维茨描述了这一现状："在后现代主义中，文学迅速地游移至后台，而中心舞台则被视觉文化的靓丽光辉所普照。此外,这个中心舞台变得不仅仅是个舞台,而是整个世界:在公共空间,这种审美化无处不在。"① 美国的希利斯·米勒则借助德里达的《明信片》表示了更为深重的忧虑:"……在特定的电信技术王国中(从这个意义上,政治影响倒在其次)整个所谓的文学时代(即使不是全部)将不复存在。哲学、精神分析学都在劫难逃,甚至连情书也不能幸免……"②在此,文学不仅面临边缘化的命运,而且遭遇着存在之痛。不仅如此,连文学的精神姻亲也被"连坐"。谁是这场所谓"悲剧"的导演呢?

20世纪90年代以后,由于市场经济的发展,文学经历了从中心到边缘的失落,而今随着视听媒介的丰富,连文学存在的合法性也遭到了质疑。米勒的以《全球化时代文学研究还会继续存在吗》为代表的一系列关于新的电信技术引发的文学研究生态变迁的文章的发表和专著的出版,③ 在国内引起了持久的文学存在危机和文学理论研究对象和走向的讨论。

在此理论背景下,有的学者坚信由于文学的审美独特性,文学是不会终结的。童庆炳先生认为,作为情感的表现形式的文学不会终结的理由在于文学语言属于独特的审美场域,不会被新媒介催生的图像艺术取代。"作为语言文字艺术的文学,它的思想、意味、意境、氛围、情调、声律、色泽等也是图像艺术不可及的。"④ 李衍柱先生并不讳言在信息时代文学会出现新的物质载体和传播媒体,断言数码文本、纸质文本和手抄文本将会长期并存。尽管如此,他与童先生一样认为文学具有

---

① [斯洛文尼亚] 阿莱斯·艾尔雅维茨:《图像时代》,胡菊兰、张云鹏译,吉林人民出版社2003年版,第34页。
② [美] J.希利斯·米勒:《全球化时代文学研究还会继续存在吗?》,国荣译,《文学评论》2001年第1期。
③ 这些文章和专著包括:《"我对文学的未来是有安全感的"——希利斯·米勒访谈录》,《文艺报》2004年6月24日第2版;《为什么我要选择文学》,《社会科学报》2004年7月1日第6版;易晓明编《土著与数码冲浪者——米勒中国演讲集》,吉林人民出版社2004年版;《文学死了吗?》,秦立彦译,广西师范大学出版社2007年版。
④ 童庆炳:《全球化时代的文学和文学批评会消失吗——与米勒先生对话》,《社会科学辑刊》2002年第1期;童庆炳:《文学独特审美场域与文学人口——与文学终结论者对话》,《文艺争鸣》2005年第3期;李衍柱:《文学理论:面对信息时代的幽灵——兼与J.希利斯·米勒先生商榷》,《文学评论》2002年第1期。

其他艺术不可企及的优势："语言本身所具有的间接性、音乐性、含蓄性，具象性和抽象性的特点，这就决定作为语言艺术的文学，兼有空间艺术和时间艺术、再现艺术和表现艺术的特点，使它能够摆脱色彩、线条、音阶、屏幕等物质媒介的限制，在人的心灵世界和微妙的情感领域与现实世界发生更为丰富多样的审美关系。在艺术中一切只可意会不可言传的意蕴，都可在语言艺术中显示出来，也正因为这样，亚里士多德才说诗更具有'哲学意味'。"[①]

米勒在2004年接受文艺报记者采访时提出了文学研究的转型说。他认为当前的文学和文学研究都在走向一种新的形态。在新媒介的作用下，新形态的文学除了语言之外，还包括电视、电影、网络、电脑游戏等与语言不同的另一类媒介。与此相应，新形成的文学理论也是一种混合型的，也就是文学的、文化的、批评的理论的一种混合体。与米勒的观点不谋而合，有些学者提出在后现代文学边缘化的语境下，文学的终结是现实的写照。他们逃离文学去搞美女、楼盘、服装、装潢等时尚文化研究，提出文艺学的越界和扩容，要实现"文化转向"，让"文学性"和"审美性"在日常生活中"蔓延"，城市、公园、市场、健身咖啡厅，流行歌曲、广告、时装、游戏、电视、电影等代替文学和艺术成为文艺学的研究对象。虽然他们中很多人并未涉及对米勒预言的讨论，但其言说的背景"后现代社会""媒体信息社会""消费社会"都与技术媒介密切相关。[②]

有些学者，则试图保持对米勒预言的客观、理性的认识，注意到了他结论的悖论性，肯定在全球化语境下，无法忽视电信技术对文学的重大影响，对其存在的前提条件和共生因素的改变，但都不认为媒介是决定性因素，"文学及文学研究是否趋向终结，未必由某些现实条件（如电信技术）所决定，重要的是有对文学与人生的生存之永恒依存关系的深刻理解，有建立在这一基础之上的坚定信念，以及与时俱进、瞬时

[①] 李衍柱：《文学理论：面对信息时代的幽灵——兼与J. 希利斯·米勒先生商榷》，《文学评论》2002年第1期。
[②] 余虹：《文学的终结与文学性蔓延》，《文艺研究》2002年第6期。

变通的开放性态度"①。尽管他们对米勒的预言都有所保留,②但他们都是比较早地把中国当代文学理论研究置于国际理论背景中,认识到了文学与技术媒介的密切关系,并在诠释预言的基础上,从文学本质和文学形态的角度,对文学存在的前提和共生因素作了进一步分析。③

他们在细读米勒预言的基础上,着力探讨了文学终结的深层原因,文学何以该终结,文学终结的前提是什么。其逻辑理路是电信技术导致了文学的图像化转向,文学的世俗化和消费性转向,由此带来了文学世界和日常生活世界距离的丧失。

对于这个问题彭亚非作了有针对性的论述,但他的论述不同于上述的童先生和李先生,而是正视了电信时代的现实,在媒介背景下阐述文学的审美独特性,对应着图像社会,提出了文学形象内视性的观点。④彭亚非可以看作与以上诸位学者持不同观点的一个重要代表,其观点也可以看作是对金惠敏等人阐述粗略之处以及童先生等疏漏的地方的裨补。

综上所述,无论是文学的危机或文学的边缘化、后台化,还是耸人听闻的"终结论",媒介都是国内外学者无法回避的因素。纵观文学史,文学的危机绝非空谷足音。就西方而言,在柏拉图的理想国中没有诗人的位置,反对理想国的臣民表演体现低劣情欲的戏剧,试图删削荷马的诗歌。黑格尔依据绝对精神的运动,预言了艺术的终结。马克思也论断过,由于资本主义生产方式与艺术和诗的对立,资本主义生产方式会消灭掉艺术与诗。在中国,或者是文学的政治化应用,或者是文学的伦理化解释,或者是文学耽于游戏,或者是文学脱离生活,或者是文学流于形式,都曾经引起过文学的危机,使得文人们通过文学运动"挽

---

① 赖大仁:《文学研究:终结还是再生?——米勒文学研究"终结论"解读》,《学习与探索》2005年第3期。

② 米勒以他多年从事文学研究和文学批评的经历,从少年至今的对文学的热爱,从来没有放弃过对文学的希望,从他的《论文学》《文学死了吗?》等论著,以及在中国2001年后的众多演讲,包括2001年的预言,都彰显了他对文学矢志不渝的热爱。只是我们不能无视文学的时代烙印,该终结的终结,不该终结的还要继续存在、发展。

③ 金惠敏:《趋零距离与文学的当前危机——"第二媒体时代"的文学和文学研究》,《文学评论》2004年第2期。

④ 彭亚非:《图像社会与文学的未来》,《文学评论》2003年第5期。

狂澜于既倒",实施文学的救赎。但无论是东方还是西方,造成这些文学危机的原因似乎都与媒介关系不大。而今天,媒介对文学的影响无可回避,在米勒那里甚至成了唯一决定性力量。

第二节 媒介场的空间生成

当今社会,媒介的渗透无时无刻,无处不在,无远弗届。一个现代人一天的生活,一般是起床以后听广播、看新闻,上班路上看报纸,办公室里不是埋首文件堆,就是游弋于网络空间,晚上读书、上网、看电视,甚至连远在太平洋岛上的土著也摆脱不了媒介的影响。

众所周知,在马克思理论中,人被定义为能够制造和使用工具的动物,也就是说工具的制造和使用是人区别于自然界其他动物的决定性标志,正因为"善假于物"才使人类优越于自然界的其他物种。在《辞海》中媒介被释为"使双方发生关系的人或事物",美国传播学家施拉姆认为"媒介就是插入传播过程之中,用以扩大并延伸信息传送的工具"[1]。可见,媒介是人类肢体和感官延伸的工具。

在媒介的演化中,根据物质技术的差异有各种划分法。如德弗勒的信号、语言、文字、印刷、大众传播的"五分法";菲德勒提出的三次媒介形态变化,口头语言、书面语言和数字语言。马克·波斯特根据信息方式的不同,把媒介区分为"面对面的口头媒介""印刷的书写媒介"和"电子媒介"。后来马克·波斯特在《第二媒介时代》一书中,又对这一划分作了补充,把电子媒介细分为播放型媒介和互动型媒介,所谓第一媒介时代和第二媒介时代。王一川又在印刷媒介中,以古登堡的印刷机为界限,分出了手工印刷媒介和机械印刷媒介。上述诸种对媒介的阶段划分虽稍有分歧,但从整体上来说,思路是一致的。虽然大都是历史演化的过程划分,但媒介的存在并非依次取代,而是一个依次叠加的过程。综合以上划分我们把当今的媒介分为机械印刷媒介、播放型媒介和互动型媒介,其物质载体包括图书、报纸、杂志、广播、电影、

---

[1] [美]威尔伯·施拉姆、威廉·波特:《传播学概论》,陈亮等译,新华出版社1984年版,第144页。

电视、录像、唱片、计算机网络和手机网络等。

"场"（field）是一个来自物理学的概念，指物体周围传递重力或电磁力的空间。"场"理论由格式塔心理学引入社会科学。在社会科学领域以库尔特·勒温（1890—1947）的"场论"最为著名。勒温赋予场论以元理论的地位。在他看来，"场"可以理解成一种研究方法——一种分析因果关系和建立科学结构的方法。勒温的"场"即生活空间（life space），是"个人"和"环境"的融合，这一"环境"既有心理性也有非心理性。勒温用公式表示：$B = f(PE) = f(LS)$，B 表示行为，P 是行为主体，E 代表环境，LS 指生活空间，即在特定时间决定个体行为和心理活动的所有事实，个人的主观因素，客观环境及被主观化了的客观环境构成的一个不可分割的整体系统。撇开心理学方面的内容不论，就其研究范式而言，勒温的场论对媒介场的研究具有以下三点启示：（1）用生成的方法而不是分类的方法来进行研究。不是关注区别，而是更多地关注相互依赖与联系，试图从整体上描述导致某种行为的多元的、复杂的影响。（2）在整体视域中，基于主体或环境的变化会导致原有张力的变化的认知，把历史（时间）维度引入到场域研究之中，描述场域内的各种变动和冲突。（3）场理论兼容定性与定量研究，注重统计等经验研究方法的应用。

勒温将场理论成功地引入了社会科学界，但是由于其研究对象主要是心理学问题，在方法论上主张精确的数学化，所以在普适性方面仍有不足。在把场理论进一步普遍化的进程中，法国社会学家皮埃尔·布尔迪厄（Pierre Bourdieu, 1930—2002）做出了巨大的贡献。布尔迪厄通过长期的哲学、人类学和社会学研究逐渐发展起一套旨在打通结构/能动（客观主义/主观主义）、宏观/微观这两个二元对立的一元理论体系。对社会的研究，一直以来存在两种取向。一种是将社会看作决定着其中个体的行为方式的客观的结构。也就是说在社会运行中产生决定性作用的是一些客观规律，其中的行动者只是被统计学或人类学观察的对象，客观的规律由外部观察而得。在传播学研究中，拉扎斯菲尔德的效果研究比较典型，他试图通过统计数字来描述"客观"规律，而基本不关注对信息接收者的意义解读。这种研究的机械化受到了很多社会学者的批评。另一种取向则恰好相反，行动者的能动性受到关注，传播学中的受众研究主要采用的就是这样一种范式,比如菲斯克、洪美恩等人的工作。信息解读者采用最有利于自己的策略进行微观政治抵抗,就像是一群狡猾的游击队员,在主流意义的枪林弹雨里躲闪,彰显受众的信息接收状况。两种倾向都陷入了主观/客观、宏观/微观的二元对立,客观论大处着眼,但失之粗疏;主观论细致入微,但以己度人,一叶障目。

布尔迪厄通过人类学经验研究和结构主义的批判,提出了基于惯习(habitus)、资本(capital)等概念的"场域"(field)理论。惯习,是关于场域中行动者的理论。前面提到,关于个人的描述,一直以来存在着结构与能动的二元对立,但布尔迪厄在"身体"上找到了二者的平衡点。经过潜移默化的教育和场域内的实践,行动者会形成一种类似下意识的惯习,在一定条件下,它会被激发出来。就像一个球场上的运动员,他身体的行为并不完全来自理性的策略和计划,有许多来自感觉而不是深思熟虑,但是在观众看来,这些行为又恰好是在某种情况下行动者最合乎理性的行为。因此,行动者的行为方式既具有理性的一面(讲求策略),又具有非理性的一面。现实生活中有诸多领域,比如艺术、科学、宗教、经济、政治、学术、教育,它们具有相对不可通约的法则、规律和权威形式。布尔迪厄极具魄力地打破学科界线,把这些分化的空间,用场域的概念进行思考,从关系的角度进行思考。场域的把它们定义为一个"网络"(network)或一个"构型"(configuration)。在一个场域中,不同的领域占据不同的位置,位置由其掌握的资本来决定,也影响着对资本的支配。布尔迪厄所说的资本比马克思提到的资本的范围要大,除了经济资本,还包括社会资本和文化资本。和经济资本相比,后两种资本有一定的隐蔽性,通过家庭出身与教育等因素积累形成,但三者在一定条件下可以相互转化。经过布尔迪厄的发展,场理论成为一个具有相当普适性的元理论和研究范式。场域有三个显著的特征:首先,场域是一个被结构化了的空间,其中诸种客观力量构成了一个像磁场一样的体系,具有某种特定的引力关系,这种引力被强加在所有进入该场域的客体和行动者身上。其次,场域也是一个冲突和竞争的空间,争夺的对象不仅包括资本的垄断权,还包括场域规则的制定权。布尔迪厄曾小心地把场域比作一种游戏。资本的价值,取决于某种游戏的存在。一种资本总是在既定的场域中灵验有效，它既是斗争的武器，又是争夺的关键。游戏者的力量关系对比取决于游戏者在其中的位置，根据不同的位置及资本，行动者采取不同的策略。最后，场域中的法则是历史的，它是不断生成和变化的结果，其动力就来源于行动者的争夺。

麦克卢汉也把"场"的概念引入到媒介研究中。对于媒介的特点的概括，麦克卢汉的"媒介即信息"概括，迄今为止都是经典命题。麦克卢汉如此解释这个天书般的命题："这仅仅是说，任何媒介，亦即我们的任何延伸，其个人性和社会性的后果都导源于我们的每一延伸或者任何一种新的技术之将新的尺度引入我们的事务。"[①] 新的延伸或新的技术引入我们的事务，会带来新的尺度，而这一新的尺度是人的感官世界的变化："每一种新的影响所改变的都是所有感知之间的比率。"[②] 在麦克卢汉看来，当新媒介和技术对社会身体施行手术时，必须考虑此手术过程会不可避免地影响到整个系统，因为"手术切口部分所受到的影响并不是最大的。切入和冲击的区域是麻木的。是整个系统被改变了"[③]。说被手术的部位"麻木"不是说它们不受影响，它们当然是受到了严重影响，但更严重的影响即由此局部之影响而导致整个社会机体功能的改变，比如作为听觉媒介的收音机影响的则是视觉，而作为视觉媒介的照片影响的则是听觉。

因此在麦克卢汉看来媒介是统一的场，在这个统一场中，各种力量的作用不是呈线性的先后序列的，而是"即时的"和"同时的"，是"包含了各种同步关系的整体场"，各种力量相互作用的方式是有机的、神经性的。麦克卢汉常以"听觉空间"来解释"统一场"思想："如果说视觉空间是一个有组织的连续体，属于统一和相互关联的那一类，那么耳朵的世界（正式的说法应为'听觉空间'——引注）则是一个同

[①] Marshall McLuhan, *Understanding Media: The Extensing of Man*, New York: McGraw-Hill Book Company, 1967, p. 7.
[②] Ibid., p. 64.
[③] Ibdi..

时性关系的世界。"① 声音没有聚焦点，它能从四面八方向我们整个的身体涌来，耳朵的世界或曰"听觉空间"于是就呈现为一个共鸣的和动态的世界，各种能量在其中相互激荡的同一场。

布尔迪厄和麦克卢汉都试图把条块分割的世界置于一个统一的空间之中，在空间内各种力量的相互影响和此消彼长中，寻求新的构型、新的尺度和新的范式。相比较而言，布尔迪厄更关注场域中行动者的位置关系和资本配置，并不指向行动者本身，因此场域和行动者本身的互动性不强。麦克卢汉尽管强调了主体的世界，但他更多的是站在感性的阵营中，排在首位的因而也最具决定性作用的则是对于感觉或感觉方式的影响。

笔者提出的"媒介场"的概念试图以麦克卢汉的统一场为内核，以根植于布尔迪厄的"场域"理论为范式。具体内涵如下：

首先，媒介场域的构建。媒介是场域中的引力，把政治、经济、文化整合在同一空间中。哈贝马斯虽然没有明确提出"媒介场"的概念，但他在"公共领域"的研究中意识到了大众媒体对社会的编造、传播的整合作用，改造了古希腊意义上介于国家和社会之间与公共机构抗衡的"公共领域"的概念。在媒介的影响和整合下，公共领域得到了极大的延伸和扩展，基本结构发生了转型。一方面，公共领域和私人领域越来越没有界限。另一方面，政治和经济"入侵"公共领域，报刊"把政治决策提交给新的公众论坛"，最终导致了"有政治功能的公共领域本身成了国家机器的一个组成部分"②，"报刊业变成了某些私人的一种机制；也就是说，变成了有特权的私人利益入侵公共领域的入口"③。

其次，场域可以构筑完整统一的主体世界。媒介延伸着人，延伸着人的感官，某种新技术的介入，会使某种感官强化，任何一种感觉之独大都会陷其他感觉于麻痹或昏睡状态，而任何一种感觉之被麻痹或处于

---

① Marshall McLuhan and Quentin Fiore, *The Media is the Massage: An Inventory of Effects*, Berkley, CA: Gingko, 1997 [1967], p.111.
② [德] 哈贝马斯：《公共领域的结构转型》，曹卫东等译，学林出版社1999年版，第71页。
③ 同上书，第222页。

昏睡状态都将关闭一种文化。若要"昏睡者醒来",要唤醒一种感觉,要恢复一种文化,则需"被任何其他感觉挑战"刺激。在统一场的相互作用中,我们看见的是一个生命有机体的协调一致的整体性活动,一个完整的人的存在。

最后,场域是一个动态的集合体,进入场域的各种力量不可能和平共处,而是彼此冲突和竞争,以确立能对在场域内发挥有效作用的种种资本的垄断。而对资本的占有量,权力的大小,权威的高低,与场域的整合力——媒介密切相关。媒介本身并非可无视的形式存在,并非内容的传声筒,媒介也是内容性的,各有其特点,麦克卢汉认为不同的媒介,会对个人和社会产生不同的影响,比如电影在他看来是低清晰度的媒介,人们可以参与其中,具有包容性,而电视则是高清晰度的媒介,人们的参与度低,具有排斥性。这也是伊尼斯所谓的"传播的偏向",有的媒介可以在时间中绵延,比如石头,有的媒介则更适宜于空间的扩张。[①]

当今媒介场中的诸种媒介,机械印刷媒介、播放型媒介和互动媒介,各有其媒介特性。它们作用于媒介场,可以形成迥异的力量对比,形成某种媒介占优势的态势。

媒介场是诸种媒介的共同存在,某种媒介形成一个子场域,如机械印刷媒介场、播放型媒介场、互动型媒介场等,这些媒介场之间相互影响,相互作用,被整合于整体媒介场中。

因此,媒介场类似于海德格尔的"因缘"。"因缘"是存在者的关联,是相关联者的整体呈现,"存在者被引向某种东西,与这种东西结下因缘,而它就是在这种因缘关联中得到揭示","每一因缘都是从因缘整体中呈现出来的"[②]。因缘具有空间性,可与场相对应。

第三节　媒介场中文学研究应直面"文学事实"

很多学者在讨论文学终结时,提出了文化研究的转向。在当前的文

---

① [加拿大]哈罗德·伊尼斯:《帝国与传播》,何道宽译,中国人民大学出版社2004年版,译者序。
② 陈嘉映编:《存在与时间读本》,生活·读书·新知三联书店1999年版,第59页。

艺学界，这应不是一家之言。20世纪80年代，尤其是90年代以降西方文化研究理论与实践被介绍到中国大陆以后，以及当代世界政治经济的重大变革，90年代以后中国社会重心的变迁，酬唱应和一时形成风潮，甚至还有了《文化研究》等专门刊物。值得注意的是刊物的编者、作者、读者，过去、现在也许将来主要以文艺理论研究为主要方向。在很多学者看来这是文艺理论研究直面现实之途。理由是：第一，打破学科分界促成学科联合。第二，形成一种相对于传统形式批评或审美批评的新的研究范式，不再把文本当作自主自足的客体，而是揭示文本的意识形态及其隐藏的文化—权力关系。第三，面向当下审美泛化、文学泛化的社会生活，在开放状态下研究文学理论。[①] 对于文艺理论研究的越界和扩容，学界多有争论。有的学者对审美泛化的研究持否定态度，认为，这不是审美，只是对欲望的消费。[②] 文化研究被认为，为了俯就人的感官欲望，助长了物欲化的倾向，消解了文艺的审美属性。[③] 还有一种中间派的观点认为，文化研究的兴起有"矫枉"的作用，对于目前文艺理论研究分工过细、思想体系陈旧和脱离实践的弊端有一定的针对性，但也有"过正"之嫌，所谓的边界移动，使得文艺理论研究从属于文化研究，最终只能带来文艺理论的"终结"。对于当前的困境，有论者指出：一是在文化研究的视野下，打破文学理论封闭的局面，重建与文学创作的关系；二是要谋求理论自身的创新，以切合审美经验和批评的需要。[④]

刘勰说"文变染乎世情，兴废系乎时序"，"风动于上，波震于下"，社会生活变了，以社会生活为源泉的文学随之变化，当然以文学为研究对象的文学理论也不能不变。在当前社会生活"内爆"、学科边界模糊的现状中，文学研究不可能囿于自足的审美批评和单一的社会政治学批评，必须直面现实。但这还远远不够，无论是审美泛化，还是文

[①] 陶东风：《当代中国的文化研究及其与文学研究的关系》，《文艺理论前沿》第2辑，北京大学出版社2005年版；金元浦：《重构一种陈述——关于当下文艺学的学科检讨》，《文艺研究》2005年第7期。

[②] 童庆炳：《"日常生活审美化"与文艺学》，《中华读书报》2005年1月26日第12版。

[③] 王元骧：《文艺理论中的"文化主义"与"审美主义"》，《文艺研究》2005年第4期。

[④] 苏宏斌：《文化研究的兴起与文学理论的未来》，《文艺研究》2005年第9期。

学性泛化，都是建立在文学和美学繁荣的基础上，如果文学和美学衰微，何谈审美性和文学性，泛化之说更是空中楼阁，因此文学研究必须直面文学事实。

法国著名的文学社会学家罗贝尔·埃斯卡皮提出了"文学事实"这一重要概念，在他看来，作为抽象审美范畴和学术理论的文学，迥异于同特定的政治经济体制密切相关的、作为社会文化生产与消费现象的文学，后者才是文学社会学所关注的。他指出："必须看到文学无可争辩地是图书出版业的'生产'部门，而阅读则是图书出版业的'消费'部门。"[1] 其意旨有二：第一，文学是图书出版业的核心；第二，文学的"生产"，即"文学创作"，以及文学阅读才是真正的"文学事实"。可是，"文化研究"者并不关心这一"文学事实"，他们热衷于谈论诸如"阶级""种族""性别""地域""全球化"等社会学话题和政治学话题，有时甚至基本不涉及文学。李欧梵认为这正应和了从文学史着手、宏观挂帅的中国文学研究传统（实际上中国古典文学研究倒是重在文本细读，宏观性应是"五四"以后，主要是新中国成立以后的事），反而独缺精读文本的训练，他得出一个悖论"越是'后现代'，越需要精读文本，精读之后才能演出其他理论招数来"[2]。不约而同，希利斯·米勒为电信时代文学衰落开出的药方也是依托新批评的"文本细读"。他们的中心意旨都是回到文本，回到文学性。当然他们都不是要重新回到新批评。李欧梵以之作为其他理论演化的基石，米勒的文本范围扩大了，"这里阅读不仅包括书写的文本，也包括围绕并透入我们的所有符号"[3]。

第四节　媒介场的文学建构

文学存在方式标明的是文学是如何存在的，即文学以何种状态、结

---

[1] ［法］罗贝尔·埃斯卡皮：《文学社会学》，载于沛选编《罗·埃斯卡皮论文选》，浙江人民出版社1987年版，第2页。
[2] ［美］韦勒克、沃伦：《文学理论》，刘象愚等译，江苏教育出版社2005年版，总序。
[3] 转引自赖大仁《文学研究：终结还是再生？——米勒文学研究"终结论"解读》，《学习与探索》2005年第3期。

构、面貌整体性地呈现在我们面前。文学存在方式具体表现为静态存在方式和动态存在方式两个方面。文学的动态存在方式指的就是以文学作品为中心的由文学生产、文学传播、文学接收等环节组成的整体文学活动。从古希腊到20世纪初，文学存在方式的动态研究，是西方文学本质研究的视角之一。在接受美学之前，从德谟克利特到克罗齐，几乎都是围绕着"世界—作家—作品"的关系模式，谈论文学的本质的，尽管他们在"世界""作家""作品"这三个要素中侧重点各有不同。到接受美学读者的地位得到了重视，形成了"世界—作者—作品—读者"的新的关系模式，其中尤以艾布拉姆斯的四要素理论影响最大。

下面笔者通过艾布拉姆斯所画的三角形图式着重分析艾布拉姆斯文学艺术四要素理论的内在机理。艾布拉姆斯为了分析的方便实用，她画了一个三角形图式①：

$$
\begin{array}{c}
世界 \\
\uparrow \\
作品 \\
\swarrow \quad \searrow \\
艺术家 \quad 欣赏者
\end{array}
$$

在这个图形中艺术品被摆在了中间，作品勾连了其他三个要素，实际是艺术品存在的两种场域：艺术家←作品→世界，欣赏者←作品→世界。前者重创作，后者重接受。无论是创作还是接受都无法脱离世界的存在，都处于世界的包裹之中。世界不可能直接和作品发生关系，必须借助艺术家或欣赏者的中介作用。刘若愚把艾布拉姆斯的四要素模型改为了四要素的动态循环模型，中国当代文学理论将之与马克思的艺术生产理论嫁接在一起，明确提出文学是四要素组成的动态活动过程的看法。这些改造使得四要素之间的动态性更强，更具历史感。这其中打破静止的动力来自艺术家和欣赏者。

---

① [美] M. H. 艾布拉姆斯：《镜与灯：浪漫主义文论及批评传统》，郦稚牛等译，北京大学出版社2004年版，第5页。

西方文论中,除了古希腊早期的模仿说,从亚里士多德以降,作者就不再是自然的镜子和神的传声筒,而具有了主体性地位。亚氏理论重要的贡献在于认识到了诗人的理性能力和创造力,"一种与真正的理性结合而运用的创造力特性"①,"诗人的职责不在于描述已发生的事,而在于描述可能发生的事,即按照可然律或必然律可能发生的事。……因此,写诗这种活动比写历史更富于哲学意味,更被严肃的对待;因为诗所描述的事更带有普遍性,历史则叙述个别的事"②。古罗马时期的朗吉弩斯进一步高扬了主体意识,提出了"崇高可以说就是灵魂伟大的反映"的思想。③ 跨过主体受到压抑的漫长的中世纪后,从文艺复兴直至19世纪末,主体在文学创作中的地位不断上升,到浪漫主义时期甚至对创作起到了决定性的作用,作家的感性主体得到张扬,情感、想象、创造获得了空前的赞美。20世纪初直至今天,四要素中主体的地位虽然受到过以客观性、精确性、科学性见长的,擅长分析作品客观规律的科学主义的威胁,但依然与其共处、交错,得到了曲折的发展,尤其是发现了非理性在人的文艺创作中的重要地位。在弗洛伊德那里,无意识是决定人的行为和欲望的内在动力,起决定性作用。文艺的本质则是压抑的性本能的升华。柏格森的直觉主义强调创造性、非理性,他认为,人唯有凭借非理性的直觉,才可望沟通世界的本质:人是追随对象的内在生命,而达到物我统一的至境的,直觉认知中物我之间的交感同情带人步入对象内部,与对象独一无二故而也是无以言传的特质心心相印。④ 虽然他们都过于夸大非理性的作用,但通过挖掘无意识趋向,展示了主体心理的复杂性和深度,对20世纪的批评和创作具有巨大的启迪作用。

从上述理论梳理中,我们可以发现,文学的动态存在中主体的作用和性质实际上与时代的社会状况紧密相关,文学活动中没有先验的、一

---

① [波兰]塔塔科维兹:《古代美学》,杨力等译,中国社会科学出版社1989年版,第206页。
② [古希腊]亚里士多德:《诗学》,罗念生译,人民文学出版社1997年版,第28、29页。
③ [古罗马]朗吉弩斯:《论崇高》,《西方文艺理论名著选编》上卷,北京大学出版社1988年版,第119页。
④ 朱立之主编:《当代西方文艺理论》,华东师范大学出版社1977年版,第77页。

成不变的主体，它是历史地存在着的。马克思这样指出："……人的依赖关系（起初完全是自然发生的），是最初的社会形态，在这种形态下，人的生产能力只是在狭窄的范围内和孤立的地点上发展着。以物的依赖性为基础的人的独立性，是第二大形态，在这种形态下，才形成普遍的社会物质变换，全面的关系，多方面的需求以及全面的能力的体系。建立在个人全面发展和他们的共同的社会生产能力成为他们的社会财富这一基础上的自由个性，是第三个阶段。第二个阶段为第三个阶段创造条件。因此，家长制的，古代的（以及封建的）状态随着商业、奢侈、货币、交换价值的发展而没落下去，现代社会则随着这些东西一道发展起来。"① 马克思认为，人的生产能力和与之相应的社会关系状况，制约着人的主体性的现实状况。也就是说，人的主体性会随着人类社会的发展而出现不同的存在形式。杜书瀛、张婷婷在《文学主体论的超越与局限》一文中讨论到"'文学主体性'的局限"时指出，刘再复的"主体性"不是历史地生成的，而是先验地给定的，提出用具体的、历史的、发展的观点和方法看问题，要探索20世纪80年代中国改革开放的时代条件下，"主体性"有什么新的历史和时代的内涵。②

当下，文学所处世界最显著的时代特征之一就是信息化生存，新媒介介入了社会生活的方方面面。这种社会状况会对主体产生何种影响，从而表征于文学的存在？

笔者研究的基本思路是：

第一，文学被放置于媒介场的关系网络中考察，受到场域中诸种因素的影响，包括场域中的诸种媒介，以及得媒介助力得以增殖、扩散、膨胀的意识形态、政治、市场等因素。

第二，研究媒介场域下的文学后果，媒介的偏向性，即不同媒介影响力的差异性和文学呈现的历史性。文学之所以成其为文学，是由于其在历史的长河中沉淀下来的独立持存性和受场域中诸多因素影响的适变性，因此，文学在媒介场域中的通变关系，被作为逻辑红线贯穿研究的

---

① 《马克思恩格斯全集》第46卷上，人民出版社1979年版，第104页。
② 杜书瀛、张婷婷：《文学主体论的超越与局限》，《文艺研究》2001年第1期。

始终。刘勰在《文心雕龙·通变》篇中指出，"参伍因革，通变之数也"①，此句简单从字面理解，"通变"是并列结构，"通"是"因"，"变"是"革"，用现代理论理解，是继承与创新。但这种理解很容易导向两个极端，复古和新变，这两种观点在文论史上循环往复地争论。对于在媒介冲击下文学的当下和未来，作家和学者往往有所偏向，有的拘泥于"因"，保持文学的审美独特性和审美自律性；有的执着于"革"，坚持文学存在的条件和共生因素的变异。《百年孤独》的作者马尔克斯是与电子媒介对抗的一个典型的作家。尽管片商出资 200 万美元，他也不同意把自己的长篇小说改编成电影。他认为，小说给人们留有想象空间，发挥人的主观能动性，而影视作品抹去人的想象空间，挫败人们积极的艺术思维。而捷克作家米兰·昆德拉则认为，当今时代，既然已经能把每一种书写的东西转变成影视作品，长篇小说应该具有这种品质，主张适应媒介的需要，改变艺术思维、思想感情和创作结构。② 当前学者们关于文学终结的讨论也是偏重于一极。他们对于文学在新型媒介时代的存在都没有因革并重。

实际上，我们认真通读刘勰的《通变》篇会发现，尽管在《易传》中，"通"与"变"分开释义，但刘勰在使用时是作为一个独立的词出现，是解决当时文学之"穷"的方式方法，是一个整体。"通"是向过去回溯，而"变"则面向未来，二者如何融合为整体呢？刘勰给出了具体的方法："凭情以会通，负气以适变。""会通""适变"以"情""气"相融，创作主体以自己的情感体验与过去交流对话，同时以独特的个性气质求新变，也就是说通变融合于时代性的创作主体中。

"通变"的整体呈现方式类似于海德格尔的主体的时间性存在。这里所说的时间，不是日常的物理计时，不是文学叙事中的故事时间和文本时间，也不是与绘画、雕塑等空间性相区分的时间性，而是海德格尔哲学意义上的时间。主体的时间性存在界海德格尔描述为"先行于自身而已经在世寓于世内存在者的存在"③。这里的时间性存在，可以理

---

① 郭绍虞主编：《中国历代文论选》（四卷本，第一卷），上海古籍出版社 1999 年版，第 260 页。
② 殷同：《作家在消费文化中的定位》，《作品与争鸣》1995 年第 3 期。
③ 陈嘉映编：《存在与时间读本》，生活·读书·新知三联书店 1999 年版，第 133 页。

解为"瞻前顾后","先行"奠基在将来中,"已经"表示曾在,"寓于"依赖于当前。"当前"是海德格尔的"当前即是",而不是"当前化",此刻"曾在"和"将来"都在此在中照面和呈现。时间性是同时照面,不是过去、现在、将来的依次出现,而是整体性呈现。文学是创作主体以符号呈现的主体存在于其中的世界,因此文学的存在也具有主体的时间性特征。可见,处于媒介场中的文学绝非孤立的存在物,而是既具有空间性,又具有时间性。时间性渗透于空间性,空间性是时间性的出场。也就是说在媒介场的文学事实的研究中,文学在场域的引力下发生的变异性的考察,要在通变的时间性中呈现。

第三,媒介和文学是研究中的逻辑结点。目前关于二者关系的研究,有的偏向媒介的文学后果的描述,有的把文学当作媒介理论的注脚。笔者以为他们都没有找到媒介和文学的扭结点、逻辑缝合点。本文从媒介和文学实践两个端点双向推进,使其缝合点落脚于"主体",媒介建构了主体,而文学作品的存在和存在方式取决于主体。文学动态存在中的主体包括文学创作主体、阅读主体和批评主体。

第四,文学动态存在中的主体不仅是认识的主体,也是价值的主体。文学的主体不仅受媒介场以及媒介场所处的社会权力场影响,也要有一定的自律性,积极、能动、创造性地反作用于场域。赖大仁先生认为,文学主体的精神生态情形直接关乎具体文学活动本身的价值存在的大小。一个时代有什么样的文学,归根到底取决于文学主体具有怎样的观念意识和精神状态。[①] 文学主体除了要表现出现实的存在,还要创造人的未来性。康德对人类主体性发展的未来满怀信心。他说:"人类物种从长远看来,就在其中表现为他们怎样努力使自己终于上升到这样一种状态,那时候大自然所布置在他们身上的全部萌芽都可以充分地发展出来,而他们的使命也就可以在大地之上得到实现。"[②] 正如美国未来学家尼古拉斯·尼葛洛庞蒂所说的,"预测未来的最好办法就是把它创

[①] 关于赖大仁先生有关观点的引述和阐发参阅了其90年代以来发表的三篇文章:《关于文学主体论的思考》《当代文艺学体系论纲》和《当代文论中几个问题的反思》。其中,前两文可见其论文集《当代文艺学论稿》(江西高校出版社1999年版)第1—34页及第47—56页,后一文刊载于《创作评谭》(理论版)2004年2月号第38—42页。

[②] [德]康德:《历史理性批判文集》,何兆武译,商务印书馆1997年版,第20页。

造出来"①。就表现为人的主体性的创造性而言，文学主体在这一关乎人的未来发展的问题中起着其他活动不可替代的重要作用。

依据上述基本思路，构建本书的主要内容如下：

第一部分试图通过媒介的变迁揭示某种媒介主导的场域中主体的不同特征。由此从历史主体进入对媒介场域建构现实主体的考察。在现代，很多人的生活都是以某种或某些媒介为主导的多媒介生存。由于不同的媒介有属于自身的不同编码规则，同时形成对主体的不同尺度，因此多媒介场域，让主体具有了处于多种尺度中的可能性，主体可能会拥有很多"化身"，满足不同的需要。媒介场域建构了渴望实现人的多种可能性的欲望的主体。

第二部分动态地探求文学的存在方式，展示其现实性，追索其未来性。既揭示场域中文学主体的现实状态，又凸显其价值追求。这一部分笔者分别从创作主体、阅读主体和批评主体三个方面考察：

首先，在"通变"的参照系下，试图通过梳理文学史中创作主体所承担的角色，辨析文学所能够满足的主体欲求，阐明在媒介场域中其他因素的作用下，文学发挥媒介优势的创生之途——超越虚拟的可能性和现实性。

其次，借用"象征"和"互文"的概念，试图用整体观探讨在媒介场域中通过文学阅读满足主体的多种欲求的可能性和现实性，以此论证文学阅读存在的必要性。

再次，当前的文学批评场域由美学趣味的批评、学理趣味的批评和媒介批评构成，对它们的位置以及位置之间客观关系的网络，用生成的方法而不是分类的方法来进行研究。不是关注区别，而是更多地关注相互依赖与联系，试图从整体上描述导致某种行为的多元的、复杂的影响，从而提出文学批评合法性标准，从理念层面上建构一个健康的文学批评场域。

---

① ［美］尼古拉斯·尼葛洛庞帝：《数字化生存》，胡泳、范海燕译，海南出版社1997年版，第9页。

第一章

媒介场中的欲望主体建构

主体的欲望从何而来？主体的欲望在生成过程中经历了哪些流变，有没有一个欲望的递进过程？欲望又是如何建构了主体？

媒介的存在既是历史演化的过程，也是空间共在的场域。麦克卢汉认为"媒介即讯息"，某一种新媒介的介入能引起人事中"尺度变化、速度变化和模式的变化"[1]，"塑造和控制着人的组合和行为的尺度和形态"[2]。也就是说媒介不仅仅是信息、内容、知识的载体，是消极、被动的，而且对信息、内容和知识具有反作用，是积极、能动的，会对个人和社会产生影响。同时在他看来，媒介的影响具有偏向性，不同的媒介，会对个人和社会产生不同的影响，比如电影在他看来是低清晰度的媒介，人们可以参与其中，具有包容性，而电视则是高清晰度的媒介，人们的参与度低，具有排斥性。这是对伊尼斯的"传播的偏向"的进一步申发。所谓的"偏向"就是一种侧重，是不同的媒介特征所引起的文化影响的差异性。比如有的媒介倚重时间，易于形成僧侣主宰的宗教文化，而有的媒介侧重于空间，更适合于广袤地区的集中化治理的政治官僚文化。

由此，我们认为由于媒介影响的偏向性，在媒介演化的不同历史时期，主体不是普遍的、稳态的、同一的，而是历史的、动态的，具有差异性的。在这一部分，首先通过媒介的变迁揭示某种媒介主导的场域中

---

[1] ［加拿大］马歇尔·麦克卢汉：《人的延伸——媒介通论》，何道宽译，四川人民出版社1992年版，第2页。

[2] 同上书，第3页。

主体的不同特征，接下来在此基础上讨论多媒介并存的共时场域中的主体状态，即媒介场域的主体建构。

第一节 欲望主体

一 欲望层次

自柏拉图用"厄洛斯"（爱欲）的概念表达出灵魂渴望与它所没有的东西重新合为一体的思想开始，西方思想就明确要把人类经验表达为基本的缺乏，并努力克服这种缺乏。尽管对于缺乏的性质和是否能克服缺乏，各个思想家的表达各有不同。

从亚里士多德开始，欲望就具有对象性和层次性。他在《论灵魂》中用 orexeis 这个词表示"欲望"。玛莎·纳斯鲍姆在《善的脆弱性：古希腊悲剧和哲学中的运气和伦理》一书中对该词作了词源学上的解释：orexeis 的动词是 orego，本来的意思是指"伸出手"，后来衍变出"去得到某物"，"抓住某物"，"伸展自身以获得某物"以及"瞄准某物"等一系列含义。[①] 亚里士多德之所以要复活这样一个古老而朴素的动词，发展出一系列名词性用法并赋予其新的意涵，既给我们平时所说的渴望或欲求的方面引入一个较新的概念，又进一步将欲望区分为欲求、冲动和想往。欲求（epithumia），在罗念生、水建馥编纂的《古希腊语汉语词典》中被翻译为"渴望"，特别指性方面的渴望。而纳斯鲍姆则把这个词的范围扩大了，指那些与身体的本能欲望联系最密切的渴求。由此，欲求指人类作为活的动物体而自然具有的吃喝方面的本能欲望，尤其是性的欲求。

冲动是一种中间状态，介乎欲求和想往之间，它既愿意听从理性的召唤，又往往无法实际服从理智的引导。既不像欲求那样服膺于生理快乐的力量，又同欲求一样无法跟从理性而控制自身，就像亚里士多德所说的那样："冲动在某种程度上似乎是听从逻各斯的，不过没有听对，就像急性子的仆人没有听完就急匆匆地跑出门，结果把事情做错了，它

[①] ［美］玛莎·纳斯鲍姆：《善的脆弱性：古希腊悲剧和哲学中的运气与伦理》，徐向东、陆萌译，译林出版社 2007 年版，第 372—373 页。

又像一只家犬一听到敲门声就叫，也不看清来的是不是一个朋友。"①冲动是一种不自制，与理智的判断相反，与深思熟虑的行为相反。想往指向的往往是更高层面的目标，更接近理性，但不是理性，是行动者的需要，这个需要或是行动者偏好的，或是难以实现的目标。

拉康首先是从欲望（desire）与需要（need）和需求（demand）的关系中描述欲望的发生。

在他看来，需要纯属生物本能，它是在生命体的生存要求下产生的"胃口"，而一旦生命体得到满足，哪怕是暂时的，它就会很快消失。不过，人的本来纯属生物本能的需要不同于一般的生物本能，它很快就变得越来越复杂。

从需要到要求，主体的欲望发生了一个扭转，从原来的本能需要转为现在的。需要是个体的，而需求就已经是主体与他者之间相互反馈的交往行动，交往行动为主体提供了要求的诸多可能性和对象的多样化，尽管这些对象也许只是爱的缺失的替代品和弥补焦虑的象征品，但是比起需要来，需求的意义已经层出不穷。拿婴儿来说，需要就是对乳汁的需要，他饿了就需要吃奶，渴了就得喝水，这些是就需要而言的具体内容；等到他长大一些时，就有了爱的需求，希望母亲经常抱着他，大人在身边爱护着他，宠着他，这是对需求而言的内容。需求没有满足的时候，主体总是认为给予自己爱的对象越多越好，但是需求的这种不能满足会使主体产生焦虑，而且需求的对象总是缺场的，比如孩子爱的需求对象——母亲。母亲的缺场，会引起孩子的焦虑，为什么呢？因为给予自己爱的对象不在了。为了减缓这种缺场而造成的焦虑，儿童用玩缠线板游戏的方式来抵御焦虑和恐慌，儿童通过把线球一放一收，来象征着母亲的不在与在，从而为爱的缺失建立起防御机制。

欲望是什么呢？"在需求从需要那里分离出来的地方欲望开始成形。"② 欲望处在需求与需要分离的地方，也就是在需求与需要的裂缝处，这个分裂意味着一种浑然的整体性的缺失，这种浑然整体性也正是

---

① ［古希腊］亚里士多德：《尼各马可伦理学》，廖申白译注，商务印书馆2005年版，第205页。
② Laean, *Ecrits*, trans, Alan Sheridan, London：Tavistoek, 1977, p. 311.

欲望所企图达到的目标。那么这种目标为什么在需要和需求那儿达不到呢？因为需要满足的是一种个体性的目标，不具有黑格尔意义上的普遍性，而需求虽然相对于需要来说，其满足的目标具有普遍性，但是需求的对象是一种幻象，而欲望既是对需要对象个体性的否定，也是对需求对象的幻象性的否定，也就是说，欲望既有前两者的因素，又不是前两者的任何一方，欲望实际是需求减去需要之差，用拉康的话说，"从说出来的需求与需要的差异中产生的，它无疑是主体在其要求中说出来的需要得到满足后仍然缺乏的东西"，"欲望既不是需要满足的胃口，也不是对于爱的要求，而是从后者中减去前者所得的结果，是把两者分开的东西"。[1]

欲望在消灭了需要的个体性和需求的幻象性之后，达到了一个本体性的境界，但是欲望这个本体仅只是一种乌托邦状态，欲望演变的过程虽然也经历了两次异化或者否定，但是其结果并不尽如人意，欲望的途程最终并没有带来柳暗花明，而是仍然处于否定性的状态之中，仍然处于缺乏的状态之中。这样的结果不像黑格尔的欲望过程，也不像马克思的否定过程，他们的否定过程相当于一颗麦粒最后长成一束麦穗，欲望的演变过程或否定的结果最终趋于完整，而拉康的欲望却始终不具有完整性。

拉康的欲望辩证法是有其存在论（本体论）上的意义的，而它又是源于存在的"匮乏"（lack，又译"缺失"或"缺乏"）。拉康的欲望实现似乎也是一种逐级上升的过程，但是实际上这也是一种理想，作为本体的欲望和欲望的具体实现之间的关系，与柏拉图的理式说相仿。柏拉图认为，理式世界为最高境界，为本体，感性的现实世界和艺术世界是理式世界的"摹本"或"幻相"，感性世界和艺术世界不可能和理式世界同日而语，它们比理式世界要次一级。换言之，在本体和幻象之间总隔着一层或多层关系。欲望本体相当于理式，欲望的实现过程或者需求的对象也永远与本体之间有着隔膜。欲望的表达也试图去呈现欲望本身，但是欲望本体和欲望表达之间总隔着一堵墙，而且，欲望本体的绝对性和欲望表达的相对性之间的悖论关系使得欲望总是曲高和寡，它

---

[1] Malcolm Bowie, *Lacan*, London: Fontana, 1991, pp. 137–138.

永远处于缺乏之中,所以拉康有一句名言:欲望即缺乏。

拉康进一步认为,"主体"和"他者"之间的关系的特征即是欲望,"人的欲望就是他人的欲望";全然是因为对他者的欲望,人的欲望才有了形式。拉康所谓人的欲望即"他者的欲望"具有多重含义:(1)欲望是对"他者的欲望之欲望":一方面,人所欲望的客体是他人所欲望的客体;另一方面,人的欲望是想得到他人之承认的欲望。(2)人是根据别人的观点来产生欲望。人所欲望的客体本质上是别人所欲望的客体:一个客体之所以成为欲望的客体,不是因为它具有某种内在品质,而仅仅是因为它为别人所欲望。(3)人的欲望是对他人的欲望,人的原始欲望就是对母亲的欲望——母亲是人的最初的"他人"。(4)人总在欲望新的客体,人不会把已有的客体视为欲望的客体,在此意义上,人所欲望的客体总是处于被不断延搁的状态。(5)欲望不等于冲动,冲动有很多,而欲望只有一个;冲动是人与某个特殊客体的关系,而欲望是人与匮乏的关系——匮乏使人产生欲望,人所匮乏者正是人所欲望者。(6)欲望是在"他者"的领域即语言符号或象征秩序中建构的——在婴儿之最初的呼唤中就可以看见符号化的欲望之原型。

正因为人所欲望的东西是人所缺乏的东西,所以人必须通过语言来建构其欲望。"欲望"作为精神分析学的基本概念之一,在弗洛伊德那里,它往往与作为本能(需要)的对象化表达的冲动联系在一起。而对于拉康而言,则是从言说的意义方面来考虑欲望的基本构造。拉康认为,欲望是登录在话语中的缺失,是关于言说存在的能指标记的效果。作为缺失的欲望,是不同于心理学现象上的需要的,它是建立在一个"言说的主体"意义上的思想。

二 欲望与表征

欲望的表征即欲望以何种方式,在何处显现。拉康认为,欲望在象征界中,以语言和文化的方式进行表征:"儿童大约在3—4岁左右进入象征界,随着语言的获得,开始意识到自我、他者与外部世界的区别,并通过言语活动表达其欲望和情感。儿童在成长过程中进入象征秩序而逐渐获得主体性。就是这个时期将人的所有知识决定性地转向到通过对他者的欲望的中介中去……对于人,这种成熟的正常化从此决定于文化的帮助。就像俄狄浦斯情结对于性欲对象那样。"[①] 20 世纪 50 年代初,拉康受索绪尔、列维—斯特劳斯及雅各布森等人的影响,把研究的重心从镜像阶段论转移到语言活动。在拉康的"主体心理结构"中,象征界是占主导地位的一种,象征界即符号的世界,它是支配着主体生命活动规律的一种秩序,主体在其间通过语言同现有的文化体系相联系,同他者建立关系。拉康所谓的象征界包括三类秩序:逻辑—数学、语言、社会与文化象征现象。拉康更为强调后两种秩序。掌握语言的过程,这个过程逐渐将儿童引进社会文化关系之中。

语言中的欲望不是真正的欲望本体,而是欲望的变异:"在需要中异化的东西构成了一个源初的压抑,这个压抑被认为是不能够在要求中表达的,但是它可以在那种衍生物中重现,这个衍生物人们称之为欲望。从分析经验中来的现象证明欲望是悖逆的、变异的、不规则的、古怪的甚至骇俗的。由于这样的性质,欲望与需要区别开来。"[②]

索绪尔的语言学方法论主要是能指与所指的二元问题。索绪尔认为表音层可以称作能指,表意层是所指,能指和所指结合在一起,具有对应关系。索绪尔认为,能指与所指的关系是任意的,是约定俗成的,也就是说语音与语意之间的对应关系是人为的。拉康借用了能指、所指的概念,但在他这儿能指与所指并不是一一对应的,它们无法幸福地结合在一起。能指往往与所指处于分离状态,能指并不指向所指,而是指向另一个能指,形成能指链,所指缺席。

拉康强调,欲望在语言中显现。言语活动的本质特征就是对话性,它包含着说者与听者。他认为,言语不仅是信息的综合,而且在说者与听者之间建立了一种联系,"言语始终是主体间的契约"。主体的欲望必须依赖于其他主体对他的认识或认可,是他者的欲望。例如代词"我"是个人身份的一种标志。当儿童能够说出"我"这个词时,便证明"他"或"她"已确立了自身的主体性。但是,如果没有"我"的对立面——"你""他"或"她"的存在,也就不会有"我"这个位置,就如同没有男性也就没有女性一样。主体必须掌握"我""你"

---

① 《拉康选集》,褚孝泉译,上海三联书店 2001 年版,第 94—95 页。
② Laean, *Ecrits*, trans, Alan Sheridan, London:Tavistoer, 1977, p.286.

"他（她）"的辩证法，必须明白"我"永远只能相对于"我"以外的成分才能存在。由此在进入象征秩序的同时，欲望自身也被语言异化了。语言导致了三种异化结果：（1）个体自己的符号化；（2）作为说话主体的"我"和句子中作为主语的"我"的分裂；（3）无意识经验秩序的产生。语言既是我们表述生活经验和进行思考的工具，也使我们不断"压抑"着自己的生活经历，使思维与我们的生活经验的分歧越来越大。譬如，当我说"明天我要修剪草坪"的时候，引号内外的"我"并不是一致的，引号内的"我"（主语）是一种"言中主体"，即我的语句言及的对象；引号外的"我"则是一种"发言主体"，即实际主体，说话行为的主体。在说话和写作过程中，两个"我"似乎大致上能够统一，但这仅是一种想象的统一。没有任何符号能够概括我的整个存在，我只能在语言中用一个代词指示我自己，不能同时"意谓"又"存在"。所以，拉康将笛卡尔的"我思故我在"改写为"我不在我思，我思我不在"。语言的介入，实际上等于主体在语言中建立了一个象征性的"我"，主体将自己从语言中分离出来，这种分离过程同时也是无意识的形成过程。拉康指出："精神分析在无意识中发现的是在言语之外的语言的整个结构。……主体也一样，如果说他显得是语言的奴仆，他更是话语的奴仆。从他出生之时开始，即便那时只是以他的姓名的形式，他已加入到了话语的广泛活动之中去了。"从拉康关于象征界的论述中可以看出，主体在象征秩序中的意义，一方面是主体与他者的认识关系，构成一种语言关系中的"互主性"（intersubjectivite，又译"主体间性"），另一方面在语言这一自主性的结构中主体会脱离能指链，而成为漂浮的能指。在这个意义上，主体乃是一个"分裂的主体"，它实际上已被消解，或者说主体"死"了。

在语言系统中，欲望作为一个所指的存在，它既是大全，同时又是虚无，是没有一个能指给予指示的，正是因为这种所指缺失，而导致能指的无限滑动，一个能指代替另一个能指，因此欲望不是别的，正是这个话语的不可能性造成的。

三 欲望与主体

在拉康之前欲望都是有对象的。从逻辑推演来看，人们对欲望对象的认识变化意味着主体以何种方式存在。

在主体哲学诞生前除亚里士多德对欲望的对象有过明确论述外,欲望的对象多隐没于古希腊哲学和宗教哲学的理念、命运和上帝之中。在柏拉图那里,欲望被表征为灵感主体,只是知识、美的载体、传达者,获得知识,创作诗歌都要靠"灵感":"凡是高明的诗人,无论在史诗或抒情诗方面,都不是凭技艺来做成他们优美的诗歌,而是他们得到灵感,由神力凭附着。"[①] 亚里士多德倒是提出了欲望的表征的三个层次:吃、喝、睡、性等生理的渴望,对荣誉、勇气、复仇等善念的冲动,对偏好之物的想往。

自笛卡尔以降,近代西方主体性理论存在一个共同的前提,主体的核心是建立在自我意识上,欲望表征为自我意识。笛卡尔找到了支撑主体决定性的点,即"我思故我在"中的"我之思",我可以怀疑任何感觉,任何观念,甚至事实本身,也就是说可以怀疑一切,但我无法怀疑那个正在执行怀疑的思想主体"我"的真实存在。由此知识的可靠性无须通过主体之外的世界(某一设定的观念或者神、命运)来规定和检测,主体能够调控自己的生活,并能较为真切地感受到自己的力量。

康德的欲望对象是主宰性的,充满了乐观、自信的人类理性能力。在康德那里理性能力包括纯粹理性、实践理性和判断力,相应于理性分别为自然、自由和艺术立法。为此,康德有了著名的三大批判:《纯粹理性批判》《实践理性批判》《判断力批判》。在自然领域,他将主体面对的客体世界一分为二,即现象与自在之物。自在之物由于超出了主体的认识能力,被康德悬置,于是现象成了主体的真正客体。康德的现象不是假象,而是显现给直觉和经验的对象,因而是知识的源泉。现象不是知识,知识需要具有普遍性,而不是个别性的直觉和经验。主体的理性先天具有形式综合的能力,赋予现象以普遍性,使知识成为可能。在道德领域,主体既不听从自然情欲的驱使,也不受外在律令的强制,而是听从"绝对命令"(《实践理性批判》),绝对命令不是外在于"我"的,而是我心中的道德律令,是我先天具备的,是摆脱了外在强制的人

---

① [古希腊] 柏拉图:《文艺对话集》,朱光潜译,人民文学出版社1997年版,第8页。

的自由，人获得了自律性，而非他律。在艺术和审美领域，美不是由客体决定，而是客体在形式上显出符合主体的认识结构，符合主体的目的，使主体愉悦，即"形式的合目的性"(《判断力批判》)。理性之于康德具有不可挑战的地位："启蒙运动就是人类脱离自己所加之于自己的不成熟状态。不成熟状态就是不经别人的引导，就对运用自己的理智无能为力。当其原因不在于缺乏理智，而在于不经别人引导就缺乏勇气和决心去加以运用，那么这种不成熟的状态就是自己加之于自己的了。Sapere aude!（要敢于认识——引注）要有勇气运用你自己的理智！这就是启蒙运动的口号。"[1]。理性这一主体的能力可以使人类摆脱不成熟的蒙昧状态。康德使先天拥有并敢于使用理性能力的主体主宰世界。

他将主体作为客体即想象和自在之物的对立面，并在认识和审美实践中决定后者，这就意味着在主客体之间划了一条鸿沟。为了寻求主客体的同一，康德的继承者费希特提出了一个能动地、创造性地"纯粹自我"的概念。它与笛卡尔的"我思"一样，是推论的起点，一切事物的根据，"我既是主体，又是客体，而这种主客同一性，这种知识向自身的回归，就是我用自我这个概念所表示的东西"[2]。费氏的自我是开端，是本源，具有创生性，一切都必定可以由此推导，"我"在"思"内创造，在"思"内展开，在"思"中形成了世界。这个"我"不同于笛卡尔有限和无限相对的二元性的"我"，而是绝对的"我"，没有相对的东西，是自明的。主体由此具有了类似柏拉图的理念、亚里士多德的"第一实体"、宗教神学的上帝的终决性的权力。国内有学者认为自我的能动性在费希特那里得到了完成，"自我意识不仅自身就蕴含着对象的形式（康德），而且还进一步同时是对象的质料的来源，因而是客观世界的制造者（费希特）"[3]。

费希特试图用"自我"的概念使主客体同一，但从认识论出发，自我在认识"自我"时，就必须把"自我"当作对象看待，同时必然产生一个对象的意识，即与自我相对立的东西，这就是"非我"，所以

---

[1] [德] 康德:《历史理性批判文集》，何兆武译，商务印书馆 1997 年版，第 22 页。
[2] [德] 费希特:《人的使命》，商务印书馆 1982 年版，第 56—57 页。
[3] 杨祖陶:《康德黑格尔哲学研究》，武汉大学出版社 2001 年版，第 110 页。

意识就是自我与非我在自我中的统一。在谢林看来，意识的产生必然产生分离，也就永远达不到主客体的统一。谢林设置了一个"绝对的自我意识"。它有自己的发展阶段，这些阶段是"绝对自我意识"认识自己的过程，也就是逐渐认识了客体，发现了主客体统一的过程。"绝对自我意识"与费希特的自我活动不同的是，能从"非我"中抽象出来，回复到它自身。

黑格尔的主体哲学直接来自谢林，但在谢林的"同一"中更强调"差异"。在谢林那里，主客体的差异被建构为"同一"，客体和主体就是同一个事物。黑格尔强调"同一"差异被克服的过程和结果。他用"绝对精神"取代谢林的"同一"。

"绝对精神"既是谢林的"同一"，也是康德和费希特的决定性和创造性的主体，是客体的，也是主体的。他借用了斯宾诺莎的"实体"的内涵。黑格尔极为推崇斯宾诺莎："斯宾诺莎作为一个犹太人，完全抛弃了存在于笛卡尔体系中的二元论。他的哲学在欧洲说出了这种深刻的统一性。"[①] 斯宾诺莎将神性赋予自然，视自然与神性同一，因而自然同时具有物质性和精神性。但斯宾诺莎在黑格尔仅是开端和基础，他终以运动着的"绝对精神"扬弃了斯宾诺莎的"实体"。"绝对精神"的自我行程从逻辑的绝对理念开始，被否定为异在的自然，再经过否定达到理念和自然同一的自我意识。自我意识处于"绝对精神"发展的最高阶段，"绝对精神"的展开就是自我意识的发生史。因此绝对精神就是人的主体性。梯利认为："它自我创造并创造一切，天地万物莫不依此'绝对精神'而成为其自身。"[②]

从笛卡尔、康德、费希特到谢林、黑格尔，欲望主体不仅摆脱物质的本原、神、理念、命运确立了自身，而且具有决定性和创造性直至成为本体，膨胀为世界，世界是自我的表象，我就是整个世界，最终自我、主体在西方现代哲学中确立了中心化的地位，获得了完满。但是笛卡尔的徘徊和犹疑，像幽灵一样在自我的呈现、运动中始终挥之不去，那就是自我的二重性：肉身的被规定性和有限性，灵魂或精神的自由和

---

① [德]黑格尔：《哲学史演讲录》第四卷，贺麟等译，商务印书馆1981年版，第95页。
② [美]梯利：《西方哲学史》下册，葛力译，商务印书馆1979年版，第231页。

无限性。有限如何被超越最终达到无限、同一和完满，黑格尔在承认差异的同时，在否定之否定三段论的运动过程中克服了差异，终达完满。但完满的尺度是什么，谁来规定，如何可知已然达及？康德把它作为自在之物悬置了，黑格尔则在绝对精神中自我设定了。由此，在《十日谈》《巨人传》等作品中被高度弘扬的肉身被"同一"掉了，以主体之神代替了宗教神祇。

对黑格尔而言，"欲望"是整个意识的现象学的动力学基础。黑格尔的《精神现象学》是一部描述人类意识在经验中的纯粹逻辑发生的著作，正如其最初使用的标题是"意识经验的科学"。也就是说，它要探讨的是意识作为一个现象，是怎样在经验中开展和实现自身的，真理的各个环节是怎样被陈述为意识的环节。而"欲望"作为动力学的概念出现于该书第四章"意识自身确定性的真理性"，它是在从意识转变成自我意识的过程中被提出的，构成了自我意识确定自身的真理性的基本动力。欲望的对象在意识的展开和呈现的过程中表征为理性的主体，在意识的全部经验中，通过反思而呈现出来。

在笛卡尔把"我"中之"思"放在第一位的时候，他就发现了"我"具有二重性，一方面，"我"是一种纯思，"不依赖于任何物质性的东西"[①]，另一方面，"我"之"思"必须有一个支撑点，就是"我"的身体。但这个立足点是相对的、有限的和不完满的。一个有限的、不完满的"我"，如何能想象一个无限、完满的对象呢？完满与不完满是相对的，"我"如何才能意识到自我的不完满性？因此欲望对应的所指并非只有"我思"，应该还有"我欲"。由此他的完满性追求在此搁浅，最终"神"和"上帝"成了欲望对象，欲望表达的虚无在笛卡尔已经初见端倪。

20世纪这一"绝对主体"面临着被"怀疑论、非理性主义和神秘主义压倒的危险"[②]。胡塞尔试图通过"现象学还原"的方式重燃"先验主体"之光，在经验和事实悬隔的前提下，把"我"还原为自明的

---

① René Descartes, *The Philosophical Essays and Crrespondence*, edited, by Roger Ariew, Indianapolis/Cambridge: Hackett, 2000, p. 61.
② ［德］胡塞尔：《欧洲科学的危机与超越论的现象学》，王炳文译，商务印书馆2001年版，第317页。

"先验自我"。"自我"是绝对的、唯一的，构成一切。这样胡塞尔又回到了康德，一个无须证明的不具文化具体性和时空性的主体。后期胡塞尔试图回到人间，提出了"移入"与"共现"的理论。"移入"是在他者中生活，化入他者的生活。尽管胡塞尔还没有在主体与他者之间达成对话性，但他者不再缺席，而是与自我"共现"。这一点在后现代主义中得到了充分发挥，发展为堪与理性自我分庭抗礼的另一主体，另一自我。因此将主体"神化"，将普遍性作为唯一的绝对存在，只能是柏拉图式的灵感洞开的虚构。完整的自我既是无限的、自由的、普遍的，又是具体的、历史的、变易的，受到文化时空的规定。

在精神分析的基本框架中，欲望作为动力机制，在不同情景中或者梦中有许多不同的表达形式，如性的欲望、攻击性的欲望、死亡的欲望等。在拉康看来，"弗洛伊德的发现表明只有当主体偏离了自我的意识时这个验证的过程才真正触及主体。而黑格尔对精神现象学的重建是将辩证法保持在自我意识的轴心上的"[①]。无论是主体在自我意识的轴心上，还是偏离了自我意识，黑格尔和弗洛伊德的欲望都有明确的所指，拉康的欲望无处不在，却又无一处所在，他的主体是分裂的，更是虚无的。

四　媒介与主体

在拉康那里，语言表征着欲望，欲望在语言中成为他者的欲望，在语言的能指链上滑动，所指缺如，存在缺失。主体也从理性主体、非理性主体转向了虚无主体。拉康不是一个传统意义上的先验主义者，如果要用这个词的话，他是一个语言的先验主义者。在人类主体的构成中，语言不论在时间还是空间上都是一种先在的构造机制，逻辑上的必然结果就是主体的他者化。在语言系统中，存在作为一个所指，它既是大全，同时又是虚无，是没有一个能指给予指示的，正是因为这种所指缺失而导致能指的无限滑动，一个能指代替另一个能指，因此欲望不是别的，正是这个话语的不可能性造成的。拉康指出："如果说欲望是存在

[①] 《拉康选集》，褚孝泉译，上海三联书店2001年版，第304—305页。

缺失的换喻，那么自我就是欲望的换喻"[1]；而所谓的"我"在语言系统中也仅仅是一个指示主体的能指，"在这个定义中，主体只是一个转换者（shifter）或指示物，它在话语的主语中指示当时正在说话的主体"[2]。

在主体理论中，虽然拉康的主体虚无论有待商榷，但他确立了语言在经验世界中的基础性构成作用。语言作为一种基本媒介，欲望的表征，拉康赋予了其存在论的意义。

在麦克卢汉那里，欲望不仅在语言中表征，也在人类文化创造的各种媒介中表征。正如麦克卢汉援引德国教育学家洪堡的话所指出的："人与客体的生活，主要是按照语言对他呈现的形象来生活的。事实上，因为他的感觉和行动依赖感知，所以我们还可以说，他完全是按照那样的形象生活的。人从自己的身上开发出了语言。凭借同样的过程，他又使自己落入陷阱。每一种语言都在它所属的人周围画上了一个定身的魔圈。这个魔圈使人无路可逃，除非是跳出去进入另一个魔圈。"[3]

在现象学看来，所谓"世界"，就是我们所能感知到的世界，亦即在我们的直观思维中显现出来的世界。因此，作为显现之物，媒介所构成的世界也便是欲望表征的世界。正是在这个意义上，麦克卢汉提出："媒介是一种'使事情所以然'的动因，而不是'使人知其然'的动因。"[4] 这即是说，媒介不是通向世界的桥梁，媒介构成了欲望表征的世界；世界不是借由媒介来表现，世界就存在于媒介中；人不是透过媒介去认识世界，人就生活在媒介的世界里。麦克卢汉说过："媒介是终极的讯息，我强调媒介是讯息，而不说内容是讯息，这不是说，内容没有扮演角色——那只是说，它扮演的是配角。"[5] 在他看来，媒介内容只能触及人的意识层面的思想观念和意识形态，媒介形式则可塑造人的潜意识层面的思维习惯和感知模式。两者各有其功效，只是作用于不同

---

[1] 《拉康选集》，褚孝泉译，上海三联书店2001年版，第304—305页。
[2] 同上书，第278页。
[3] ［加拿大］埃里克·麦克卢汉、弗兰克·秦格龙：《麦克卢汉精粹》，何道宽译，南京大学出版社2000年版，第190页。
[4] 同上书，第266页。
[5] 同上书，第373页。

的领域。当然，前者产生的是具体、特定的传播"效果"，而后者产生的是一般、普遍的传播"效应"。相比之下，后者较前者对人们有着更为深刻和根本的影响——这正是麦克卢汉认为"媒介成分和内容的研究绝对不可能揭示媒介影响的动力学"[1]的原因。然而有意思的是，对于媒介形式的这种深刻而根本的影响，人们反倒容易忽视。麦克卢汉曾在谈到他致力于研究媒介形式的动机时说："有效的媒介研究不仅是要处理媒介的内容，而且要对付媒介本身。以前人们对媒介的心理和社会后果意识不到，几乎任何一种传统的言论都可以说明这一点，在过去的3500年里，西方世界的社会观察家对媒介的影响始终都忽视了，无论是言语、文字、印刷术、摄影术、广播还是电视，都忽视了。即使到了今天的电子时代，也没有多少迹象表明，学者们会修正这种置之不理的鸵鸟政策的传统立场。"[2] 事实上，之所以会出现上述状况，正是因为媒介形式的巨大潜意识影响已令长期浸淫于其中的人们变得麻木了——麦克卢汉将这种状态称为"自我催眠"的"那喀索斯综合征"，认为"凭借这种综合征，人把技术的心理和社会影响维持在无意识的水平，就像鱼对水的存在浑然不觉一样"[3]。

的确，水之于鱼——正如媒介之于我们——是一种环境，而"环境的首要特征是隐而不显、难以察觉的，没有一种环境是能够轻易感知得到的，原因很简单，它浸透了我们的注意场"[4]。

麦克卢汉的主要贡献在于发现了各种媒介都为我们提供了互不相同的感知经验。尼尔·波兹曼如是解读麦克卢汉的"媒介即讯息"："每种工具都暗藏有意识形态偏向，就像是癖性，偏嗜于将世界建构成这样而非那样，将一物在价值上凌驾于另一物之上，放大某一感官、技能或态度而抑制其他。这就是马歇尔·麦克卢汉那一著名格言'媒介即信息'的意思……在手握榔头的人看来，任什么都像是钉子……在端着相机的人看来，任什么都像是图像。在拥有计算机的人看来，任什么都

---

[1] [加拿大] 埃里克·麦克卢汉、弗兰克·秦格龙：《麦克卢汉精粹》，何道宽译，南京大学出版社2000年版，第276页。
[2] 同上书，第230、360页。
[3] 同上书，第360页。
[4] 同上书，第412—413页。

像是数据。"①

他在论及书面语对口语的改造时写道:"由字母表肇始的口头语言中的体态、视像和声音的分离,开始达到新的强度,字母表将口语的视像成分作为最重要的成分保留在书面语之中,将口语中其他所有的感官成分转换为书面形态。这有助于说明,为何木刻和照片在偏重文字的世界中受到非常热烈的欢迎。这些形式提供了一个包括姿势和富有戏剧性的体态在内的世界,这些东西在书面语中必然是略而不载的。"② 而他在谈到电话不同于收音机的特性时又说:"许多人打电话时感到有一种'比比划划'的冲动。这一事实与电话这种媒介的下述特性有关:它要求我们的感官和官能参与其间。和收音机不同,它不能用作背景,因为电话提供一种很弱的听觉形象,我们借用全部感官去强化并补足这一形象,为什么电话会造成一种强烈的寂寞感?为什么我们明知公用电话的响声与己无关时,仍然觉得有什么东西强制我们去接电话?为什么舞台上的电话一响就立刻造成观众的紧张情绪?以上所有问题,可以这样简单回答:电话是一种要求参与的形式,它要求一位同伴。它确实不像收音机那样具有背景工具的职能。"③ 他说:"电影的诞生使我们超越了机械论,转入了发展和有机联系的世界。仅仅靠加快机械的速度,电影把我们带入了创新的外形和结构世界。电影媒介的讯息,是从线形连接过渡到外形轮廓,当电的速度进一步取代机械的电影序列时,结构和媒介的力的线条变得鲜明和清晰。我们又回到无所不包的整体形象,在电影出现的时刻,立体派艺术出现了,立体派不表现画布上的第三维这一专门的幻象,而是表现各种平面的相互作用,表现各种模式、光线、质感的矛盾或剧烈冲突。它使观画者身临其境,从而充分把握作品传达的讯息,换言之,立体派在二维平面上画出客体的里、外、上、下、前、后等各个侧面。它放弃了透视的幻觉,偏好对整体的迅疾的感性知觉。它

---

① Neil Postman, *Technology*: *The Surrender of Culture to Technology*, New York Vantages Books, 1993 [1992], pp. 13 – 14.
② [加拿大] 马歇尔·麦克卢汉:《理解媒介——论人的延伸》,何道宽译,商务印书馆 2000 年版,第 204 页。
③ 同上书,第 330 页。

抓住迅疾的整体知觉,猛然宣告:媒介即是讯息。"①

由于某种媒介在感知经验上的或强化或弱化,使他者的整体形象发生变化,因而欲望主体也呈现出对应于这种由媒介的变化带来的差异性。

第二节　媒介变迁中的欲望主体表征

当今的媒介场主要由机械印刷媒介、播放型媒介和互动型媒介构成,其物质载体包括图书、报纸、杂志、广播、电影、电视、录像、唱片、计算机网络和手机网络等。这三类媒介有着历史发展的过程,可以大致对应于三个时代:机器化时代、电子化时代和数字化时代。由于不同的媒介编码规则,某个历史阶段以某种媒介为主导的场域建构了相应的主体。

一　机械印刷媒介场中的中心化主体

印刷文本的信息由于是通过文字有序、静态地呈现出来,这就需要阅读者发挥主观能动性,通过积极的反思和主动的想象,才能让按时间顺序连缀的文字转化为合乎逻辑的或生动形象的世界。马克·波斯特强调了印刷文字对主体的构建作用:"印刷文字把主体构建为理性的自律自我,构建成文化的可靠阐释者,他们在彼此隔绝的情形下能在线性象征符号之中找到合乎逻辑的联系。"② 可见,长期浸润于印刷文本中的主体易于形成积极、能动、自律、理性的特性。随着机械印刷媒介的发明,极大地推动了现代西方哲学中凭借理性建构世界的中心化主体的确立。

15 世纪德国的古登堡发明了现代意义上的活字印刷术。马克思有一段歌颂三大发明的著名文字:"火药、指南针、印刷术——这是预告资产阶级社会到来的三大发明。火药把骑士阶层炸得粉碎,指南针打开

---

① [加拿大] 马歇尔·麦克卢汉:《理解媒介——论人的延伸》,何道宽译,商务印书馆 2000 年版,第 38 页。
② [美] 马克·波斯特:《信息方式——后结构主义与社会语境》,范静哗译,商务印书馆 2014 年版,第 66 页。

了世界市场并建立了殖民地,而印刷术则变成新教的工具,总的来说变成科学复兴的手段,变成精神发展创造必要前提的最强大的杠杆"①。这段文字被国人广为引用,以说明尽管我们现在的科学技术落后了,但我们的祖上曾经辉煌过,曾经阔过。但从世界科学技术史的角度看,马克思的评价是针对以铅活字为代表的西方近代印刷术而言的。因为文中说得很明确,火药、指南针、印刷术是预告资产阶级社会到来的三大发明。固然火药的故乡是中国,但这里的火药已是西方近代社会工业化生产的黄色火药,开始大规模用于工程和军事;固然指南针的故乡也是中国,但西方近代发明的是用于航海的罗盘,即真正意义上的指南针,而不是中国古代的司南和指南车。同样,这里的印刷术已是一种全新意义上的印刷术,而不是毕昇时代应用性不强的泥活字印刷术。由于它的诞生,印刷效率大幅度提高,书籍量大增,书价急剧下降,印刷载体增加,印刷范围不断拓宽。欧洲在铅活字发明前,手抄图书只有几万册,而 1450 至 1500 年间,只经过 50 年,欧洲印版书已达 3.5 万种,数量猛增到 900 万册,这使得书籍的价格大为下降。伊尼斯在《帝国与传播》的"纸张与印刷机"的章节中记载,1470 年,巴黎一本印刷本《圣经》售价,只及手抄本的六分之一。随着印刷业的日益发达,全世界第一批近代报刊也终于在 16、17 世纪出现在欧洲。

书籍的普及,加深了人们对科学的兴趣,使得市民社会充分发育,大学教育繁荣,科学技术迅速发展。知识垄断被打破,神和教士的地位迅速下降,个人能力凸显,在日本著名科学技术史学者汤浅光朝看来印刷术是人类解放思想的武器,能使世界理性的生命力变得旺盛并使其水准显著提高。人们越来越相信自己,"我们的一切知识都来自我们的感觉能力"②,"经验是一切可靠知识的母亲,那些不是从经验里产生、也不受经验鉴定的学问,是虚妄无实、充满错误的"③。书籍使人们不再相信权威,而相信亲眼所见、亲耳所听的亲身经历,因此人们有了奠定现代科学技术坚实基础的许多重大发现,例如哥白尼和伽利略的天文学

---

① 《马克思恩格斯全集》第 47 卷,人民出版社 1979 年版,第 427 页。
② 伍蠡甫主编:《西方文论选》上卷,上海译文出版社 1981 年版,第 183 页。
③ 北京大学哲学系外国哲学史教研室编译:《西方哲学原著选读》上卷,商务印书馆 1981 年版,第 308 页。

发现，哥伦布发现新大陆，吉尔伯特发现电磁现象，哈维发现血液循环等。世界日益被人的经验尤其是视觉组织，即将世界看作一个由三维形式组织的客体。笛卡尔认为物质的根本属性是广延性，即占有一定的空间，长、宽、高三个方向上的广延，不可能存在绝对的虚空。广延在宏观世界无限伸延，在微观世界无限可分。[①] 运动也是广延的一种形式，但并不难把握，只要掌握了物体位置的变化，即使不问使它移动的力量，我们也能够把握运动。在这样一个可被自己把握的稳定世界里，人找到了自己的位置，并能够调控自己的生活，较为真切地感受到自身的力量。

在印刷文本推动和呈现的世界里，人类日益强大，在自然科学家和哲学家培根那里，人可以主宰世界。从文艺复兴到启蒙运动人类在几百年内所改变和创造的世界是过去几千年所不及。人类的自信心空前膨胀，这时候，我就是世界，我就是上帝。

所以说，能够构成世界的中心化主体的确立与机械印刷术的发明、发展密不可分。西班牙诗人和政治活动家曼努埃尔·赛·金塔纳在1803年发表的诗作《咏印刷术的发明》中说，机械印刷术不仅使瞬间即逝的思想在时间中保存，而且使真理之声能够在无数的具有创造性的生命中传播，促使思想冲破限制，不断更新。恩格斯1840年将其译为德文，诗中写道："如果没有你哟，时间也会吞噬自身，永远葬身于忘却之坟。但是你终于降临，思想冲破了藩篱，在它的襁褓时代就长久地限制着它的藩篱，终于展翅飞向遥远的世界，在那里，正进行着郑重的对话，这就是过去和未来。""无谓的劳动啊，你写写抄抄，赋予思想以生命，这真是白白操劳！因为思想必逝：模糊的帷幕、忘却的阴影已把它笼罩！什么样的器皿能容纳大洋的汹涌波涛？禁锢在独卷手抄书内的思想，无法传扬到四面八方！还缺少什么？飞翔的本事？大自然按照一个模型，创造出无数不朽的生命，跟它学吧！我的发明！让真理之声四处传扬，千千万万回声在山谷震

[①] 全增嘏：《西方哲学史》上册，上海人民出版社1983年版，第506页。

荡，鼓着灵感的双翼，青云直上！"① 机械印刷术的发展、辉煌贯穿了文艺复兴和启蒙运动，参与和推动了中心化主体的塑造。

二 播放型媒介场域中的非理性主体

19世纪以降，曾以本原、神、理念、命运确立了自身的中心化主体，逐渐被怀疑论、非理性主义和神秘主义压倒。② 随着播放型媒介的发明，其编码特点更能够激发主体的非理性主义的倾向。

（一）主体在科学技术的优先发展中分裂

我们在印刷媒介场中看到了主体的力量，看到了科学技术的巨大能量，因此文艺复兴以后科学技术获得了优先发展权。原先整体发展的科学和人文发生了分裂。当科学技术，尤其是技术不断渗透后，出现了显而易见的文化矛盾或冲突，马克斯·韦伯称之为技术自身的工具理性和人文固有的表现理性之间的矛盾。据哈贝马斯的看法，韦伯在其社会研究中发现，文化的现代性是一个与宗教和形而上学分离的过程，它逐渐演变成三个自律的领域：科学、道德和艺术。哈贝马斯认为这三个领域的分化就是启蒙的规划，分化导致了专门化以及彼此的区别，即文化的三个维度，这就构成了他所说的三种理性和结构：认知—工具理性结构（科学技术），道德—实践理性结构（伦理）和审美—表现理性结构（艺术或审美）。③ 科学技术的片面发展不仅导致了文化的分化，而且使认知—工具理性无限膨胀。更有人激进地宣称："技术逻各斯被转化为持续下来的奴役的逻各斯。技术的解放力量——物的工具化——成为解放的桎梏；这就是人的工具化。"④ 科学技术不再是一种单纯的肯定性力量。科学技术对人类社会生活影响越大争议就越大，历来关于技术对文化的影响存在着两种不同甚至对立的看法："超越论者在科学技术的力量中感到了对人的主体的威胁。他们提出了这种观点：人的自由被技

---

① 《马克思恩格斯全集》第41卷，人民出版社1982年版，第42—43页。
② ［德］胡塞尔：《欧洲科学的危机与超越论的现象学》，王炳文译，商务印书馆2001年版，第317页。
③ Habermas, "Modernity Versus Postmodernity", in Alexander, J. E. (ed.), *Culture and Society-Contemporary Debates*, Cambridge: Cambridge University Press, 1990, p. 348.
④ ［德］马尔库塞：《单面人》，左晓斯译，湖南人民出版社1988年版，第136页。

术危及。他们看到了人与技术之间的冲突；结果大多数超越论者就对现代技术采取一种敌对立场，使它具有一种自律力量的特性。而在实在论者那里，情况却反过来了，他们认为现代技术是一种好东西。他们在现代技术的发展中看到了对人的力量的肯定和文化的进展。"[1] 前者面对现代文化的分裂忧心忡忡，后者充满乐观的基调，看起来前者是文化决定论者，后者是技术决定论者，实际上他们都是技术决定论者，也就是说是技术导致了文化的分裂，主体的分裂。文艺复兴直至启蒙运动，如达·芬奇和歌德那样跨学科的。融人文与自然为一体的整一主体消失了。

（二）播放型媒介场中主体的非理性发展倾向

播放型传播模式（broadcast model of communications）由马克·波斯特在《第二媒介时代》一书中提出。它指为数不多的制作者通过对信息的电子化模拟，将其传送给为数甚众的消费者的传播模式，包括电影、广播和电视。传播媒介是技术的结果，播放型传播媒介如广播、电影、电视更是技术的结晶。由高度发展的现代技术支撑的播放型媒介由于迥异于印刷媒介的承载方式，有着广泛的传播范围，在其媒介场域中，主体还能保持文艺复兴以来形成的同一性吗？是否会如技术决定论者所言产生分裂，在肯定与否定、解放与控制之间徘徊，最终无家可归？

印刷媒介场中由于文字的时间性、静态、抽象的特点，一方面知识脱离权威和经院，逐渐世俗化；另一方面主体在日益强大的同时，把世界拆分为两部分：认识者和被认识者，改造者和被改造者，成熟状态与不成熟状态，启蒙与被启蒙。自我在这种认识、改造、启蒙的运动中，通过否定之否定不断走向完满，走向完满自我的中心化。中心总是和边缘相对，中心的任务就是通过对边缘不断地进行认识、启蒙和改造，使其中心化，最终达至完满，这里是同一，是敞亮，是自明。如同儒家那样，他们从未放弃世俗和人间，但这样的世俗和人间并非他们所满意的，需要重新组织和秩序化。他们通过不断的自我修养，达贤，达圣，

---

[1] ［荷兰］舒尔曼：《科技文明与人类未来》，李小兵译，东方出版社1995年版，第61页。

终至"齐家、治国、平天下",达及"大同世界"。虽然"完满"和"大同"从未达及,但他们都相信只是时间问题。"未及"的原因更多的是"群氓"或"常人"太多,"精英"和"雅士"太少。"大同"和"完满"未达,却形成了"雅士"与"群氓","精英"与"常人"的对立。所以印刷媒介场中形成了主体的精英化。

而播放型媒介则更易于形成庸常化、非理性的主体。下面主要在播放型媒介研究的成果基础上分别从制码、解码的角度探讨播放媒介的主体倾向。

法兰克福学派较早开始研究播放型媒介,主要站在主体自律和中心化的立场进行媒介批判。阿多诺把播放型媒介命名为"文化工业"。它通过大众传媒,主要是播放型媒介,以机械复制的方式,传播了一种以经济利益为指归的文化,其核心在于揭示播放型传播媒介与资本、技术联姻对大众进行控制。这与精英知识分子的启蒙理想背道而驰,为了能建立现代性主体,就必须否定这种文化。以阿多诺为代表的法兰克福学派逐一分析了广播、电影、电视对大众的感知模式、思想意识、行为模式等的控制。广播把主体变成了"听众",单向传输,控制着话语权,主体是沉默的大多数,只需如同接受圣训般被灌输,不能回应:"从电话进到无线电广播,作用发生了巨大的变化。每个人,每个主体都能自由地运用这些工具。每个人都可以成为民主的听众,都可以独立自主地收到电台发出的同样的节目。但是答辩的仪器尚未开拓出来,私人没有发射的电器设备和自由。群众被局限在由上面特意组织的'业余爱好者'的人为约束的范围。"① 电视取消了主体的独立自主的反思性,"当今绝大多数电视节目都旨在生产……那种自鸣得意、心智的消极被动以及愚昧轻信","重复性、雷同性和无处不在的特点,倾向于产生自动反应并削弱个体的抵抗力量"。② 法国小说家乔治·杜亚美把电影看作"被奴役者的消遣,给那些愚昧无知、身心交瘁、惶惶不可终日的可怜虫们散心用的娱乐……一种既不需观众全神贯注也不要观众有多少智商

---

① [德]马克斯·霍克海默等:《启蒙辩证法》,洪佩郁等译,重庆出版社1990年版,第114页。
② [美]马克·波斯特:《第二媒介时代》,范静哗译,南京大学出版社2000年版,第6页。

的热闹场面……除了能给人带来有朝一日会成为好莱坞明星这一荒谬可笑的幻想外，它既不能拨弄出心中的火花也不能唤醒任何希望"①。对于电影，法兰克福学派与杜亚美的观感相似。总之在阿多诺和霍克海默那里，播放型媒介场域控制了主体自由思想的能力和空间，控制了主体的主观能动性和创造力。

法兰克福学派第二代的代表哈贝马斯基本上承继了阿多诺和霍克海默的结论，关于媒介的主体操控性，他在《公共领域的结构转型》中写道："人们所看到的经常讨论的事物，因文化工业而变得不辩自明；它们不过是媒介的宣传操纵和评论员辛辣连续的时事评论所带来的短暂结果，而消费者则浸淫在媒介中……"② 但哈贝马斯与老一代法兰克福学派的成员并不完全相同，虽然同样注意到了媒介的单向传输性，但他察觉到了一种不同的可能性，他认为媒介有助于突破语境的时空限制，增强交往性："只要大众媒介单方面地在一个中心化的传播网络中规定交流的方向——从中心到周边或者自上而下，它们就会在很大程度上增强社会控制的效验。但是挖掘这种权威潜力总是很难把握，因为交往结构本身就内置了解放潜能的抗衡力量。大众媒介能够同时将达至理解的诸多过程语境化和集中化，但只有在第一种情形中媒介才会使交流互动不必对可批判的有效性称作是/非选择式回答。尽管这些交往呈分散而集束的状态，负责任的行为者也很难保证它们不被可能的对立力量击穿。"③ 媒介能把大量信息传播给大量观众，由于信息的集中，其中不可能没有对立的力量，虽然这不是他"理想化的言语情境"，但从这个意义上他认为媒介具有一定的解放潜能。同时他并不完全像他的前辈学者那样贬低大众，通过交往行动，人类可以被构建为负责任的行为者，有抵抗媒介控制的能力。尽管他通过"理想言语情境"培育的"负责任的行为者"和现代主义者的逻各斯中心主体一样虚妄。尽管哈贝马

---

① ［美］马克·波斯特：《第二媒介时代》，范静哗译，南京大学出版社2000年版，第4页。

② Thmos Burger, *The Structural Transformation of Public Sphere*, Cambridge: Plolity Press; Cambridge, MA: MT Press, 1989, p.245.

③ ［德］哈贝马斯：《交往行动理论》（*The Theory of Communicative Action*），第390页，转引自［美］马克·波斯特《第二媒介时代》，范静哗译，南京大学出版社2000年版，第11—12页。

斯在媒介的主体性研究中并未完全突破前辈的窠臼，但在以下方面有所进展：第一，他看到了媒介控制的裂隙，媒介所传播的信息不可能只有一种声音，可能包含着多种声音；第二，他没有完全贬低大众，大众经过培育，有可能成为抵抗的力量。

本雅明在法兰克福学派中是一个特立独行者，是一个难以定论的复杂人物，他的思想富有原创性，在对技术的认识上突破了传统观念。

以阿多诺、霍克海默为代表的法兰克福学派的成员，在对资本主义和自由主义的运作形态进行分析时能够条分缕析、鞭辟入里，但在考察媒介时几乎没有能从其内部去揭示媒介自身的特性，其形式特征、传达规范；他们往往局限于媒介的外部运作，未加深入研究就先入为主地否定媒介，维护高雅文化，否定依靠播放型媒介传播的大众文化。本雅明则不同，没有站在精英知识分子的立场贬低播放型媒介所传递的文化产品，当然也不是一味地逢迎，而是从具体的文化和技术特质入手探讨媒介的形式表达及其效果，主要从电影介入。

首先他认为电影拷贝的机械复制性，使艺术从庙堂走向民众，促进了社会的平等和民主。在他看来机械复制技术使人类的艺术活动在现代工业社会发生了一系列的根本变化，"即由有韵味的艺术变成机械复制艺术，由艺术的膜拜价值转向展示价值，由美的艺术变成后审美的艺术，由对艺术品的凝神专注式接受转向消遣性接受"[①]。尽管本雅明对艺术品韵味的丧失不无遗憾，但他依然肯定机械复制的艺术作为艺术品的地位，这除了因为更多大众能够接触到艺术品外，与他独特的艺术观不无关系。在本雅明那里，从原初意义上看，一切艺术都离不开技术，其中也包括艺术创作的技巧和手法，只不过有的技术的变革没有给人们的感知带来明显的冲击，有时会被忽略，例如传播媒介从言传到文字，再到纸张、书写，艺术史也就成了艺术复制的历史。本雅明指出"艺术品在原则上总是可复制的"[②]。因此，尽管机械印刷技术的发明使得小说迅速传播开来，导致了故事的衰落，但人们并没有把小说逐出文学

[①] [德] W. 本雅明：《机械复制时代的艺术品》，王才勇译，浙江摄影出版社1993年版，前言第10页。
[②] [法] 贝尔斯·斯蒂格勒：《技术与时间：爱比米修斯的过失》，裴程译，译林出版社2000年版，第4页。

艺术的王国。其次，电影的技术性介入的不可忽略性，能使观众采取批判的态度。技术性的介入可以使观众认同点从表演者身上转移到技术上，由于可觉察的技术意识，观众有时会不自觉地站在镜头或导演的位置而不是演员的位置，采取一种创造性和批判性的姿态，这样作者与观众的位置不是固定不变的权威式的单向传输，而是可逆的，这从根本上瓦解了艺术的权威感，尽管这不是作者的初衷，但媒介的特性做到了这一点。最后，本雅明不是单纯的媒介决定论者，而是把媒介置于与政治、资本、文化等相互影响的场域中。媒介解放意义的实现，不仅取决于技术本身，而且受到技术在文化中实现方式的影响。例如艺术电影与好莱坞大片相比，尽管在媒介上都属于少数制作者向多数接受者传输的播放型媒介，但其受众面很小，这与其制作手段、内容意趣、发行手段、资本介入的方式等都密切相关。

本雅明的思想富有原创性，后继的诸多学派都认为其思想对自己具有首开先河的意义，他对受众的接受能动性的关注对发源于伯明翰的英国文化学派不无影响，但后者通过大众对媒介文本的解读研究，分析得更为细致和深入。与法兰克福学派不同，英国文化研究学派肯定了大众的主动性、反抗性和批判能力。其理论策略是将"文本"的解读方式用于播放型媒介所生产和传播的文化产品，也包括与之相关的社会实践、社会组织机构。大众虽然不能参与媒介文本的生产，却可以操控对媒介文本的解读，并通过主动解码，在媒介文本中嵌入自己的意义。

威廉斯是英国文化学派的开山鼻祖，他认为传媒不可能导致人的能动性的完全丧失，其传输的信息在被大众接受之前要受到他们经验的过滤："人们的心灵世界是由他们的整个经验塑造的，没有了经验的确认，即使是最巧妙的资料传送，也不能被传播。传播不仅仅是传送，而且还是接受与反应。在一个转变期的文化中，技术高明的传送可能会对活动和信念的几个方面有影响。但在混乱中，整体经验将会重新抬头，固守它自己的世界。"在这里传媒是中性的，只是单纯的传播手段，他虽然认识到了大众接受的主动性和能动性，但在媒介所具有的"内容"性或意识形态性的认识上与法兰克福学派相比有倒退之嫌。

霍尔是英国文化研究学派重要的理论家，他的《电视论述的制码与解码》是英国文化研究"最具重要性的转折点"，使媒介研究迈向了一个新的阶段,建立了流行文化的消费者——"阅听人"的理论。霍尔区分了编码和解码作为两个不同的传播阶段,各自存在的条件和决定因素。媒介的编码通过表意建构现实,所表之意,并非一定是来自优势的国家意识形态机器,但它们必须在每个人所同意的东西,所谓"共识"边界和框架内才能运作下去,媒介不仅被共识引导,而且塑造着共识。共识往往代表着国家中优势的社会利益。但霍尔与阿尔都塞的"媒介的国家意识形态传输理论"最大的不同在于,他认为传播是一个复杂的结构,意识形态的传送不等于被接受,意义需通过阅听者的解码或消费产生。在霍尔看来阅听者有三种解码立场:第一,主导意识形态立场,编码与解码的立场一致;第二,协商立场,阅听者一方面承认意识形态的权威,吸收他所用的符码,另一方面又保留与之不同的独特意见;第三,对抗立场,阅听者接收了传播者采用的符码,了解了它的意图,但是"以一种俨然相反的方式去解码信息"。[①] 他称这三种解码方式为"偏好阅读""协商阅读""对立阅读"。尽管霍尔提出三种阅读方式,但他关注的重心还是在"制码"。作为大众传媒往往鼓励"偏好阅读",他担心如果媒介制码得法,影响阅听人解读的还是主导意识形态。

尽管霍尔的理论有所偏向,但催生了媒介文本阅读理论的研究,如莫利主张以"协商阅读"取代"偏好阅读"的多元话语解码。费斯克提出了受众的"符号权力"理论,提倡抵抗性、创造性阅读,同时在对既定文化秩序和现实的反抗中获得阅读快感。

综上,从阿多诺到费斯克,出现了多重性的主体,被控制的主体、自由平等的主体、具有能动性和创造性的主体,播放媒介场域中的主体到底该倾向于哪一极呢?我们似乎很难在哪一种观点中取舍,组构起如同机械印刷时代那样稳定、同一的主体。其中充满了悖论、矛盾、裂隙和空白。

以阿多诺为代表的法兰克福学派站在主体中心论的精英主义立场对待播放型媒介,如同1935年鲁迅在《论毛笔之类》一文中所写国粹派对新媒介的态度:"前几天看见一篇关于笔墨的文章,中学生之流,很

[①] 罗钢、刘象愚主编:《文化研究读本》,中国社会科学出版社2000年版,第358页。

受了一顿训斥，说他们十分之九，是用钢笔和墨水的，这就使中国的笔墨没有出路。……不过我想，洋笔墨的用不用，要看我们的闲不闲。……假如我们能够悠悠然，洋洋焉，拂砚伸纸，磨墨挥毫的话，那么，羊毫和松烟当然也很不坏。不过事情要做得快，字要写得多，可就不成功了，这就是说，它敌不过钢笔和墨水。"① 从这个角度看确有其偏激的一面，但他们除了看到播放型媒介单向传输的意识形态灌输外，同时意识到受众在面对播放型媒介时更易产生下意识、自动化的反应，而不是独立的反思，其理由是雷同、重复，那么为什么播放型媒介会出现这种情形呢？是否与其编码方式有关呢？霍尔提到如果制码得法，受众会更多倾向赞同主流意识形态的"偏好阅读"。这里的"制码得法"，应是指媒介以何种方式表意。菲斯克将电视符码分为三个等级：现实、表现与意识形态，编码就是使现实与意识形态结合通过电视技术符码表现出来。机械印刷媒介的表意符码是文字，而播放型媒介的技术符码就是由镜头、灯光、音乐、对话、叙述等综合而成的影像。另外从受众的角度看，浸淫于播放媒介场域中的大众是否能稳定地具有阅读的能动性和创造性？下面就结合以上媒介研究的成果分别从制码、解码的角度探讨播放媒介时代的主体性。

播放型媒介是通过影像表现意识形态和现实的结合，相对于文字，影像对主体有何不同影响呢？

播放型媒介是少数制作者面向多数消费者，其制作者，无论是资本指向，还是主导意识形态的传输，为了达到最优化，影像需在传输什么，如何传输，即所指与能指两个取向上去争取更多的受众。首先在传输的内容上寻求受众的"共通感"，即威廉斯的"共识"；其次，表现形式要能为多数受众所接受。播放型媒介所面对的公众不是升华、自律的主体，也不完全等同于笛卡尔二重性自我中的肉体的自我，更类似于海德格尔在世间沉沦的平均化的"常人"。在海德格尔那里常人的存在样式就是闲言、好奇和两可。因此制作者在进行影像制作时必须考虑公众的这种常人特性。所谓"闲言"是一种不求真实、不求新意、无须反思的平均化的公众理解，往往表现为鹦鹉学舌、陈词滥调。"谁都可

---

① 《鲁迅全集》第 6 卷，人民文学出版社 1981 年版，第 393 页。

以大谈特谈,对什么都可以大谈特谈……闲言无需与所谈的事物建立切身联系就什么都懂了"①,闲言看似敞开,实质闭锁,对真实的闭锁,谁都可以谈,谈什么都可以,但其中没有"我"的理解,我的分析,我的诘问,我的反思,有的只是公众理解,公众理解规定我怎么看,看什么。亚里士多德认为求知是人的本性,而人在源始意义上是通过各种感官求知,其中眼睛具有优先地位,也就是说在"看"中获得快乐。但人不是无时无刻都处于高度集中有意识的观看中。这种"看",后来被我们称为工作或操劳,好奇是在暂停工作或完成了工作的休息下来的时候的一种看:"它忙于东看西看,却不是为了理解它看见的事物,而只是为了看看而看。它贪新骛奇,只是为了从这一新奇重新跳到另一新奇上去,为了能放纵自己于世界。好奇无所逗留。……好奇什么都要知道而什么都不要理解,到处都在而无一处真在。"② 好奇,求新求奇,但不求甚解,停留于表面,不向深处开掘,跳跃性强。闲言和好奇使"我"处于两可之中,没有真实,有的只是道听途说、捕风捉影:"公众解释事情的这种两可态度把好奇的预料假充为真正发生的事情,倒把实施与行动说成姗姗来迟与无足轻重之事……在那里,仿佛万事都已经靠闲言决断好了;在那里,最响亮的闲言与最机灵的好奇'推动'着事情发展;在那里,日日万事丛生,其实本无一事。"③ 因此具有闲言和好奇特性的公众,看似热情,实则漠然,他们只是在不需要负责任、道听途说、捕风捉影、偷窥、偷听他人时兴致勃勃,一旦接触真实则兴趣索然。

播放型媒介无论是从资本还是政治的角度,为获得多数受众,需要适应常人的特性制码,因此表意符号影像具有反时间性的特征。生命的意义和价值何在?司马迁在《史记·太史公自序》中自述发愤作《史记》的缘由:"昔西伯拘羑里,演《周易》;孔子厄陈、蔡,作《春秋》;屈原放逐,著《离骚》;左丘失明,厥有《国语》;孙子膑脚,而论《兵法》;不韦迁蜀,世传《吕览》;韩非囚秦,《说难》《孤愤》;

---

① 陈嘉映编:《存在与时间读本》,生活·读书·新知三联书店1999年版,第117页。
② 同上书,第119页。
③ 同上书,第120页。

《诗》三百篇,大抵贤圣发愤之所为作也。"眼前的生命是如此痛苦,这些圣贤为何能忍辱负重?司马迁说得很明白:"此人皆意有所郁结,不得通其道也,故述往事,思来者。"他们都在困厄的当前,看到了过去和未来,看到了生命的整体性。生命真正的痛苦是"前不见古人,后不见来者"。因此生命真正的意义在于人在生存中体验到的不可分割的时间的整体性,即海德格尔所说的存在的整体结构,"先行于自身而已经在世寓于世内存在者的存在"[①]。因此时间的整体性一方面表现为时间的不可分割性,另一方面表现为过去、未来在当前呈现,也就是说过去和未来在现在的活动中展开。

影像则是瞬间的、当下的,反时间性的。影像是一定数量的运动瞬间的组合,是一幅幅孤立的画面迅速跳跃形成的看似整一的影像流。受众在一个又一个画面之间迅速跳跃,他只是看,没有联想,没有思考,没有记忆。本雅明引用了法国小说家乔治·杜亚美对这种状态的描述:"我已经无法思考我想思考的东西。活动的画面赶走了我的思想。"[②] 本雅明把这种虽然需全神贯注观看但无法思考的看的效果称之为"震惊"。而且他认为这种震惊效果不是外在强加的,它属于自身:"电影通过技术结构解放了身体的震惊效果,而实际上,达达主义在道德的震惊中还紧包着它。"[③] 达达主义所说的是人的感受现实与机器的表现形式统一。人在某种本性上来讲喜欢在新奇的事物之间跳跃,只是闲看,不求甚解。

从这个意义上,影像除了通过孤立画面的组合让受众产生好奇的震惊外,其画面还要具有新奇性。新奇不是新意,新意是在时间性的体验中所获得的全新的意义,是个体生命的整体性体验而不是顺应于公众认识,如屈原在"众人皆醉我独醒"的痛苦中自舍生命,司马迁的忍辱发愤著书,文天祥要在青史留名的从容赴死。这是不同的生命选择,没有盲目,没有趋时,有的是在整体的生命体验中所感受到的生命的本真可能性,这就是新意。而新奇只是外观,缺乏意义。新意显示了生命的

---

① 陈嘉映编:《存在与时间读本》,生活·读书·新知三联书店1999年版,第133页。
② [德] W. 本雅明:《机械复制时代的艺术品》,王才勇译,浙江摄影出版社1993年版,第150页。
③ 同上书,第151页。

本真，而新奇则是沉沦和残缺。前者是海德格尔笔下在时间的整体中敞开的梵·高的农妇的鞋，他如是解读："从鞋之磨损了的、敞开着的黑洞中，可以看出劳动者艰辛的步履。在鞋之粗壮的坚实性中，透射出她在料峭的风中通过广阔单调的田野时步履的凝重与坚韧。鞋上有泥土的湿润与丰厚。当暮色降临时，田间小道的孤寂在鞋底悄悄滑过。在这双鞋里，回响着大地无声的召唤，呈现出大地之成熟谷物宁静的馈赠，以及大地在冬日田野之农闲时神秘的冬眠。这器具浸透着对面包之必需的无怨无艾的焦虑，浸透着克服贫困之后无言的喜悦，临产前痛苦的颤抖以及死亡临头时的恐惧。这器具归属于大地，它在农妇的世界得到保护。"① 这双农妇的鞋在时间中保存农妇的整个世界，尽管她是一个普通农妇，但这双鞋展示她独有的生命意义。而面对被新奇主宰的世界，后现代主义艺术家安迪·瓦侯讥讽地宣称："要想知道我瓦某人的一切，那么只要看我绘画、电影和我本人的表面就够了，我就在那儿，在它背后一无所藏。"瓦侯仿梵·高的《农鞋》制作了《钻石灰尘鞋》，画面被一双双款式、色彩各异的鞋填满了，这里只有物，没有人，鞋的主人被遮蔽了。没有人，没有了生命的体验，意义也就不存在了。我们可以好奇地看着这些鞋，形形色色，光怪陆离，作者给了它们钻石般的光彩，可是再漂亮，缺少了生命的光彩，那也是石膏像。所以只有外观的一双鞋和一百双鞋实质一样，甚至是虚无。所以瓦侯极端地宣称的"我要成为一架机器。……我觉得，要是任何人都一模一样，那该多棒"② 没有了意义，世界同质化，也就意味着失去了整体的生命世界。因此影像是类象，而不是具有独特意义的形象。

好奇看似不断处于变化中，实则处于公众舆论中："如今，此在通过公共交通工具与他人交往，通过报纸等媒介与他人沟通消息，在这样的公共世界里面，此在更消解在他人的存在方式之中。此在不是自己存在，他人从他身上把存在拿去了。在日常共处中，此在处于他人的号令之下。然而各具特色的他人却消失不见了，每个人也都和其他人一

---

① 朱立元：《当代西方文艺理论》，华东师范大学出版社2001年版，第145页。
② 转引自金惠敏《媒介的后果》，人民出版社2005年版，第41页。

样。"① 当大家都生存在公众之下，世界就变得千篇一律，千人一面，生活日复一日。生命越单调，好奇性就越强，就越喜欢谈论他人，以至于偷窥他人，但这种偷窥会带来沉重的心理压力，巨大的道德风险。影像竭力以仿偷窥的方式满足人们的偷窥欲，同时由于影像观看的集体性以及影像的拟仿性人们可以放下道德压力轻松观看。希区柯克的《后窗》形象地发掘出了每个人的内心深处隐藏着的喜欢偷窥的心理。影片以《后窗》为名似乎蕴含了某种意义——门紧闭着，打开后窗，那是另一个我们好奇的世界。在希区柯克看来，在美国人的生活中，最有趣然而也是最可怕的是人们对平庸的心满意足。最鲜明的标志就是美国人对看电影的热衷，而这实际上体现了美国人的窥视狂倾向。窥视狂成了希区柯克的电影要揭露的一项重要内容，这在影片《后窗》中得到了最为彻底的表现。当主人公杰弗瑞拉开公寓后窗的窗帘，也就预告着一部电影的上演。坐在轮椅上的杰弗瑞也就是一名电影观众，他对窗外情景的体验也就是一名电影观众的体验：身体被固定着，对窗外（电影上）发生的一切都无能为力，只能观看、评论、推测、同情、兴奋。

因此，影像为了赢得观众就需要在猎奇中生存，俗称"眼球经济"。一方面，需要寻求新异的素材，许多禁区，往往都是在影像中首先被突破，例如色情、暴力、怪诞、丑陋等；另一方面需要在影像的表现力上下功夫。素材毕竟是有限的，但组合、改装、变形则是无限的。同样的一张脸，在现实可能是平淡无奇，如果在影像中使用了特写镜头，展现在银屏、银幕上就会显得陌生新奇。电影史上有两个生动的例子，一是特写镜头的使用，当突出和放大人物的局部时，观众感到人物被"肢解"了，产生了强烈的恐惧感。第二个是用运动的镜头拍摄火车迎面呼啸而来，最初见到这个镜头观众以为火车迎面轧了过来，吓得逃离了电影院。但对于今天的观众来说，这样的影像已司空见惯，需要更新的刺激才能吸引观众，于是影像的技术手段不断翻新，直至创造出新的现实。

一方面影像满足了人们的追逐新奇的看的欲望，另一方面更强化了这种看的方式。因此，从受众的角度看，受众的主观能动性和创造性受

---

① 陈嘉映编：《存在与时间读本》，生活·读书·新知三联书店1999年版，第88页。

到了以下两方面的影响。

首先助长了受众的惰性。影像由于其机械复制性，反时间性的瞬间空间并置，影像像瓦侯的钻石灰尘鞋般充塞了空间，数量大，速度快。暴量的影像，不仅满足了大众的好奇心，同时也使他们感到了压力。主体的主观能动性和创造性的防线不断后缩，以至于有了"我从不阅读，只是看看图画而已"[1]的言论。这不是因为影像更符合人类的接受习性，不是维科那种追寻人类童年心理的朴拙与稚气，这似乎也不是一种超越文字形而上学企图颠覆本体论规定性的期望，充其量是影像的暴量涌现所产生的压迫感，使大众主体企获的一种生存懒惰与无奈。大众主体被影像流挟裹，随波沉浮，在瞬间的快乐中放弃了反思的主动性。

其次受众的经验在影像的挤压下逐渐贫乏。经验是在实践活动中积累，在不间断地"及物"中丰富，亲历亲临是经验充沛的铁门槛。古人在总结诗歌创作的规律时一贯主张亲身体验，"眼处心生句自神，暗中摸索总非真。画图临出秦川景，亲到长安能几人"。反对局限书本，"参死句"，"论诗宁下涪翁拜，为作江西社里人"，"诗家总爱西昆好，独恨无人作郑笺"。[2]（元好问《论诗三十首》）而今在影像的全面覆盖下，主体处于不及物状态，阿多诺认为新型传播技术使经验产生了"伤亡"："摄影人员打头阵，战事记者英勇捐躯，对公众舆论的人为操纵和人们的健忘行为混杂在一起，这些材料、宣传及评论彻底抹去了战争伤痛的记忆：所有这一切只是经验枯竭的另一种表现，是人与其命运之间的真空，而人的真实命运便存在于这一真空中。事件那坚固的物化的石膏模拟似乎取代了事件本身。人类在这部没有观赏者的恶魔纪录片中沦落为跑龙套的角色，由于实在没什么人能在这样的银幕上说上几句台词。"[3] 主体的及物和不及物状态呈现了一种倒金字塔式的模式（见图1—1）。

---

[1] ［斯洛文尼亚］阿莱斯·艾尔雅维茨：《图像时代》，胡菊兰、张云鹏译，吉林人民出版社2003年版，第1页。

[2] 郭绍虞编：《中国历代文论选》（一卷本），上海古籍出版社1983年版，第215页。

[3] ［美］马克·波斯特：《第二媒介时代》，范静晔译，南京大学出版社2000年版，第9页。

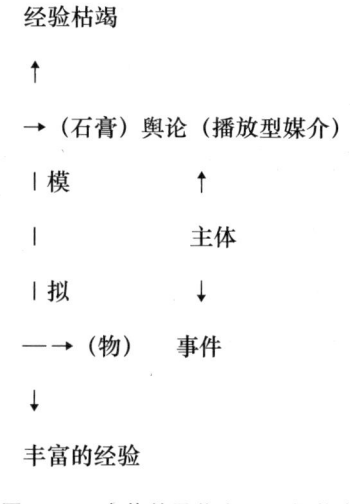

```
           经验枯竭
            ↑
  →（石膏）舆论（播放型媒介）
   | 模          ↑
   |            主体
   | 拟          ↓
  —→（物） 事件
            ↓
          丰富的经验
```

图1—1　主体的及物和不及物状态

从上图可以看出，主体并非没有选择，也并非一定要作出是非的选择。如果完全被播放型媒介捕获，就沉沦为海德格尔所说的"常人"，"常人通过报纸等媒介与他人沟通消息"，"常人通过舆论获得自我解释。舆论始终正确，并调整着对世界与此在的看法。这当然不是舆论具有格外透视的能力，倒是由于舆论从不深入事情本身，由于它对水平高低与货色真假毫无敏感。舆论把一切都变得半明半暗，在这种朦胧中，事物的本质差别掩蔽不彰，结果倒仿佛人人都可以通达任何事情"。[①]常人是一种没有本真自我的平均状态。当然我们并非没有机会通向本真自我，尽管媒介几乎渗透到生存的方方面面，但我们依然可以在人世的操劳中体验时间性的生存活动，在海德格尔看来，操劳不纯粹是主体与物的照面，而是与"用具器物"，不是静观，而是活动。在活动中与周围世界建立关系，他称之为"因缘"或"域"。域的边界在活动中不断扩展，与媒介域交集，因此尽管由于媒介的自身特性可能使主体沦为常人，但主体依然可以在哈贝马斯所说的媒介传输的裂隙中对媒介作出主动性创造性的阅读，在媒介中也能丰富自己的经验。海德格尔认为常人

---

① 陈嘉映编：《存在与时间读本》，生活·读书·新知三联书店1999年版，第88—89页。

虽然是主体的非本真，非自立的状态，但本真状态生自常态，是常人的一种生存变式。① 可见，独立、自律、本真的主体并非孤悬于世外笼罩一切、产生一切、创造一切，而是内生于世内，有时隐没不闻，有时彰显敞亮，鉴于此，主体的存在不是线状的，而是域状的因缘勾连。它在播放型媒介场域中处于被建构的过程中，而不是一种稳态结构。

三　互动型媒介场域中的去分裂主体

马克·波斯特认为互动型媒介是播放型媒介的替代模式，是数字化技术以及卫星技术与电视、电脑和电话的结合，集制作者、销售者和消费者于一身。② 就目前来说，制作者、销售者、消费者互动发展最成熟，对主体性影响最大的互动型媒介是以计算机为工具，以数字化技术为基础的电子超文本。

"超文本"（hypertext）的概念是由布朗大学的研究者泰森·尼尔森于1965年提出的。意思是"非相续著述"（non-sequential writing），即分叉的、允许读者作出选择、最好在交互屏幕上阅读的文本。这是指文本的呈现方式，同时他还指出文本的内容既包括书写资料又包括图像资料。《牛津英语词典》综合了尼尔森的解释："一种并不形成单一系列、可按不同顺序来阅读的文本，特别是那些以让这些材料（显示在计算机终端等）的读者可以在特定点中断对文件的阅读以便参考相关内容的方式相互连接的文本与图像。"③ 因此，与印刷媒介的"线性文本"相较，超文本具有文本呈现方式的"非相续性"、内容的丰富多样性、读者阅读的主动性等特点。这一文本模式在很多印刷文本中都可以窥见其踪影。但这种在印刷媒介基础上的实践，毕竟受限于书籍的物理三维空间，所以一直停留在实验阶段。互联网的发展，实现了超文本在技术上的可能性。超文本技术将自然语言文本和计算机交互式地转移或动态显示线性文本的能力结合在一起，它的本质和基本特征就是在文档内部

---

① 陈嘉映编：《存在与时间读本》，生活·读书·新知三联书店1999年版，第89—90页。
② [美]马克·波斯特：《第二媒介时代》，范静晔译，南京大学出版社2000年版，第3页。
③ 黄鸣奋：《超文本诗学》，厦门大学出版社2002年版，第12页。

和文档之间建立关系，正是这种关系给了文本以非线性的组织。各种不同空间的文字信息通过关键字建立链接组织在一起的网状文本，信息的存储、组织、管理和浏览是非线性的。

前后相续的线性印刷文本是对口语的记录，而口语必须有序，由此形成具有本源性、本质性和权威性的中心化主体。而超文本在尼尔森看来则与人的思想的"非相续性"相应。思想的这种自然状态被意识流理论描述为像原子般做无序运动，无始无终，互相渗透，打成一片。超文本的"非相续性"的观念与后结构主义反本质、反权威、反中心，注重差异、偶源、断裂、散落的理论有颇多相同之处。网络超文本即是对尼尔森呈现思想自然状态的文本构想和后结构主义思维方式、文本理想和社会模式的话语实践。在超文本理念的话语实践中主体消散在无数的网络节点上，此即德里达所谓的"播撒"。"播撒"是用来揭示意义的特性的一个概念。在德里达看来，意义就像播种时四处分撒的种子一样，没有任何中心，而且不断变化，不存在所谓终极意义。同样我们借用这个概念是指在数字化媒介域中的主体不再构成一切，不再进行终极和本质的建构，而是无限开放，不断自我增殖，形成意指链。相对于印刷媒介域中的中心化主体，以超文本为主要呈现方式的互动性媒介域中的主体是去中心化的。

超文本将德里达关于"补充""延异""播撒"等解构主义思想，罗兰·巴特关于读者、作者、文本的设想，朱丽亚·克里丝蒂娃关于互文性，巴赫金对多声部的强调，霍米·巴巴关于"混杂"，福柯关于权力网络，吉尔·德勒兹与费利克斯·加达里关于根茎的"游牧民思想"具体化了。下面在论述后结构主义理论与网络超文本相通之处的同时，凸显主体在互动型媒介域中的存在状态。

德里达批判了西方从柏拉图以来重语音轻文字，以论证和解释"终极存在"为己任的"逻各斯中心主义"的传统。他认为"逻各斯中心主义"属于"在场的形而上学"，在其影响下建立起了二元对立的范畴，如真与假、实与虚、理性与感性、必然与偶然、绝对与相对、普遍与个别、连续与断裂、同质与差异、原本与摹本、中心与边缘等。人们历来认为前项是本源的、本质的，后项是派生的、非本质的。之所以如此区别，因为前项是在场的、可观的或是更接近终极之存在的。他将赋意过程看成一种差异的形式游戏。他说:"差异游戏必须先假定综合和参照,它们在任何时刻或任何意义上,都禁止这样一种单一的要素(自身在场并且仅仅指涉自身)。无论在口头话语还是在文字话语的体系中,每个要素作为符号起作用,就必须具备指涉另一个自身并非简单在场的要素。这一交织的结果就导致了每一个'要素'(语音素或文字素),都建立在符号链上或系统的其他要素的踪迹上。这一交织和织品仅仅是在另一个文本的变化中产生出来的'文本'。在要素之中或系统中,不存在任何简单在场或不在场的东西。只有差异和踪迹、踪迹之踪迹遍布四处。"[①] 德里达作为前提加以肯定的综合和参照,并非发生于文本内部,而是发生在文本之间。作为阅读对象的特定文本是在场的,但它的意义不能由自身指涉获得,而只能在与不在场的其他要素的联系中赋予。在场与不在场的划分便失去了严格的界限,同样也不再有"本源""中心""权威"。

德里达提出了"补充"(supplement)的概念。他认为,人们使用符号就是用能指的"在"替代所指的"不在"。比如"哈姆雷特是……",西谚说,一千个人眼中有一千个哈姆雷特,这里的省略号可以被无限替换,有无限多可能性,但没有唯一正确的真理,没有终极意义。任何一种所指的填补都是不充分的,都带着某种匮乏,所以填补可以无限地继续下去,形成了一条环环相连无穷系列的替补链。补充的意义在于不断延续这一替补链,而不是指向一个终极本源。

为了解除能指与所指的同一关系,德里达发明了"延异"(differance)一词,在法语里,它的发音和"差异"(difference)一词相同,只是写法上第七个字母有 a 和 e 之分。这个新词是听不到的(被读音相同的 difference 遮蔽),只有在书写中才能辨认。他在法语动词"differrer"(差异)中找到了解除能指与所指对应关系的依据,这个动词有两个含义:一是区分(to differ),二是延搁(to deffer)。依此,德里达认为,能指与所指并不步调一致,所指总是姗姗来迟。符号处于区分和延搁的双重运动中,在空间上它与周围符号相区别,在时间上,它又倾向

---

① [法]雅克·德里达:《论文字学》,汪堂家译,上海译文出版社 1999 年版,第 76 页。

于延搁这具有区分性的所指的出场。补充这一概念意指所指可以被无限替补，但每一种替补者都要与所指有相似性，因此它具有差异性和同一性的双重特性。对于延异，德里达偏重延搁的差异性，因此延异是差异、差异之踪迹的系统游戏。

文本不再是结构主义自我封闭的符号结构，而是无限开放的意指链，黄鸣奋在《超文本诗学》中写道："超文本则使这种意指链从观念转化为物理存在，从而创造了新的文本空间。"① 也就是说德里达的话语理论被网络超文本的写作与阅读实践着。如果说线性文本强调文本的内部关系，因而强调意义的会聚性（所谓"主题"正是这种会聚性的概括）的话，那么，超文本则使意义的发散性显得相当重要。漫游于电子超文本网络之中，被一个又一个链接吸引，不断从主题材料游离，从一个页面进入另一个页面，从一个意指进入另一个意指，这种运动是随着我们的兴趣而延续的，通过阅读所把握的意义随着上述运动而"播撒"，无所谓中心，也无所谓终极。

在20世纪的思想家中，法国人罗兰·巴特（Roland Barthes）对超文本理念的形成与发展起过不同凡响的作用。这位富于原创性的学者，是结构主义向后结构主义转折时期的重要人物。早在20世纪60年代，他就预言了理想化的文本的某些特性，这些特性后来通过电子超文本网络得以实现。

巴特原来是个结构主义者，在1968年"五月风暴"失败之后倒戈，转向后结构主义。这种转向不是偶然的，有其思想渊源。在索绪尔看来能指与所指的关系是任意的，巴特强调了这种符号意义的人为建构性，提出了由于符号建构的优先权而导致符号霸权的观念，他认为历史上总有一些特权阶级拥有优先权，并采取各种手段让其他阶级认同他们的建构，以维持自身的统治，因此符号的表意看似自然形成，实则具有一定的意识形态性。由于符号的意义往往会被某些特权阶级规定，要打破垄断，唯有通过写作来滋生意义的多元性或多义性，打破能指和所指的特定对应性，才能转向一个无限丰富、无中心的"复调"状态。对于文本生产来说作者就是意义垄断者，他可能代表他个人，也可能代表

---

① 黄鸣奋：《超文本诗学》，厦门大学出版社2002年版，第179页。

一个阶级、集团或阶层，为此巴特宣判了"作者之死"，与此同时的是"读者之生"，他把符号意义的解放指向了读者的解读。因此巴特创造了与作品相区别的"本文"概念。作品中能指和所指是统一的、固定的，存在着作为最终探索目标的意义结构。"本文"的概念则是巴特新创的。本文的能指与所指相分裂，彼此之间发生了自由的、无目的的意指，这是一种无穷无尽的象征活动，由此而产生的任何意义都是随时生灭的，没有中心、没有连贯性。对"作品"的阅读仅仅是一种理解、一种文化消费，而对本文的阅读则是一种创造，这种创造实际上是一种游戏。相应于作品和文本，巴特把文本区分为两类，即"能引人写作者"（lescriptible）与"能引人阅读者"（lelisible）。前者是"可写的文本"，后者是"可读的文本"。罗兰·巴特认为"能引人写作者"是价值所在，"因为文学工作（将文学看作工作）的目的，在令读者做文学的生产者，而非消费者"。相比之下，能引人阅读者充其量仅具有相反的价值，即能够让人阅读，无法引人写作。他将能引人阅读者称为"古典之文"，因它在传统的文学体制下获得肯定。其时，读者陷入一种闲置的境地，不与对象交合，不把自身的功能施展出来，不能完全地体味到能指的狂喜，无法领略到写作的快感，阅读仅仅是行使选择权。[①] 他所向往的文学体制，自然是与传统文学体制背道而驰的。这样作者丧失了君临读者的权力，"可写文本"为读者从事写作、实现角色转换提供了高度的自由，它将作者和读者变成了"合作者"（co-writer）。他所写的《符号帝国》一书，将符号学理论糅入自己所观察与思考的日本文化现象中，蕴含着某种超文本的旨趣，诚如其自述："本文和影象交织在一起，力图使身体、面孔、书写这些施指符号得以循环互换；我们可从中阅读到符号的撤退。"[②] 网络超文本通过嵌入式互动设计实践着、丰富着巴特的理想之文。文本嵌入互动设计（interactive design），所造就的表现形式，最能凸显超文本之不同于平面印刷文本（print-based literature）。互动设计如超级链接可创造多向阅读路径，而超级链接的媒介可以是简单的纯文字，可以是具联想性的动静态影象，

---

① ［法］罗兰·巴特：《S/Z》，屠友祥译，上海人民出版社2000年版，第56页。
② ［法］罗兰·巴特：《符号帝国》，孙乃修译，商务印书馆1994年版，第1页。

也可以是一组互动游戏。这样的互动设计造就了"可写的文本"。

巴特的"能指碎片""文本复数"的观点可以说是影视超文本嵌入式创作观的理论来源，他的《S/Z》一书以平面印刷媒介开创了超文本嵌入式互动创作的先河。

罗兰·巴特的《S/Z》一书将巴尔扎克的短篇小说《萨拉辛》切成561个阅读单元，逐一进行讨论，然后以令人惊讶的错综复杂的方式将这些讨论组织成交叉参考、链接众多的网络，在这一过程中生产出的篇幅远超于原作的文本。他说："在这理想之文内，网络系统触目皆是，且交互作用，每一系统，均无等级；这类文乃是能指的银河系，而非所指的结构；无始；可逆；门道纵横，随处可入，无一能昂然而言'此处大门'；流通的种种符码（codes）蔓衍繁生，幽远惚恍，无以确定（既定法则从来不曾支配过意义，掷骰子的偶然倒是可以）；诸意义系统可接收此类绝对复数的文，然其数目，永无结算之时，这是因为它所依据的群体语言无穷尽的缘故。"① 这段话已经接触到了电子超文本在交互参照方面的重要特征：其一，电子超文本自身是网络（内部有节点与链接），同时又和其他超文本相互联系，既无中心，又无边缘，更无所谓等级。其二，电子超文本自身形成了"能指的银河系"，即后人所说的"文本宇宙"。其三，作为网络的电子超文本无所谓"始"，也无所谓"终"，任何一个网页都可以被设定为首页。其四，电子超文本的运作是可逆的，目前许多超文本浏览器都有"前进""后退"的功能。其五，电子超文本网络的信息资源呈分布式存在，一方面"门道纵横，随处可入"，另一方面没有哪一处算得上传统意义上的"大门"（常言之"门户站点"就有许多家）。其六，对于链接的追踪凭联想而定，与其说遵循既定法则，还不如说是随心所欲。其七，电子超文本网络所能包容的文本数量，在诸网互联条件下，事实上是无止境的。但在巴特那里毕竟还要受制于平面印刷，带有很强的理想性，万维网则完全实现了这种可能性，任何一个作者都可以将自己所写的超文本文件链接于其他任何文件，如果这种可能性被所有的作者都加以探索的话，那么，每个文件就将链接到其他所有的文件，从而产生无穷无尽的可能的

---

① ［法］罗兰·巴特：《S/Z》，屠友祥译，上海人民出版社2000年版，第62页。

文本。通过链接，文本分了支，这种分支近乎无限，远非任何个别作者或个别读者所能穷尽。在理想的超文本中，没有一个节点具备相对于其他节点的优先权，各个要素的顺序可以任意跳跃。

在后结构主义那里，符号的能指和所指是分裂的，能指并不指向一个稳定、终极的意义。在德里达看来，意义无限增补，形成意指链。巴特与此相似，在他那里符码有多种意义指向，在《S/Z》中分为五种符码：行动符码、义素符码、阐释符码、象征符码和指涉符码，文本中的每个符码都是多音齐鸣。因此文本不再是统一的结构，而是化成了无数的能指碎片。同时文本不仅是能指的碎片，还是无数文本的断简残篇，他认为每一个文本都从已经写出的文本中引取话语："每一个文本都处于另一个文本的交互关系之中，因此都是属于互为文本的。"① 巴特称之为"文本复数"。与此相应法国女性主义批评家克里斯蒂娃在研究巴赫金的狂欢化理论后明确提出了互文性（intertext）的概念："他（巴赫金）第一个在文学理论中提出：任何一篇文本的写成都如同一幅语录彩图的拼成，任何一篇文本都吸收和转换了别的文本。"② 互文式文本可以看作是"能指碎片"和"文本复数"交织而成的永不定型的网络。

法国学者米歇尔·福柯（Michel Foucault）以哲学家、社会历史学家、思想史学家著称于世，其影响身殁犹存。虽然人们不止一次将他的理论归入结构主义之列，但福柯本人却从未认可，虽然他与德里达有师生之谊，但两人早已在学术上成了论敌。虽然福柯难以归类，但其所创立的"知识考古学"的相关理论与德里达和巴特的反总体化、消解权威性的话语理论殊途同归，和网络超文本息息相通。这主要表现在以下几个方面：

其一，在历史研究方面，福柯主张以"遗迹"取代"文献"，以总体化/起源论/同质性/连续性取代散落性/偶源性/差异性/断裂性。他认为："就其传统形式而言，历史从事于'记录'过去的重大遗迹，把它

---

① Roland Barthes, "From Work to Text", in J. V. Harari (ed.), *Textual Strategies: Perspectives in Post-Structuralist Criticism*, London: Methuen Press, 1980, p.77.
② ［法］蒂费纳·萨莫瓦约：《互文性研究》，邵炜译，天津人民出版社2003年版，第4页。

们转变为文献……在今天，历史则将文献转变为重大遗迹。"① 文献是线性文本，在阅读和写作中，人们重视和追求连续性，意脉贯通、一气呵成、起承转合、首尾呼应。遗迹在福柯看来是历史学家曾经遗落的印记，是各个时代断层中的"碎片"，具有不连续性："不连续性曾是历史学家负责从历史中删掉的零落时间的印迹。而今不连续性却成为了历史分析的基本成分之一。"② 超文本则将不连续性作为自己的标志，主张峰回路转、化整为零、歧义并见、随机跳跃。

其二，在历史考察中，放弃追寻具有普遍、永恒意义的作者。在与《知识考古学》大约同时问世的论文《作者是什么？》中，福柯继续贬低作者的主体性，将作者界定为话语的功能（而非话语的主体），认为"作者的作用是表示一个社会中某些话语的存在、传播和运作的特征"③。他认为在人类历史上就曾经有过无须考究文本的作者是谁的时代。目前网络的应用已经显示出了淡化文本作者的倾向。

与其他后结构主义者相类似，福柯从互文的角度把握话语的作用："书的界线从来模糊不清，从未被严格地划分。在书的题目，开头和最后一个句号之外，在书的内部轮廓及其自律的形式之外，书还被置于一个参照其它书籍、其它文本和其它句子的系统中，成为网络的核心。"④ 这段话颇为超文本理论家连多（Landow）所看重。连多在阐释超文本之由来时特别引用了它。⑤

网络超文本的离散、流动、无中心不仅是理论家的构想、网络的虚拟实践，在后现代主义理论家德勒兹和瓜塔里看来世界本就如此，他用了三个比喻概括这样的世界，块茎、逃逸和游牧，分别指植物、几何和社会。块茎不是一个有范围的层级，而是一个无边际的平面，没有一个

---

① ［法］米歇尔·福柯：《知识考古学》，谢强、马月译，生活·读书·新知三联书店1998年版，第9页。
② 同上书，第12页。
③ ［法］米歇尔·福柯：《作者是什么？》，见王逢振等《最新西方文论选》，漓江出版社1991年版，第451页。
④ ［法］米歇尔·福柯：《知识考古学》，谢强、马月译，生活·读书·新知三联书店1998年版，第26页。
⑤ George P. Landlow, *Hypertext* 2.0：*The Convergence of Contemporary Critical Theory and Technology*, Baltimore（ed.）：Johns Hopkins University Press, 1997, p. 3.

逻辑结构，只有不受约束的随意连接，不是固定的、可确切把握的，而是流动的、离散的。几何中的逃逸线是成功地从辖域化中逃了出去的线。在逃逸线上，间隙成为断裂，差异成为主向，多样性自由呈现。游牧者总是要突破国家的控制，逃避体制的编码，是一国中的流动人口，在德勒兹看来，后结构的游牧者"不一定是迁移者……他们不动，他们不过是呆在同一位置上，不停地躲避定居者的编码"[①]。尼采和卡夫卡都可以被看作游牧者。无论是话语还是实践似乎都在告诉我们：互动型媒介是不系之舟，可以自由地，不受拘束地，向任何方向漂荡。确实如此吗？

相对于文本的互文性、网络性、反作者权威性，福柯的"权力知识理论"和"全景敞视主义"对于超文本的研究是很大的拓展，把网络文本研究放到了更大的文化网络中，提醒我们：电子超文本网络的发展仍然为文化大网络所左右。体现在文化大网络的价值观必定会浸染电子超文本网络的氛围，甚至决定电子超文本网络是作为自由天地而开拓还是接受规训而纳入传统媒体的轨道。

西方18世纪有所谓全景监狱（panopticon），囚犯居于单人囚室，围着中心塔楼，塔楼中有狱卒驻守，他可以看到囚室，囚犯看不到他，因此构成了一种独特的权威，这一权威看到所有而又是隐形的。依据此福柯创造出新词"全景敞视主义"（panopticism）。现代社会"使少数人甚至一个人能够在瞬间看到一大群人"，[②] 这是为了适应国家日益增强的影响及其对社会的一切细节和一切关系的日益深入的干预需要。马克·波斯特借用福柯的理论把电脑数据库看作"超级全景监狱"（superpanopticon）。他认为数据库是一种数字化书写形式，主体被其按一定的规则编码、传输、保存。虽然人人都可以成为它的作者，但它还是"属于"某人，属于把它作为"财产"拥有的社会机构，公司、国家、军队、医院、图书馆和大学。"今天的'传播环路'以及它们产生的数据库，构成了一座超级全景监狱（superpanopticon），一套没有围墙、

[①] [法]吉尔·德勒兹：《哲学与权力的谈判》，刘汉全译，商务印书馆2000年版，第138页。

[②] [法]米歇尔·福柯：《规训与惩罚》，刘北成等译，生活·读书·新知三联书店1999年版，第242—243页。

窗子、塔楼和狱卒的监督系统","数据库的话语,即超级全景监狱,是在后现代、后工业的信息方式下对大众进行控制的手段。"①

当然,在后现代信息方式下,国家不是唯一的控制者,很多机构都拥有控制权:"数据库是纯书写的话语,直接增强其所有人/使用人的权力。"② 波斯特举例说,一家叫克莱利他的媒介研究公司聚合了1200多个公共及私人部门的数据库,可见这种控制权在信息方式下比较分散。另外在互联网中,很多人可以进入一些公共机构的数据库,产生对控制的抵抗,但如利奥塔在《后现代知识状况》中所说的"让每个人都能进入数据库",就过于理想化,除了不可能所有的人都用上电脑,而且无论是出于政治还是经济原因,信息封锁是不可避免的。但在信息化时代权力的过度集中已不太可能。福柯在《权力/知识》一书中,认为权力并非放射自某一中心源泉,而是在社会机体呈网络状分布,无处不在。作为权力之对立面的抵抗点也无处不在。权力关系因此是无数对抗或不稳定。

可见,主体不是稳定的、自律的、中心化的,而是处于多重权力关系之中,他可能是控制者,可能是被控制者,可能是网络漫游者,也可能是反抗者。

第三节　媒介场域中欲望主体的感性整体生成

以上内容讨论了主体在媒介的变迁中的演化。虽说媒介有一个依次呈现的过程,但媒介的存在并非依次取代,而是依次叠加。据此而言,当今的媒介场主要由机械印刷媒介、播放型媒介和互动型媒介共同构成,其物质载体包括图书、报纸、杂志、广播、电影、电视、录像、唱片、计算机网络和手机网络等,是诸种媒介的共同存在,是诸种媒介与场域中各类元素相互作用组合的复杂关系网络。由于不同的媒介编码规则和社会情境,形成了差异性的主体,机械印刷媒介下理性、自律的主

---

① [美] 马克·波斯特:《信息方式:后结构主义与社会语境》,范静哗译,商务印书馆2000年版,第127—132页。
② [美] 马克·波斯特:《第二媒介时代》,范静哗译,南京大学出版社2000年版,第85页。

体，播放型媒介形成了主动性缺乏、更多趋向本能的"常人"，互动型媒介网中形成了主动但没有焦距的主体。上述可以说是历史逻辑的主体，当今，现实的多媒介场域的欲望主体是怎样的呢？是拉康的在能指链上滑动，缺乏所指的虚无主体吗？是多种特性的并置吗？

一 指向感性整体的欲望主体

在拉康的学说中，欲望是"匮乏"，因为存在是匮乏。主体的原始存在是与母体同一的完满，它存在于拉康所说的"真实界"之中。可是，这种生命原初的完满性从出生之始就成了不可能的存在，成为永远的缺席。弗洛伊德曾将无意识看作是充满力比多能量的"储存器"（当然，"自我"要对无意识的能量进行压制），可是拉康却抽空无意识的能量，将这个"储存器"视为空无。无意识向我们呈现为某种将自身悬置于某个区域之物，也就是，悬置于出生之前的区域。拉康在讲座中说："Unbewussete 的界限是 Unbeg riff——不是无概念，而是匮乏的概念。"[1] 在德语中，"Unbewussete"是"无意识"之义，"begriff"是"概念"之义。前缀"un"在法语中意为"一"，在德语中则有否定之义。"一"代表"整体"与"完满"。前缀"un"既表示"一"，又表示对"一"的否定和切割。[2] 对完满的否定表明：出生之前的原初之地不仅缺席，而且是一片空（emptiness）无（nothingness）。于是，无意识自身也成为"既不是存在，也不是非存在，而是有待实现之物"[3]。

欲望之"匮乏"还因为欲望对象之匮乏。欲望的主体总在欲求着原初的完满，但是这个欲求对象却一直缺席。主体永远无法找到完满，他找到的只是幻象，或者说是一个又一个对原初完满替代的对象。由于对象的缺失，主体对对象的寻找注定徒劳无功。先是在想象界，主体通过镜像完成对"自我"的认识。如果说弗洛伊德让"自我"在"超我"和"本我"之间勉强获得平衡的话，那么拉康就将"自我"不留

---

[1] Jacques Lacan, *The Four Fundamental Concepts of Psychoanalysis*, trans, Alan Sheridan, New York: W. W. Norton & Company, p.26.
[2] 吴琼：《雅克·拉康：阅读你的症状》（下），中国人民大学出版社2011年版，第321—322页。
[3] 同上书，第321页。

情面地破除了。所谓"自我",不过是一种幻觉,是"碎裂"的我在镜像中对自己的想象。最终,这个自我的完整性却是来自对他者形象的误认。所以,镜像中的完整不过是一种幻象(形象)的呈现,最终不得不以失败告终。在象征阶段,主体用语言去寻找"一",去寻找完满,但这次尝试又是以对语言的服从而告终的。这不过是又一次将自身置于他者(的法则)之中。主体接受他者的法则,也就意味着接受他者对自己的入侵与宰制。在拉康这里主体成了漂浮的能指,无所依归,无处可去,生命失去了价值感,充满了悲观主义的色彩。

德勒兹和瓜塔里用"欲望的机器"改造了拉康空无的"欲望",挖掘欲望之下的能量,并与生产联结,表征了具有整体性和生产性的主体。

德勒兹和瓜塔里让欲望从弗洛伊德和拉康匮乏的牢笼中走出,用尼采的权力意志充盈着欲望,使其不再匮乏。尼采肯定张扬生命的权力意志。权力意志是生命共有的原始冲力,权力意志不因匮乏而去寻觅权力,相反,它恰恰是因为充盈而去给予、馈赠和创造。"权力意志本质上是创造和给予:它不渴望、不寻觅、不欲求,最重要的是它不渴望权力。它给予:权力是意志中不可表达之物——它流动、易变、可塑;权力作为'馈赠之美'存于意志之中,通过权力,意志本身馈赠意义和价值。"[1] 与此类似,欲望充溢着能量,不断流动与生成。这同样是创造和馈赠。在《对话》中,德勒兹描述的欲望几乎就等同于权力意志:"欲望并非匮乏,而是馈赠,'馈赠之美德'。"[2]

德勒兹和瓜塔里从唯物主义角度出发,将生产引入欲望。他们把欲望生产看作机器生产,并在欲望与物质之间建立切实联系。"欲望是由无意识以各种类型的'综合'而引发的情感与力比多能量的持续生产。作为一种自由的生理能量,欲望追求包容性的而非排他性的关系,同物质流及局部客体建立随机的、片断性的、多样化的联系。"[3] 德勒兹和

---

[1] Gilles Deleuze, *Nietzsche and Philosophy*, trans, Hugh Tomlinson, New York: Columbia University Press, 1983, p. 85.

[2] Deleuze, Parnet, *Dialogues*, New York: Columbia University Press, 2007, p. 91.

[3] [美]道格拉斯·凯尔纳、斯蒂文·贝斯特:《后现代理论:批判性的质疑》,张志斌译,中央编译出版社2004年版,第113页。

瓜塔里将欲望与机器结合,欲望机器到处冲撞,打破了一切界限。欲望生产囊括了一切。任何客体,都可能成为欲望的产品,成为欲望机器的一部分。

"机器"或"机械",即"machine"一词,在14世纪拉丁文里写作"machine",意即创造工具或发明机器。它指工具、器械、打字机、具有机械装置的车辆、机车、火车头、人机体、动物机体、身体器官、机构、机关、文学巨著、绘画作品、雕刻作品,以及人、东西、玩意儿、阴谋、诡计、地球等。总之,欲望是自然的,机器则是人的创造物,被人的欲望推动。欲望机器试图表明,在宇宙系统与伦理关系中,有一种普遍存在的对偶关系,此即对立者的永恒轮回,永恒重复。它是因主体向往获得某物或达至某种目的而自行运转、产生能量,并经由零件与要素组成的一种装置。这装置具有欲望生产功能,能减轻欲望生产强度,提高欲望生产效率。

由此可见,欲望机器是感性整体。欲望是机器流动的能量和血液。这样,机器就不再是冰冷的机械体,而是机器生物体:"它无处不在运转,有时顺畅,有时胡乱任性。它喘着气,发着热,吃喝拉撒,无所不做。它曾经被错误地称作为'本我'。其实,无论在何处它都应是机器——真正的机器,不是比喻的机器。"[1]

欲望机器,是无器官的身体。无器官的身体的对立面不是器官,而是有机体。器官在有机体中被组织,形成统一体,有特定的形式、位置、等级、功能。器官被有机体束缚、钳制。无器官的身体并不消灭器官,而是要将有机体的结构爆裂,将器官从中解放。解放的器官—机器是强度和流。器官—机器和不同的流相连,这使得它们的功能发生摇摆。比如,嘴巴和牛奶相连时可以进食,和空气相连时可以呼吸,甚至或者和呕吐物相连时可以排泄。欲望与机器结合,欲望的身体是机器。这就意味着欲望不必附着于任何主体。如果有新的主体,那么这个新主体就是欲望机器本身。此外,机器加入欲望,这使得欲望超越了原来的性的内容。欲望不再是本能之欲,而抽象为一种机器运转的能量。欲望

---

[1] Gilles Deluze, Felix Guattari, *Anti-Oedipus: Capitalism and Schizophrenia*, trans, Robert Hurley, Mark Seem, Helen R. Lane, New York: Penguin Group Inc., 2009, p. 1.

的流动是能量的流动。欲望引起流动，欲望本身也相继流动起来。一台机器不断与另一台发生链接，能量也不断流动。链接的过程也是机器重新装配的过程：某种能量的流动会被打断，而新的能量又会随着新的机器身体的接入而添加进来，"欲望机器运作于裂隙与断裂、崩溃与挫败、停转与短路、疏离与破碎之间"。与其说欲望机器是新的机器身体，不如说是碎片的聚合（零件的碎片、器官的碎片）。德国思想家本雅明将碎片的聚合看作天空中闪耀的星群。对于德勒兹和瓜塔里，碎片的聚合是新的机器身体。欲望机器中断又连接，破碎又聚合，这个过程永不停歇。这是欲望自身的流动，也是欲望自身的生产。

欲望机器还是多样统一的感性整体。欲望机器重新定义了机器。机器不再是对原来系统的顺从，相反，机器要不断使原来的机器发生故障，不断打断原来机器的运转。通过打断，欲望的流动就溢出系统内部。流动总是朝向外部，连接也是不同机器的横切（transverse）连接。所以德勒兹和瓜塔里给机器的重新界定是："机器，或许要被界定为是打断或中断的系统（a system of interruptions or breaks）。"[①] "每台机器首先是与它切入（cut into）的持续的物质流（continual material flow）有关。它的功能就好像火腿切片机，从相连的流动中切走一部分：比如，肛门及其切断的粪便流；嘴不仅切断奶液流，而且切断空气流和声音流；阴茎切断尿液流和精液流。"[②] 如此，每台机器都是机器的机器（a machine of a machine）。机器与机器发生连接时，一台机器对另一台机器切断。通过切断，机器将自身连接到另一台机器之中。如此一来，欲望依然流动，不过在不同的机器中流动。"简而言之，每个机器都是对与之相连的机器的切断，但同时每个机器又意味着流动本身，或者说是，就它连接的机器而言，它在生产流动。这就是生产的生产（the production of production）。"[③] 打断并不意味着压制和排斥，相反，打断是为了连接。自欲望涌出的打断—流动，不是同一性的持续流动，而是多样性的流动，是异质的流动。相异的机器通过打断发生连接，如此往

[①] Gilles Deluze, Felix Guattari, *Anti-Oedipus: Capitalism and Schizophrenia*, trans. Robert Hurley, Mark Seem, Helen. R. Lane, New York: Penguin Group Inc., 2009, p. 3.

[②] Ibid., p. 36.

[③] Ibid..

复下去，构成欲望生产的过程。

二 作为感性整体的媒介场

我们的欲求早期靠身体的机能实现，当自然官能无法满足时就发明创造工具、装置等，延伸、强化、扩展人的感官，这就是媒介。媒介，作为欲望机器的一种，麦克卢汉认为对其作为一种欲望表征主体的研究，同样不应采用"分割式、专业化研究"，而应采用整体的涵括研究。他举了一个医学上的例子：在诊治疾病时，庸医是头痛医头、脚痛医脚，并不关注头痛和脚痛之间究竟有什么关系，而高明的医生则是懂得分析"疾病的症候群"施行中医所谓的"辨证论治"（麦克卢汉未用此术语）将头疼和脚疼放在一起考论。与此相类似，麦克卢汉进一步指出当新媒介和技术对社会身体施行手术时，"必须考虑在此手术过程中不可避免地影响到整个系统"[①]，因为"手术切口部分所受到的影响并不是最大的，切入和冲击的区域是麻木的，是整个系统被改变了"。说被手术的部位"麻木"不是说它们不受影响，它们当然是受到了严重影响，而且是首先受到影响，但更严重的影响在麦克卢汉看来则是其后续的效果，即由此局部之影响而导致整个社会机体功能的改变，所谓"牵一发而动全身"！以是观之，作为听觉媒介的收音机影响的则是视觉，而作为视觉媒介的照片影响的则是听觉。麦克卢汉认为："每一种新的影响所改变的都是所有感知之间的比率。"[②] 也就是说我们在解读媒介表征的欲望主体时要采取一种联系的、相互作用的和系统性的观点和方法论。

随着作为人工制品，欲望机器的各种媒介的发明创造，人的欲求呈现此消彼长的趋势，某些欲求因得到满足，强度得以减轻，另一些欲求则开始上升。在马斯洛的需要层次理论中，主体的需求层层递升，当底层需求满足后，就向高层需求跃升，这是一个金字塔形的层级体系。在这个体系中需求的层次有高低之别，并且在自我实现阶段获得最终的满

[①] Marshall McLuhan, *Understanding Media: The Extensions of Man*, New York: McGraw-Hill Book Company, 1964, p. 64.

[②] Ibid..

足，形成的是一个封闭、自足的系统。实际上，各种欲求不可能按照由高到低的顺序依次出现，比如在某个时期可能满足了爱与被爱的需求，但却穷困潦倒，居无定所，此时他最大的需求，可能就是满足安全的需要。所以我们认为需求模式是橄榄形的开放结构，而不是金字塔形的封闭结构。欲求的强度因未曾满足日渐增长，又因满足而逐渐递减。在图1—2的金字塔形和图1—3的橄榄形图示的比较中我们可以看到，前者是一种层级体系，高层需求随着底层需求的满足而逐级出现，一般不可逾越，不可调换，也不可倒置。而在橄榄型需求中，欲求没有高低之分，只有强弱的区别，因缺乏增强，居于"橄榄"的中部，匮乏程度

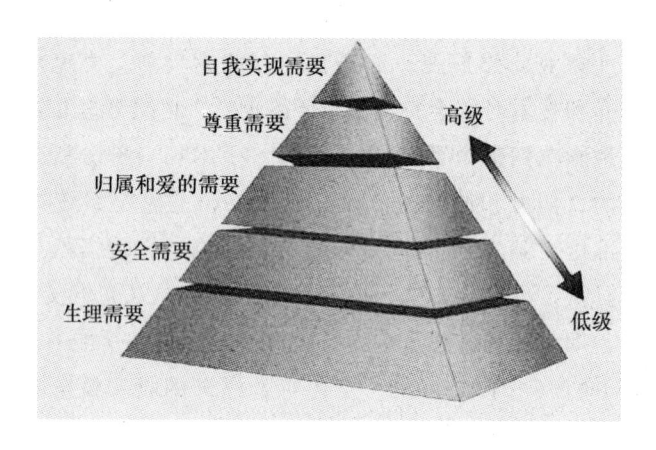

图1—2 马斯洛需要层次金字塔

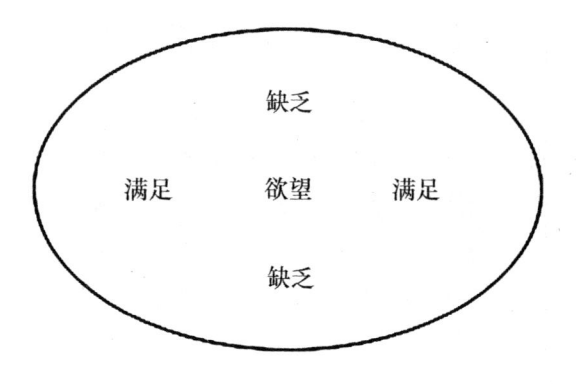

图1—3 橄榄型欲望满足

越高膨胀的越厉害,又因满足而减弱,滑向"橄榄"的两端。在阿城的《棋王》中主人公王一生对"吃"的近乎病态渴求,正是那个粮食匮乏年代的缩影。当王一生在知青点饥饿消除后,原先下棋的嗜好又逐渐恢复。王一生一生的两大嗜好"吃"和"下棋"很难说哪个对他更重要、哪个更高级,而是要看缺乏的程度。

由欲望推动形成的多媒介场域提供了满足人的各种需求的可能性。欲望和机器扭结、折叠,这种模式可以不断增补,比如因运动的需要可以有欲望交通,因秩序的需求,可有欲望机构,而交流的欲求,则有欲望媒介。不同的媒介因不同的欲求而创造,当然,欲求媒介中的"欲求"主要是符号性的,更多指向心理和精神层面,比如印刷媒介满足了秩序感,播放媒介某种程度上满足了感官欲,互动媒介往往使人产生自由感。但往往某种或某些需求的满足是以其他需求的抑制和遮蔽为代价的。秩序感、感官欲、自由感都是我们的需求,但如果长期浸淫于播放媒介和互动媒介就会抑制我们在印刷媒介中所强化的对深度模式和有序性的追求。因此多媒介场域中的各种媒介对于欲求的满足具有互补性。

三 实现感性整体的"Avatar"

在现代社会大部分个体都能接触到两种或两种以上的媒体。英国文化批评家约翰·汤姆林森(John Tomlinson)的《文化帝国主义》是从一家澳大利亚土著观看电视的摄影明信片开始的:英国一家电视公司发行了一张圣诞贺卡,画面是一群澳大利亚土著或站、或坐、或躺,围在一台电视机前收看节目。无独有偶,安东尼·吉登斯在"莱斯讲座"的第一篇也给出了一个类似的例子,一位人类学家到中非做田野调查,当地人招待他的不是传统的娱乐节目,而是当时尚未在伦敦放映的电影录像《本能》。可见大众媒介无远弗届。回想一下一个现代人的一天,早晨在上班的路上读报纸,上班时在互联网上穿越各种信息,下班回家或读书,或看电视看电影,或在网上电子社区漫游。但在今天的泛媒介场域中,媒介对于不同个体的影响力并不是均等的,媒介有强势和弱势、主媒介与副媒介之分。[1] 由于年龄、职业、性情、兴趣爱好等的差

---

[1] 王一川:《泛媒介互动与文学转变》,《天津社会科学》2007年第1期。

异，某些或某种媒介会在工作或生活中相对占优势，但也不可能不接触其他媒介。也就是说，在现代，很多人的生活都是以某种或某些媒介为主导的多媒介生存。由于不同的媒介有属于自身的不同编码规则，同时形成对主体的不同尺度，因此多媒介场域，让主体具有了处于多种尺度中的可能性，主体可能会拥有很多"化身"，满足不同的需要。

"化身"源自印度宗教哲学。"梵天"（Brahman）是最高的神，完全不可感觉、不可认识甚至永远不可思议。他的神性体现在各种有限的事物中，从无机物、植物、动物到人类，没有差别，没有等级，都可以体现神性。例如在史诗《罗摩衍那》里，主角是罗摩的朋友——猴王哈努曼，他做出了许多英勇的事迹。这个故事及其意识可能影响了《西游记》创作。最高的神性体现在最平凡的感性现实中，即使它是残缺的、简单的、愚蠢的。神和人的地位并不固定，神可以忽然变成人，人也可以突然变成神。神有许多化身，它可以直接转化为现实中的一些现象，例如罗摩就是毗湿奴的第七个化身。因此，在印度宗教哲学中梵天没有与之相应的确定的固定形象。

由欲望机器，而欲望媒介，欲求不断推动工具的更新。在多媒介环境中，工具使人具有了像印度神祇般的力量，在不同媒介的帮助下化身为不同的形象满足多样的需求。由互联网兴起的"Avatar"模式可以看作多媒介环境的一个缩影。

"Avatar"源自梵语，本意是指"分身、化身"。在互联网时代，Avatar是网络虚拟角色——网络用户在以图像为主的虚拟世界中的虚拟形象——的代名词。Avtar可以出现在论坛上，可以出现在聊天室，也可以出现在游戏里，用户可以根据自己的喜好更换虚拟角色的造型，如发型、服饰、表情、场景等，在与其他虚拟角色交往的过程中，还可以使用各种商品，如鲜花、礼品等。为了满足人们在现实难以实现的需求，方便虚饰自己的身份和社会地位，Avatar几乎涵盖了所有人认为时尚的东西，可爱、休闲、前卫的各类服饰，聪明、顽皮、活泼的宠物，绚丽、古典、另类的建筑，人们可以自行选择搭配，形成拥有丰富的表情、别具一格的服饰、花样繁多的道具、浪漫的背景的立体生动的形象。带着虚饰的自我形象漫游在各个电子社区，加入适合自身需求的社群参与沟通和交流，在这里，物不再仅仅是具有使用价值的消费品，而是用来突出个性，表达需求的符号。人们的网络形象常常无定性，处于不断的变换之中，可能是需求的变化所致，或者为了寻求更适合自己的社群，很多时候是为了逐新逐变，出于好奇，或者炫耀自己。Avatar 符号更新很快，种类繁多，再加上各种各样的营销手段，使人们很难固定于某种形象，尤其是对于好奇性很强的青年人更是如此。

虽然 Avatar 模式可以无差别地满足人们自由化身为不同形象的需求，打破刻板、僵化的现实身份，但并不会真正满足人们自由想象和创造的欲求。首先形象的装置都是网络提供的现成东西，只需购买选择就可以了。其次人们选择时关注的更多是炫目的外观，身份和地位的衡量标准主要是外在形式，因此形象的装饰往往受到群体影响，跟随潮流和时尚不断变化，真正的个性、自我的存在被搁置了，身份的价值感也很难在频繁的转换中住持。主体陷入了席勒所说的感性的强迫之中。

从印刷媒介到播放型媒介，再到互动媒介，主体都处于彷徨中，寻求圆满却可能弥平差异，满足了感官刺激却忧烦着丧失主动性，获得了形式上的自由平等却失去真正想象和创造的激情，总之某种可能性的实现意味着放弃其他可能性。Avatar 模式似乎可以实现主体的多种可能性，但偏重于感性外观，缺乏真正的个性。尽管如此，但其化身理念有一定的借鉴意义。因此，我们可以说，在今天媒介场域中的主体是跨媒介的，是追求自身完整性的"欲望的主体"。

这里的"欲望主体"不是拉康的"空无"，也没有达到德勒兹、瓜塔里所期望无器官感的同一性，但媒介融合的场域的形成，使欲望可以在不同媒介之间流动，在中断与流动的生产过程中，爆裂各自自律性的界限，从而形成感性整体。

如今文学所面对的主体不完全是印刷媒介时代的中心化的理性主体，而是渴望实现人的多种可能性的欲望的主体。这会给文学带来何种变化呢？文学又该如何应对？"变"以"通"为参照系，我们试图在文学史的梳理中，探求文学在媒介变迁中所表征的"欲望主体"，辨析在某个媒介主导时期的文学欲求表征，从而在创作、阅读和批评三方面，寻找在今天的媒介场域中，在场域中其他因素的作用下，文学在历史长河中的航向。

第二章

媒介场域中文学创作主体的欲望表征

不同媒介依据自身特有的编码规则,在场域中尽可能伸展自身,占有资源,表征着欲望主体。原本文学在文化的创造、传承,人类生存状况的揭示,情志的抒发和表达等方面承担着诸多功能,现今其中的许多功能正被媒介场域中的其他媒介取代。在文学史上文学创作主体承担着哪些功能?在媒介场域中哪些功能被削减?在各种媒介的扩张中文学创作主体又该如何在直面现实中发挥自身的媒介优势?

第一节 文学创作主体——"蝜蝂"式的欲望他者

谁是文学作品的作者?何谓文学作品的作者?我们为什么要创作文学品?在媒介手段相对贫乏的时代文学创作主体担当着丰富的角色,文学几乎承当了人们所有的符号欲求,理性的、非理性的,生理的、心理的、精神的,包括模仿的本能快感,创造的现实超越,游戏的自由愉悦,幻想的满足,寻根的欲求,技艺进步的无尽追寻。当今随着表现和传播媒介的丰富,由于媒介的偏向性,每种媒介独有的编码优势,处于多媒介场域中的文学的诸多功能可以被更适宜的媒介承当。文学在"减负"后,可以轻装简行,更好地发挥自身的媒介优势。

下面我们从创作动机、创作意图、时代需求等方面基本按时间的顺序回溯和辨析文学史上作为作家的欲望主体的表征和显现。

一 模仿——神、理念和自然之子

虽然早期文学的作者或者湮没不闻或者不具个人性,但文学作品依然能够千年不衰，作者似乎并不具有对作品的权威性。作品的权威性来自何处呢？来自神、理念和自然，而作品只是作者对它们的模仿。德谟克利特、柏拉图、亚里士多德以及后世许多文艺理论家和艺术家都持这种观点。

德谟克利特认为艺术家是自然的模仿者："在许多重要的事情上，我们是模仿禽兽，做禽兽的小学生的。从蜘蛛我们学会了织布和缝补；从燕子我们学会了造房子；从天鹅和黄莺等歌唱的鸟学会了唱歌。"① 在柏拉图看来，艺术家只是影像的复制者。机械的临摹者。它们不能直接模仿理式，只能模仿理式的复制品，现实与真理隔着三层。② 不仅如此，他认为艺术家只是传递神灵意旨的媒介，神灵如同磁石，从诗人开始到朗诵者以至听众，一环套一环地吸附其上。③ 连荷马的创作都不是凭技艺，而是灵感。在柏拉图那里，作者的地位不仅比不上哲学家，甚至连工匠都不如。作者是缺少真理的无能者。

亚里士多德主张艺术都是模仿，只是所用媒介不同，所取的对象不同，采用的方式有别，事物的颜色、声音、形态，人物的动作、声调、语言等都可以被模仿。

可见模仿具有人类学的意义，并非只有特殊才能的人才具有，在亚里士多德看来模仿可以使人快乐，出于人的本能和天性："一般说来，诗的起源仿佛有两个原因，都是出于人的天性。人从孩提的时候起就有模仿的本能（人和禽兽的分别之一，就在于人最善于模仿，他们最初的知识就是从模仿得来的），人对于模仿的作品总是感到快感。经验证明了这一点：事物本身看上去尽管引起痛感，但惟妙惟肖的图像看上去却能引起我们的快感……就因为我们一面在看，一面在求知，断定每一事物是某一事物，比方说，'这就是那个事物'。"④ 当然要模仿得惟妙惟肖尚需要经验和技艺，到了贺拉斯就主张通过勤学苦练提高技艺水平："苦学而没有丰富的天才，有天才而没有训练，都归无用，两者应

---

① 伍蠡甫主编：《西方文论选》，上海译文出版社1979年版，第5页。
② ［古希腊］柏拉图：《文艺对话集》，朱光潜译，人民文学出版社1963年版，第31页。
③ 同上书，第21页。
④ ［古希腊］亚里士多德：《诗学》，罗念生译，人民文学出版社1962年版，第11页。

该相互为用，相互结合。"① 诗人不仅要有高超的技艺，还要拥有理性的判断，崇高的思想，在贺拉斯看来："你无论说什么，作什么，都不能违反密涅瓦的意志，你是有这种判断力的，懂得这道理的。"② 朗加纳斯认为诗人应该具有庄严伟大的思想。在文艺思想史中，诗人逐渐摆脱平庸和无能，终将成为天才的创造者。

二　创造——新的神祇

亚里士多德早就揭示了诗人有着不同于历史学家的创造性："诗人的职责不在于描述已发生的事，而在于描述可能发生的事，即按照可然律或必然律判断可能发生的事。历史学家与诗人的差别……在于一叙述已发生的事，一描述可能发生的事。"③ 亚里士多德以降，许多持有模仿观点的人都强调了作者的创造性，在模仿现实中想象、虚构的作用。从2世纪时的斐罗斯屈拉塔斯到文艺复兴时的达·芬奇、启蒙运动时的狄德罗都主张艺术家不是纯粹简单的模仿者和现实的抄袭者。斐罗斯屈拉塔斯认为想象是比模仿更巧妙的艺术家："模仿仅能塑造它所看到的东西，而想象还能塑造它所没有看到的东西，并把没有看到过的东西作为现实的标准。"④

到了18世纪末和19世纪初叶，浪漫派明确标举"天才"和"想象"，更强调艺术家作为创造者的地位。康德几乎把天才提高到了神的位置，能够为自然立法。艺术源自天才的心灵，是心灵的创造（黑格尔），是心智的果实（歌德），人世间的材料要服从艺术家的意旨。艺术家不仅摆脱了受歧视、无能、无足轻重的地位，而且逐渐获得了权威，走向了中心，成了被崇拜、被仰慕的对象，从事文学和艺术创作不再是人人可为的职业，模仿可以通过勤学苦练获得高超的复制技艺，而创造则需要更高的心灵旨趣。

---

① 伍蠡甫主编：《西方文论选》，上海译文出版社1979年版，第116页。
② 同上书，第115页。
③ ［古希腊］亚里士多德：《诗学》，罗念生译，人民文学出版社1962年版，第28—29页。
④ 伍蠡甫主编：《西方文论选》，上海译文出版社1979年版，第134页。

三 教化——理想的圣殿

文艺要有所教益，否则就失去了存在的意义。这种观点在东西方源远流长。柏拉图把诗人逐出"理想国"，在他看来诗人助长了公民的感伤癖，孔子则要"放郑声"，以为其不符合"发乎情，止乎礼义""哀而不伤，乐而不淫"的道德观和审美观。在柏拉图看来，诗人如果要安身立命，对其道德的要求必须是强制性的，"诗人在诗歌中表现各方面都好的人，不仅可以说服诗人如此做，甚至可以强迫"，甚至"道"可以凌驾于"文"，"有才能的诗人应该让位给有德有功的诗人"[①] 在道与文的关系上，崇道抑文，文从属于道，在东西方都是主流观点，影随者不绝，对后世影响深远。其原因在于：其一，对道的尊崇，提高了文艺的地位，文艺不再是雕虫小技，而是"经国之大业，不朽之盛事"（曹丕）。其二，道充实了文艺内容，使其关注民生和现实，文章为时而作，歌诗为事而著，上补察时政，下泄导人情，而不是雕空凿影，向壁虚构，所以只有"道盛"才能"文宜"，精神完满，文章才能生气灌注。但这种观点也造成流弊。"道可道，非常道"，道是什么，来自哪里，如何呈现于文，由于作者个人才识的差异，时代的文艺观念的影响，文因之盛衰有别。当作者放弃了主体性，放弃了心之所感，成为时代精神的传声筒，流于"征圣""宗经"，则道暗文衰。现今，东西方在文学创作中"躲避崇高"的齐声合唱，与长久以来"道"的无限膨胀，以致淹没了作家主体不无关系。

四 游戏——生命的畅通

游戏作为一种活动古已有之，关于游戏的理论阐释始于康德。康德认为艺术的精髓在于自由，而这也正是游戏的灵魂。自由是创作者摆脱了功利性，在游戏和艺术中所产生的愉快的满足感。游戏可以给人带来多种感觉的满足，这种满足仿佛是整个生命得到进展的感觉，因而也是身体舒畅或健康的感觉，"是人类的一种纯粹主观、绝对自由的感性愉

[①] 伍蠡甫主编：《西方文论选》，上海译文出版社1979年版，第67页。

悦活动"①。在康德看来:"艺术还有别于手工艺,艺术是自由的,手工艺也可以叫做挣报酬的艺术。人们把艺术看作仿佛是一种游戏,这是本身就愉快的一件事情,达到了这一点就算是符合目的的;手工艺却是一种劳动(工作),这是本身就不愉快(痛苦)的一种事情,只有通过它的效果(例如报酬),它才能有吸引力,因而它是被强迫的。"② 所以艺术的本质是自由,而促进自由的艺术的最好途径是"把它从一切强制中解放出来,并且把它从劳动转化成为单纯的游戏"③。自由是创作主体在形象的游戏中感受到的生命畅通的境界。

康德的游戏被席勒系统地继承并加以发挥。席勒认为古希腊人是完整的人,现代人则是分裂的,偏执于感性的冲动或理性的冲动。审美游戏可以缓解两种冲动对人的片面压迫,实现人的自由。他认为,人生最完美的境界就是游戏,它能够"消除一切强迫,使人在物质方面(即感性方面)和精神方面(理性方面),都恢复自由","使人的双重天性一下子发挥出来",在游戏中,在艺术和美中"心情是处在法则和需要之间的一种恰到好处的中途",④ 用孔子的话说游戏的冲动是"从心所欲,不逾矩"。游戏冲动的对象是活的形象,要成为活的形象,就需要形式在感觉里活着,生命在认识里取得形式,即形与神的统一。因此只有在具有活的形象的艺术和游戏里,人才能感觉到自由、感觉到生命的完整性。

无论是席勒还是康德,游戏和艺术的意义和价值在于其创造了主体完整的生命,完美的人生,体现了合乎主体意图的目的性,主体处于中心地位。维特根斯坦和伽达默尔则摒弃从主体角度理解游戏的做法,游戏不从主体那里获得价值,而是一个自足体,自我给出,自我出场。

维特根斯坦提出了"语言游戏说",把语言比作游戏,语言是按照一定的规则在一定的场合中使用的活动,语言在使用中才有意义,语词的意义就是它的用法。他在《哲学研究》中解释,"我将把由语言和动作交织成的语言组成的整体称为'语言游戏'","语言游戏一词的使用

---

① 朱光潜:《西方美学史》,人民文学出版社1964年版,第384页。
② 同上书,第374页。
③ [德]康德:《判断力批判》上,朱光潜译,商务印书馆1964年版,第148—150页。
④ 朱光潜:《西方美学史》,人民文学出版社1964年版,第438—440页。

意在突出语言的述说乃是一种活动,或是一种生活方式的一部分"。①事实上艺术和审美并无固定的共同本质,不具实体性,其意义和价值体现在众多艺术中和审美经验中,如同游戏,虽有规则限定,但在个体的具体运用中具有差异性,因此只有"家族相似性",没有核心价值。

维特根斯坦将游戏上升到了世界观、方法论的层面,伽达默尔则在解释学、现象学的存在论视野下重新解释游戏现象。通常人们认为游戏的主体是游戏者,游戏是游戏者的产物,正如康德和席勒的观点。但我们进一步思考会发现,游戏本身作为一种有吸引力的存在和有限制(规则)的存在,会制约游戏者的游戏方式,游戏者可能会丧失自我意识,不自觉地被裹挟其中。于是伽达默尔说:"如果我们就与艺术经验的关系而谈论游戏,游戏不是指行为,甚至不是指创造活动或享受活动的情绪状况,更不是指在游戏活动中所实现的主体性的自由,而是艺术作品本身的存在方式。"② 也就是说真正的主体不是游戏者而是游戏本身。与之相应,作品的真正主体不是作者而是作品本身,是作品本身借作者来表现自己,所以作品显现的意义并不是作者的意图,对于作品的存在,作者的创作已不重要。伽达默尔更重视读者,因为"事实上,最真实感受游戏的,并且游戏对之正确表现自己所'意味'的,乃是那种并不参与游戏,而只是观赏游戏的人"③。对作品的存在而言,关键是读者的理解,这使作品的存在变成现实。当然,在伽达默尔处,主体性并未丧失,只是从游戏者转向了游戏的观赏者,从作者转向了读者。

五 代偿——白日梦想

弗洛伊德在他 1908 年发表的《创作家与白日梦》一文中提出了文艺创作与白日梦相类似的观点。白日梦是人的幻想,源自儿童时代的游戏。儿童靠做游戏来满足自己的愿望,获得快乐。成年人则通过幻想满足现实生活中难以实现、羞于启齿的愿望。所不同的是儿童并不掩饰他

---

① [奥地利] 维特根斯坦:《哲学研究》,李步楼译,商务印书馆 1996 年版,第 7 页。
② [德] 汉斯·格奥尔格·伽达默尔:《真理与方法》,洪汉鼎译,上海译文出版社 1992 年版,第 130 页。
③ 同上书,第 141 页。

们的游戏，成年人则必须加以掩饰。弗洛伊德认为，梦也是幻想，"幻想的动力是未得到满足的愿望，每一次幻想就是一个愿望的履行"，"夜间的梦与白日梦——我们都已十分了解的那种幻想——一样，是愿望的实现"。①

弗洛伊德把作家分为两类，一是写英雄史诗的古代作家，收集现成的材料，一是创造自己材料的创造型作家。他认为创造型作家与白日梦者相似："作家通过改变和伪装来减弱他利己主义的白日梦的性质，并且在表达他的幻想时提供我们以纯粹形式的、也就是美的享受和乐趣……实际上一种虚构的作品给予我们的享受，就是由于我们的精神紧张得到解除。甚至这种效果有不小的一部分是由于作家使我们能从作品中享受我们自己的白日梦，而用不着自我责备或害羞。"②

尽管白日梦似的作品有一定的类型和成规，比如故事中的人物都明显地分为好人和坏人，故事的主人公往往都是英雄人物，作品中几乎所有的女人都会爱上主人公，故事的结局一般都会满足人们的愿望，好人取得胜利，坏人得到惩罚，但它启发作家突破现实生活的界限，充分发挥主动性和创造性，创造富有想象力的作品。尽管这一理论带有"幻想"的性质，似乎没有多少科学依据，但许多作家的创作历程证明了它的存在，英国19世纪的惊险小说家特罗洛普就在《自传》中谈了他的创作与白日梦的关系。他明确指出，他的小说是少年时代白日梦的变形："我想，大概不会有比这更危险的精神习惯了，但我也常常怀疑若非这一做法，我会不会哪怕写一本小说。就这样我学会了维持对一个虚构故事的兴趣，学会了持续关注我自己的想象力创造出来的东西，学会了生活在一个全然在我实际生活之外的世界。"③

六 复现——集体无意识的心灵回响

瑞士心理学家荣格在《探索心灵奥秘的现代人》一书中提出：艺

---

① [奥地利]弗洛伊德：《创作家与白日梦》，湖南文艺出版社1986年版，第138、140页。

② 伍蠡甫主编：《现代西方文论选》，上海译文出版社1983年版，第147—148页。

③ [美]希利斯·米勒：《文学死了吗?》，秦立彦译，广西师范大学出版社2007年版，第82页。

术家不是自由的，不能随心所欲。艺术是某种与生俱来的人类本能。因此艺术家是受艺术的利用而成为实现其目的的工具和媒介。作为个人也许他有自己的情绪、意志和目标，可作为艺术家，他只是一位"集体的人"，一位引领并塑造全人类的潜意识的心灵生活的人。艺术家的创作过程不完全受其自主意识的控制，而常常受到沉淀在艺术家无意识深处的集体心理经验的影响。在荣格看来不是歌德创造了《浮士德》，而是《浮士德》创造了歌德。浮士德是德国人灵魂中的东西，是一种原始意象，一位全人类的医师或教师的形象。这种救世主的原型早就潜伏在人类的潜意识里，一旦时代需要，于是就在梦中或艺术家和先知的幻象中显现出来，用以促使这个时代或心灵恢复它原来的平衡。①

荣格试图探究文艺作品能够引起全民族乃至全人类产生共鸣的原因，但他把艺术家当作了集体无意识的傀儡，与柏拉图的"神灵凭附说"一样，艺术家只是传声筒。当然如果从艺术家个人来说，确实如此，但是如果从文艺的历史总体来说，原始意象是艺术家的集体创作，在漫长的历史进程中集体无意识的积淀不断地以本原的形式出现在文艺作品中，所以荣格说："一旦原型的情境发生，我们会突然获得一种不寻常的轻松感，仿佛被一种强大的力量运载或超度。在这一瞬间，我们不再是个人，而是整个族类，全人类的声音一起在我们心中回响。"②

七 复制——技艺进步的无尽追寻

本雅明提出了"作为生产者的作者"的观念，把一般的社会生产的概念引入了文艺领域，由社会生产而艺术生产，他着重考虑作品在时代的生产关系中所处的位置，直接把作品中的技术成分作为研究的对象。在本雅明的理论中，技术除了一般的生产技术外，还指文艺作品的创作技巧。唯物主义认为，技术作为生产力发展水平的标志，是决定生

---

① 赵宪章主编：《20世纪文史哲名著精义》，江苏文艺出版社1992年版，第827页。
② [瑞士]荣格：《心理学与文学》，冯川等译，生活·读书·新知三联书店1987年版，第121页。

产关系的重要因素,因此判断作品在生产关系中的地位必须依据它所使用的技术。本雅明把作家当作生产者,把写作当作生产技术的运用。技术可以促进社会的发展,当然也能促进文学的发展,他从技术的角度分析了故事的衰落,小说兴起的原因。故事讲述的是经验。手工技术社会主要是经验的积累和传递。在这种社会里,技术不发达,人们交往不多,人员流动有限,因而经验就显得尤其重要,这是故事发达的原因。工业技术社会,小说借助现代印刷技术得以大量印行、传播,以便捷的流通、丰富的内容等优势取代了故事的地位。

技术作为艺术生产力的代表在本雅明的理论中具有了重要的地位,因此创作成了可操作的东西,作品成了可批量生产的商品。在现代艺术中,机械复制就成了区别于传统艺术的一个重要概念。尽管本雅明对于机械复制技术使人类的艺术活动"由有韵味艺术变成机械复制技术,由艺术的膜拜价值转向展示价值,由美的艺术变成后审美的艺术,由对艺术品的凝神专注式接受转向消遣性接受",① 不无遗憾,但依然把机械复制技术看作一种艺术革命的力量。

以上内容,笔者按照时间的顺序梳理、分析。事实上,这只是对文学创作的欲望主体的显现的认识顺序,并非其实际存在的顺序。对上述诸种创作主体的渴求,阐述的过程中我们各有褒贬,但并不意味着伴随认识的进程依次取代,而是随着时代的发展,认识的拓展,我们充分认识到了文艺创作主体的丰富性和复杂性。其一,这些欲望的表征在历史和现实中有的曾经存在过,有的仍然存在着,只是不同的时代他者的欲望投射于创作主体,使其具有明显的时代特征。比如浪漫主义时代,作家有着自觉的创造意识,非理性意识被挖掘的时代,作家的创作不自觉地走向祖先和意识的深处。其二,作家在创作时有自觉的身份意识,其欲望往往具有生产性和整体性,作为欲望主体和欲望机器的文学创作主体,其欲望能量会强于一般人,这种能量不会仅在一台"机器"中流动,它会在不同的"机器"间中断、联通,从而形成一个丰富而趋向整体的表征世界。比如赵树理在创作中,不

---

① [德] W. 本雅明:《机械复制时代的艺术品》,王才勇译,浙江摄影出版社1993年版,前言第10页。

会仅是一个试图解决当前问题的宣教机器，他会不自觉地中断与宣教机器的连接，接入到在场的生活世界，神话、民间传说、巫的意象也会介入其中，构筑了一个鲜活丰富、非此非彼的乡村欲望场。其三，作家由于境遇的变动，会有适应于其境遇的需求的欲望表征方式。比如白居易，闻达时有兼济天下之志，着力于宣教式的讽喻诗；困窘时独善其身，往往以游戏式的闲适诗自娱。

第二节 媒介场域中文学创作主体的欲望的媒介分化

由于作家功能的丰富性，文学满足了人们多样化的精神需求，模仿的本能快感，创造的现实超越，游戏的自由愉悦，幻想的满足，寻根的欲求，技术的进步，因此随着机械印刷技术的迅速发展，文学得以广泛传播，逐渐走向舞台的中心，被誉为时代的花朵、文化中最好的东西，但同时文学创作主体负荷沉重，几乎集史家、哲学家、政治家、经济学家、社会学家甚至科学家于一身，以至于许多从事文学研究的理论家和批评家忍不住要发问到底什么是文学，文学性何在。俄国形式主义和新批评的兴起盖源于此吧？

随着电影电视等播放型媒介以及可以接入互联网的计算机为主体的互动型媒介的出现，原本属于文学创作主体的许多功能日渐分化，某些功能特性被媒介场域中在媒介性质上更有优势的媒介分担，主要表现在仿真性、游戏性和梦幻性。

一 仿真性

技术水平的提高，带来了媒介革命，电影、电视和计算机技术的发展，使模仿水平达到了前所未有的高度。源于亚里士多德的思想认为，模仿源于人的天性，人能从模仿中获得快感，人不仅要惟妙惟肖地模仿现实，还要模仿现实中不存在的东西，以至于能把它作为现实的标准，这就需要高超的复制技艺。文学以语言为媒介模仿现实。语言是抽象的，"它是逻辑、概念、形式、理论思辨作用和符号的领域","通常传递信息和含义",并不指向有形的实质。[①] 但是文学的模仿却要为可见与不可见的东西造型,因此就需要一定的技巧。利奥塔在分析马拉梅的诗歌时说:"诗歌是被解构的语言,因为正是这样一种语言,能够借助超语言学过程的干涉延宕交流,并通过展示能引发诗歌诱人魅力的图像实验室,从而提供阻止其反映的东西。"[②] 在文学史上,文学主要通过修辞干涉语言的抽象性,可以延宕交流,诱发图像,为现实造型。在米勒看来,"修辞非常有力量,能简洁、优雅地让想象中的人物活起来"[③]。

但无论如何文学的造型是不透明的,不具有直观性。随着以照相摄影技术为基础的电影电视媒介和计算机虚拟技术的出现,我们的模仿不仅可以以假乱真,而且真假难辨,鲍德里亚称之为仿真(Simulation),其结果为类象(Simulacrum)。类象存在两种形态:一种是对客观世界中真实存在物的逼真再现和精确复制;另一种是创造出极度真实但客观世界并不存在的虚拟物象和虚拟景象。类象对真实模仿的逼真程度,鲍德里亚在《类象在先》一文中引用了博尔赫斯讲述的一个关于地图的故事来说明。地图本是帝国真实国土的一个模仿物,一个经过简化处理的抽象符号,它可能指称现实,但无论如何不能代替现实。然而博尔赫斯故事中的地图却描绘得异常详尽,它不仅能覆盖全部国土,而且其精细达到了无与伦比的程度,地图不再是国土的符号,而是国土的等价物。类象不仅能够让我们看到与日常经验完全一致的真实场景与客观物象,而且还能够让我们感受到自然感官根本无法感知的景象和场面,比如极其精细和微小的微观世界、运动的影像、视听触等多感官的综合呈现等。这样原本与摹本的二元对立消失了,摹本与原本相较不再有信息递减造成的等级差异。技术的高度发展不仅能复制现实,而且能创造一个新的现实,鲍德里亚在《影像与模拟》一文中进一步颠倒了地图与领土的关系:"领土不再先于地图而存在,它也不比地图更长久。从今

---

① [斯洛文尼亚]阿莱斯·艾尔雅维茨:《图像时代》,胡菊兰、张云鹏译,吉林人民出版社2003年版,第89页。
② 同上书,第90页。
③ [美]希利斯·米勒:《文学死了吗?》,秦立彦译,广西师范大学出版社2007年版,第63页。

往后，是地图先于领土——影像优先——是地图生产着领土。"① 类象不再仅限于对客观真实的临摹和复制，而是根据符号和类象自身的要求和规则来进行生产。由于虚拟的逼真性，不再表现出传统意义上虚构的人为痕迹，往往被人们当作了真实存在。例如电影《泰坦尼克号》中沉船的场面，其通过计算机模拟，以视听的逼真性呈现，使观众不再去追寻其他可能性。

因此，以间接的语言符号为媒介的文学在模仿的逼真性方面是无法与以直观的图像呈现的影视相比拟的，也就是说影视在仿真方面更具有优势。

二 游戏性

纸质媒介在传统的历史进程中备受尊崇，古人敬惜字纸，落笔千金。作家被要求能够对社会施加主体的精神影响，"处庙堂之高而忧其民，处江湖之远而忧其君"，当他们与主流意识形态同构时，是时代精神的传声筒；而当他们与主流意识形态相忤时，要么退守南亩，走向"终南捷径"，要么以社会良知的民众代言人自居。主体一方面背负载道经国，有益天下的重任，另一方面要扮演"众人皆醉我独醒"的真理发现者和精神启蒙者，同时还有规范文学，提升文学水平，推动文学"务去陈言"的创新能力的审美承担。尽管很多文学创作主体都试图在文学中获得摆脱各种束缚和限制的自由感，但无论是在西方还是东方，出版发行制度成熟之前还是之后，都很难获得"游于艺"的轻松愉悦。其原因在于：首先，从文学创作主体的身份来看，纸质媒介时代的文学创作主体一般都是以真实的社会身份来界定，尽管存在笔名现象，但大多数印刷媒介文学都会通过作者介绍让读者了解作者的真实身份。因此纸质媒介形成了"文责自负"的价值观。"文如其人"，"人"是社会之人，"文"也是社会之文。其次，从文学创作主体与接受者的关系来看，当传受双方身份一致时，这可以称作贵族文学阶段，以文字为主要传播符号的文学之所以能被掌握文字解读能力的贵族、僧侣、士大夫等社会上层创作和接受，其文学的表现风格、思想主题、文学观念或者要

---

① [法]鲍德里亚：《生产之镜》，仰海峰译，中央编译出版社2005年版，第185—186页。

合乎目的，合乎最高的道德律令，或者要体现王风教化的强烈诉求。当传受双方身份不一致，发生分裂，文字知识的垄断权被多种身份的人群分解，文学消费诉求的复杂化带来了文学创作目的的复杂化。但接受群体的多样化，并不意味着创作的自由化，创作要接受由编辑、发行商、权威批评家、有关权力部门等"文学场域"的意识形态、价值观、文学观及市场需求预测的过滤。

目前，在网络写作中传统的主体负担正逐步被拆卸。网络不仅拆卸了编辑、发行商、权威批评家、有关权力部门等几乎所有的文学传播壁垒，而且可以隐匿主体的现实身份，这意味着不仅几乎所有的网民都可以写作、发表作品，而且以虚拟身份出现，创作者可以随心所欲，以最原始、最本能的创作动因进行写作，不必遵守日常的信息传播法则，没有社会的承当，完全是个人的精神狂欢。网络的这种开放式传播，让文化公共空间最大限度地向私人话语敞开。网民的网络写作性质与巴赫金所总结的欧洲狂欢节的特征很相似。首先是主体的显性消逝和隐性在场。在狂欢节期间，人们可以戴上面具，穿着异于日常的服装，在大街上尽情狂欢。在网络空间，网民的真实身份不出场，多以虚拟身份出现，虚构的身份，虚饰的图像。由于现实身份的隐匿，大家都以平等的身份进入，因此他的存在只通过作品建构，而不需要借助外在的附加值。其次是宣泄性。狂欢节期间，人们可以尽情放纵自己，可以纵情欢悦，可以自我解嘲，可以刻薄尖刻，可以荒诞不经，有时甚至是原始本能的放纵，巴赫金称之为"众声喧哗"。网络写作多展示生活的原生态，展示普通人最原初、最本色的生活感受，崇尚平庸、显露欲望、任性率真、鲜活水灵、讥嘲神圣。网络作者尚爱兰曾说："那些要求网络文学负起社会责任和更有良心的说法，实在是良好的一厢情愿。你根本不能再要求他们像老舍一样去关心三轮车夫的命运，或者像鲁迅一样去关心民众的前途。……我们没有文化优越感，但是我们有足够的生存困境，有足够的热情和机智，有足够的困惑和愤怒，有足够坚强的神经，有足够的敏感去咬合这个时代，有'泛爱'和'调侃'这两把顺手的大刀。"[①] 网络作

---

① 尚爱兰：《网络文学中的"新新情感"》，载榕树下图书工作室选编《99 中国年度最佳网络文学》，漓江出版社 2000 年版，第 305—306 页。

者大多是沉溺于没有过去,也没有未来,更不为他人"操持"的生活。海德格尔所说的当下生活中的主体,在网络中可以不受拘束地、无节制地宣泄个人情绪,以摆脱生活的重负,获得某种自由感。

三 梦幻性

在弗洛伊德看来梦与幻想同理,成年人的幻想称之为"白日梦"。相对于作家对白日梦的表现,通过影像编码的电影电视更适宜。

首先,电影电视的编码方式与梦境相似。梦幻更多以图像再现,而非语言:"梦幻行为不是一种语言,而是喻形(作为一种图像或者是一种形式)的力量对语言产生的作用。这种力量违背常规法则;它阻止倾听而引起观看。"[1] 同时梦具有空间性、断裂性和同质性,喻形"反对语言学意义的妄自尊大,把不可同化的异质性引入被公认的同质话语。……喻形也不就是话语的简单对立面,意义的一种可选择性规则,因为它是阻止任何规则具体化为完全一致性的一种断裂性法则"[2]。蒙太奇(montage)是影视的主要编码方式,影视在拍摄时把一个场面或一个连贯的动作拆分成若干镜头,然后组接在一起,来达及不同的意图,可以加快叙述的节奏,可以产生新的意义,可以叙述内容的发展过程。与文学语言的逻辑连续性不同,影视可以把毫不相干的画面组接在一起,以形成新意。电影史上的一个著名的例子,俄罗斯著名导演普多夫金曾谈到他和他的导师所做过的一次实验:从某一部影片中选了俄国著名演员莫兹尤辛的几个特写镜头,所选的都是静止的没有任何表情的特写。然后把这些完全相同的特写与其他影片的小片段连接成三个组合。第一种组合,特写后面紧接着桌子上的一盘汤,莫兹尤辛在看着这盘汤。第二种是与棺材里躺着的女尸相连。第三种是与一个正在玩着滑稽玩具狗熊的小女孩组合。当这三种组合呈现在不知情的观众面前时,效果是惊人的。观众对艺术家的表演大加赞赏。从那盘忘在桌上没喝的汤,观众看出了莫兹尤辛沉思的表情;看着女尸的沉重悲伤的面孔;观

---

[1] [斯洛文尼亚]阿莱斯·艾尔雅维茨:《图像时代》,胡菊兰、张云鹏译,吉林人民出版社2003年版,第88页。

[2] 同上书,第89页。

察女孩玩耍时轻松愉快的微笑。其实，三个组合中特写镜头的脸是完全一样的。①

其次，影视的媒介特性决定其制作是少数制作者面向大多数受众。观看具有集体性和同步性，相对于文学，更易于表现在现实中和道德中被压抑的欲望和本能，个人可以躲在公众的面具下轻松地释放和满足本能欲望。尤其是电影，相对于电视的家庭式观看，互不相识的观众买票进入影院，更具有集体仪式性，所以电视往往注重"常识"，而电影则经常突破禁区。当然这并不意味着电影比电视更具有创新性，只是对观众的感官刺激更强烈，更多是通过外观的新奇达到本雅明所说的震颤的效果，相对来说技艺的创新在电影中发展更快。

最后，影视中的白日梦具有更自然的形态。在罗兰·巴特看来大众文化具有神话的特性，而神话肩负的任务就是让历史意图披上自然的合法外衣，并让偶然事件以永恒的面目出现。影视是大众文化的集中体现。影像虽然是片段的、跳跃的、偶然的、非现实的，但由于其直观、精确、逼真的外观，往往比文学更易让受众当作现实接受。被米勒称作爱做白日梦的英国19世纪的作家特罗洛普，其作品源于作者为了躲避不尽如人意的现实，创造的生活之外的世界。但我们在他的小说中见不到陀思妥耶夫斯基作品中狂热、夸张的人物，超现实的幻觉，而是维多利亚时期普通的中产阶级或上流社会男女的日常恋爱、婚姻、遗产继承等。特罗洛普说："一周又一周，一个月又一个月，如果我没记错的话，一年又一年地，我继续着同一个故事，让我自己遵循某些规则，某些比例、特征、统一性。没有引入任何不可能发生的事情，甚至任何从外部环境看似乎不可信的事也没有。"② 也就是说他尽可能地模仿现实，在把自己作为主人公时，从不会是国王、公爵、美男子、学者或哲学家，但一定是一个很聪明的人，"漂亮的年轻女子常常都喜欢我。我努力做到心地善良，乐于助人，思想高贵，蔑视卑鄙之物。总的说来，我比自己能尽力做到的那个'自我'要好得多"。在现实中难以实现的或

---

① ［美］斯坦利·梭罗门：《电影的观念》，中国电影出版社1983年版，第39页。
② ［美］希利斯·米勒：《文学死了吗?》，秦立彦译，广西师范大学出版社2007年版，第77—78页。

者偶然能够实现的愿望，在貌似现实的外衣下变成了常态，在特罗洛普的小说中英国女郎大都会赢得真爱，过着幸福的生活。

而影视作品与之相较，在现代高科技的帮助下对现实的复制更精确，更逼真，愿望实现的偶然性在貌似真实的影像遮盖下更了无痕迹。1997年公映的《泰坦尼克号》在细节、场景、道具等方面都力求复制当时的真实情况，甚至跟随打捞船下海拍摄沉船残体。与早年的《冰海沉船》相比，最大的不同之处在于增添了人物视角，编织了一个再古老不过的贵族少女与穷小子的生死恋情。这段恋情从相识、相知、相恋到成熟仅仅几天时间。号称永不沉没的豪华巨轮首航就沉入冰海，吞噬了1500多条生命，这是无法改变的事实。当我们以自己的理性和智慧，认为我们自己就是"波塞冬"的时候，冰冷的海水浇熄了我们的光荣与梦想，在科学与理性全面胜利之时，人类的命运并没有比驾独木船远航的原始人更好。《泰》片却以仅经过短短几天酝酿的爱情战胜了一切，取得了真正的胜利，一个连船票也是赢来的穷画家，以他的热情、真诚和对生活的热爱击败了与其地位悬殊的巨富之子赢得了贵族少女的爱；在与自然的搏斗中，年轻的画家又以自己的生命换取了爱人的生还，在沉入冰海的那一刻，死亡使爱获得了永恒，复现了无数经典爱情原型：魂化双蝶的梁山伯与祝英台，双双殉情的罗密欧与朱丽叶，从容赴死的刘兰芝与焦仲卿。画家沉入冰海的一刹那，在苏格兰长笛充满温情的幽咽声里，观众沉浸在爱的甜蜜中，刹那间成为永恒。在影片中灾难的逼真复制和巨大的震撼力冲淡了爱情故事的偶然性和虚假性。

在媒介场域中，当我们的欲望有了新的表征方式，以平面印刷媒介承载和传播为主体的文学凭什么存在？如何存在？还有多少存在空间呢？同时，是否这种分化，更有利于发挥文学自身的媒介优势呢？

第三章

互介性：媒介场域中文学创作主体的跨界

互介性，这一概念是于尔根·E. 米勒于20世纪80年代末最先提出来的，他说："如果我们将'互介性'理解为媒体之间存在的一些可变关系，并且各个媒体的功能产生于这些关系的历史演变，这就意味着各个媒体为'互不相关'的'单体'这种观念是不可接受的……"①后来在早期电影研究的领域引入了"互介性"的概念，目的是在新环境下，说明电影与它接纳的其他媒体的关系。这在加拿大学者安德烈·戈德罗的电影研究中得到了更清晰、更全面的阐释："在最低意义上，'互介性'的概念用于表明各种媒体之间发生的、内容和形式的转移与移居的过程，该过程先以不知不觉的方式反映到作品中，后随媒体的繁荣发展成为一种规范，当前的媒体形态可以视为部分地归因于这种规范。"②戈德罗集中研究的是文学或戏剧成分在电影中的移居，但就概念的内涵而言，他看到了媒体之间移居的互动。

第一节 口头文学在书面文学中栖居

口头文学是文字还没有产生时，只以口头形态存在的文学形态，而

---

① 于尔根·E. 米勒：《〈大礼帽〉和音乐喜剧的互介性》，蒙特利尔大学《多元电影》第5卷第1—2期，1994年秋，第213页。
② [加拿大]安德烈·戈德罗：《从文学到影片——叙事体系》，刘云舟译，商务印书馆2010年版，第216页。

书面文学是文字产生以后，以书籍为载体，以文字符号作媒介的文学存在形态。由于口头文学受时空限制，如果没有文字将它们记载下来，我们就无法知道它的详情。而口头文学一旦被文字记载下来，它就成了书面文学，其口头文学的原貌便不复存在。因此，文学史家很难准确描述口头文学与书面文学各自的发展与互动的历史，各种文学史著作只能以书面文学的发展为基本对象，这应该说是明智之举，也是实事求是的科学态度。口头文学并非只存在于文字产生以前。作为一种文学形态，口头文学并没有因为书面文学的产生而销声匿迹，它一直在文学的发展过程中扮演着重要角色，给书面文学以影响。

一 口头文学表征范式

口头文学的呈现方式是"发音"，是发音交流的工具或者说载体，是声音构建口头文学的文化场域。索绪尔将语言符号分为口头语（或言语言）和书面语（或言书写）两种系统，认为前者是一种独立体，后者只是前者的记载工具，是派生的。他提出："语言的确具有……口语传统，它独立于书写"，"语言和书写是两种完全不同的符号系统；后者存在的唯一目的就是再现前者"。口语、声音是第一性的，是语言的根本或者说是语言本身，而书写则是第二性的，是声音的容器和"衣装"。[1] 马林诺夫斯基也认为："语言是常被视作人类特有的机能，和人的物质设备及其它的风俗体系相分开的。……但是在研究实际应用中的语言时，却显示了一字的意义，并不是神秘地包涵在一字的本身之内，而只是包涵在一种情境的局面中由发音所引起的效果。""语言知识的成熟其实就等于他在社会中及文化中地位的成熟。于是语言是文化整体中的一部分，但是它并不是一个工具的体系，而是一套发音的风俗及精神文化的一部分。"[2]

声音何以独立？何以成为欲望的一种表征，构成文化场域？声音是欲望，是隐而不显的心灵世界最直接自然的表达。在德里达那里，能指

---

[1] 肖锦龙：《德里达的结构理论思想性质论》，中国社会科学出版社2004年版，第131页。

[2] ［英］马林诺夫斯基：《文化论》，费孝通译，中国民间文艺出版社1987年版，第6—7页。

的第一创造者是声音。"心灵与逻各斯之间存在着约定的符号化关系……这种约定成了言语。书面语言则将约定固定下来并使它们相关联",由此,语音及其替补(即表音文字)和逻各斯有着"原始的本质的联系",因为"语音的本质直接贴近这样一些东西:它在作为逻各斯的'思想'中与'意义'相关联,创造意义、接受意义、表示意义、'收集'意义"[①]。这样,德里达用近似等式的因果逻辑将言语、文字、心灵和逻各斯串联在了一起,而声音或"语音"便是串联它们的"阿莉阿德尼之线"。这也正是语音成为德里达结构逻各斯中心主义的原因。

对语音成为欲望表征的第一能指的内在机制辨析得更清楚的是索绪尔。索绪尔在解释能指概念时特别明确地指出,声音之所以是心灵的自然表达,是因为声音不是物质的声音,纯粹物理的东西,而是心理印迹的表征。[②]"心理印迹",并不是线条和色彩所图绘的视觉图像,而是声音本身所携带的意识中的意象或心象,属于"内视图像",并非诉诸视网膜的可见的物象。索绪尔用"音响形象"来指称"心理印迹"。从"音响形象"的组合关系中可以见出:"音响"修饰"形象",可理解为"音响的形象"。"音之象"意味着,语言能指中的"形象"并不是其他意义上的"形象",例如不是可见的视觉图像之类。

"音响形象"并非自然之中纯粹而单一的风声、雨声,它是人类之音。波德莱尔在《感应》诗中形象地表达了自然之音和音响形象的关系:"自然是一座神殿,那里有活的柱子,不时发出一些含糊不清的语音;行人经过该处,穿过象征的森林,森林露出亲切的眼光对人注视。仿佛远远传来一些悠长的回音,互相混成幽昧而深邃的统一体,像黑夜又像光明一样茫无边际,芳香、色彩、音响全在互相感应。"首先,音响形象并不单纯,而是含混而深邃;其次,音响形象并非自然之音的传声筒,它"穿过象征的森林",是欲望的表征;再次,音响形象,以听觉统合了视觉、嗅觉、触觉,形成了声音的"完形",相比而言,自然之音是残缺的。因此音响形象虽然是自然之音的回响,但它更复杂,更

---

① [法]雅克·德里达:《论文字学》,汪堂家译,上海译文出版社2005年版,第13—14页。

② [瑞士]费尔迪南·德·索绪尔:《普通语言学教程》,商务印书馆2001年版,第101页。

深邃，更完整，是"心灵的印迹"，欲望的生发之处。在庄子看来"天籁"是天地之间所有能发出的声音的最高境界，其原因就在于："夫吹万不同，而使其自己也，咸其自取，怒者其谁邪？"意思是说，天籁虽然有万般不同，但使它们发生和停息的都是出于自身，发动者还有谁呢？之所以成为"天籁"是因为"咸其自取"。

"音响形象"，指向所指，经由声音显现。通过语音，可以唤起心理表象，诉诸我们的经验，从而使我们能够理解它的所指意义。"口说的词"将沉默的"心声"外化为真正的"有声"的存在，同时将"音响形象"传达给它的听者。

作为口头文学而言，声音不仅要表征心象，还要"好听"，引发身心的愉悦，使人沉醉。在马克思看来，只有音乐才能激起人的音乐感。大而言之，社会生活、自然现象、心理活动的发展变化，都具有独特的节奏和旋律；小而言之，生活场景的转换，花开叶落的荣枯、人物心灵的对话等，也都具有独特的节奏和旋律。这些节奏和韵律与我们的身体相应和，比如我们身体的比例、均衡，身体的一吸一呼。对马克思来说，音乐不只是一种漂浮的能指，它指向那深邃的世界："因为我的对象只能是我的本质力量的确证，从而，它只能像我的本质力量作为一种主体能力而自为地存在着那样对我来说存在着，因为对我来说任何一个对象的意义（它只是对那个与它相适应的感觉来说才有意义）都以我的感觉所能感知的程度为限。"① 音乐以一种自由自在的方式使人感受到自我的存在。可以说，节奏和韵律就是社会生活、自然现象、心理活动的节奏和韵律，是音响形象，最让人沉醉的一部分，我们深深地陷入其中。美学家朱光潜也说过："艺术返照自然，节奏是一切艺术的灵魂。"

二　书面文学的听觉性

著名学者韦勒克·沃伦在其著作《文学原理》中说过："一件文学作品首先是一套声音的系统，因此，是一种特定语言声音系统中的选择。"也就是说，声音仍是文学的第一能指。韦勒克此论针对的主要是

---

① ［德］马克思：《1844年经济学哲学手稿》，人民出版社2000年版，第69页。

以拼音文字作为标记符号的文学,而事实上更注重视觉性的汉语文学,也把声音放在更重要的位置。刘勰《文心雕龙》中关于文体的分类及其排序,"诗"被他排在文体首位,其原因在于它与"歌"有着密不可分的关系。

文字虽然是语音的标记,但又是独立的符形和笔画图像,对它的书写和识读可以使人联想到"口说的词"吗?"口说的词"能否在书写文本中被重新唤起?在书面文学中,"口说的词"所显露出来的是其音乐性。著名鲁迅研究专家朱彤在《鲁迅创作的艺术技巧》一书中说:"文学语言的'贴切',不只具有形象性上的意义,也有音乐性上的意义。在实际的生活里,这两者是自自然然结合在一起。"朱光潜:"一首诗的内容不可能与它的——韵文、音调、韵律分离开来。"

目前对于文学音乐性的研究主要集中于文学语言。就汉语文学而言,对其音乐性的研究有三种途径。第一类是语言学途径,主要研究了汉语蕴含的音乐性、形成汉语音乐性的语音手段、汉语音乐美的特征及构成——音韵美、节奏感等。成就及影响较大的当数张静先生的《语言·语用·语法》的第六章《节奏明快声音和谐悦耳》,成伟钧等主编的《修辞通鉴》的第一篇《语音修辞》,特别是《修辞通鉴》的《语音修辞》,是当今研究语音修辞的集大成的权威著作,是研究语言的音乐性乃至文学语言的音乐性的理论指导著作和实践示范样本。这类研究注重的是声音的悦耳性。

第二类是语言—美学途径。把文学语言的音乐性语音手段的分析与文学语言的音乐性语音手段的审美价值分析紧密结合,有机统一。比如童庆炳先生分析唐代岑参的诗《白雪歌送武判官归京》(北风卷地白草折,胡天八月即飞雪。忽如一夜春风来,千树万树梨花开。):"在这头四句中,如用保存古音较多的南方音读,那么'折'和'雪'都应该读急促的摩擦的入声,而后面的'来'和'开'则是流畅浩荡的平声。在这首诗中,由入声转入平声,象征着由封闭到开放,由寒冷局促的冬天到百花盛开的春天的转换。"[①]

第三类是文学语体的整体研究。不拘泥于语音,而是从声音的本体

---

① 童庆炳:《文学语言论》,《学习与探索》1999 年第 3 期。

出发,寻找声音的"心理印迹"。语言既是交际和表达的手段,也是构筑的艺术形象。巴赫金说:"语言在这里不仅仅是为了一定的对象和目的所限定交际和表达的手段,它自身还是描写的对象和客体。"① 文学艺术的形象是由语言作为声音艺术所携带的,是音乐化的语言滋生出来的。象与言,言与音是一体的。一般作为语言艺术的文学与图像相比不具有在场性。可在赵宪章教授看来,从音乐性的角度研究文学,就能发掘出文学的在场性,语音让文学具有在场性:"文学之所以可能被延宕为图像艺术,就其显在表征来看是语言的图像化,但其内在关联却是语言的音乐化,是语言的声音能指将不可见的文学语象牵引到可见的图像世界。一旦二者共享同一个文本,言说的在场将会使图说有所改变,不透明的图像符号会被强势的语言符号'穿越'而变得透明。"②

赵宪章教授认为,文学的音乐性不仅限于语言,而是表现在文学的整体中。他专门研究了曹植《洛神赋》在叙事路径上的音乐性,描述和分析了"象"这一载体,让我们感受"音乐"的在场。赵宪章教授从《洛神赋》中感受到了"音"伴随着"象"流动的完整的文学世界:"《洛神赋》首先以短促的三言句式叙述'从京域'而'归东藩'的匆促行程,这是一种归心似箭、风尘仆仆的开场。此后突然改为四言,'日既西倾,车殆马烦',于是停车休息,'精移神骇,忽焉思散',恍惚入梦……这可被视为整篇乐章的'序曲'——由急而缓、由行而停、停而神散,散而入梦。接着是梦中'睹一丽人,于岩之畔',她就是传说中的洛神宓妃:'其形也,翩若惊鸿,婉若游龙;荣曜秋菊,华茂春松。髣髴兮若轻云之蔽月,飘飖兮若流风之回雪。远而望之,皎若太阳升朝霞;迫而察之,灼若芙蓉出渌波……'然后是一连串整齐的四言句式以及虚词联缀的长短句排比。按照莱辛的说法,对事物的空间描绘属于绘画之所长,语言叙事应当尽量避免。但这些长短不一、参差相间的句式却赋予静观图像以高山流水般的旋律,'白纸黑字'所引发的空间想象在节奏的驱动下变体为有序的时间律动。并且,这些静观图像

---

① [苏]巴赫金:《文学作品中的语言》,载《巴赫金全集》第4卷,河北教育出版社1998年版,第276页。
② 赵宪章:《语图叙事的在场与不在场》,《中国社会科学》2013年第8期。

在节律的挟持下还在不停地游弋——由远而近、由外而内、由上而下、由貌而饰、由静而动,可谓集天下华美辞于洛神一身,充分彰显出曹植确实无愧'才高八斗'的美誉,'余'对丽人的爱慕之情被挥洒得淋漓尽致、无以复加。这可看做《洛神赋》整篇'乐章'的第一幕,也是将人神之恋推向高潮的一幕。第二幕是悲剧性的'突转':'余'之顿生狐疑、礼法自持,结束了两情相悦的沉醉,洛神因此而'神光离合,乍阴乍阳',其中连用了八句排比,每句以语气词'兮'字间隔,酷似屈辞的一步三叹、跬步徘徊,内心的矛盾与苦痛难以言表。第三幕写洛神深情地离去。赋文完全可以就此结束,却意外地出现了'众灵'相邀前来嬉戏的场景,灰暗、沉闷、压抑的氛围平添了一抹亮色和欢乐情调。同时,洛神也在众灵之间'凌波微步,罗袜生尘;动无常则,若危若安;进止难期,若往若还;转盼流精,光润玉颜;含辞未吐,气若幽兰;华容婀娜,令我忘餐……',爱恋与留恋、难舍与难言之情在音乐性的律动中有序释放。第四幕写洛神在神怪鸟兽的簇拥下乘云车回宫。她一路徐言,掩涕而泣,仍表示'长寄心于君王'。最后是整部乐章的'尾声',君王'足往神留,遗情想像',留下无尽的眷恋和惆怅。"①

综上所述,声音作为书面文学的能指,不是唯一的却是第一能指。伴随着声音的流动,文学之象一一显现。因此书面文学无法脱离声音存在,声音是书面文学具有在场性的根源。虽然口头文学受时空限制,很多没有记录下来,有的已经记录下来的也被认为失去了原貌,但书面文学在其音乐性中保留了口语文学的"音响形象"和"心理印迹",通过文学形象的能指转换,口语成就了文学的"在场性"。

第二节 文学与影视的"互介"

当我们哀叹文学的边缘化、文学的衰落甚至终结时,却同时又感觉到文学无处不在。这种现象被很多学者称为"文学泛化"或者"文学性蔓延"。这一方面体现在文学的构思方式、表现手段对商品生产、媒体信息传播、理论研究等全方位的渗透。现代社会是消费社会,消费必

---

① 赵宪章:《语图叙事的在场与不在场》,《中国社会科学》2013年第8期。

然导致对符号的积极操纵，消费社会商品形象价值也必然大于使用价值，形象价值生产更重于使用价值的生产。商品形象价值的生产本质上是文学性的，其主要手段是广告、促销活动与形形色色的媒体炒作。而"广告"可谓最为极端的消费文学，它将虚构、隐喻、戏剧、表演、浪漫抒情和仿真叙事等文学手段运用得淋漓尽致。媒体传播的信息都是经过文学化装的现实，它使用了作者意图、材料的重新组织安排、修辞手段、叙述方式等文学编码规则。值得注意的是寻求科学化的学术研究，尤其是后现代理论研究也具有文学的模式，如个别、现象、差异、变化、另类、不确定、反常、短暂、偶然、矛盾等文学的构思视点正在被后现代思想家关注。

另一方面是文学的构思方式、表现手段、传达方式等，被引入为电子播放媒介和数字网络媒介，在媒介场域中文学被新的载体呈现。

一 影视的文学化

影视是综合性艺术，在表现内容和形式上借鉴了多种文化系列，比如话剧、马戏、美术、音乐等，文学模式是其众多系列之一。电影选择这一资源较迟，但文学为电影插上了飞翔的翅膀。

在文学的诸多艺术特质中，叙事性最早被指认为电影艺术不可或缺的重要属性之一。叙事性深嵌于电影和电视之中。许多颇有声誉的影片，收视率较高的电视剧都是改编自叙事文学。有的忠实于原著，在遵循电视的特殊规律的同时，力求在思想内容、表现形式和艺术风格等方面与原著保持一致，准确地还原原著的意境和意蕴，比如很多文学名著的改编。有的对原著改动很大，比如张艺谋的电影《满城尽带黄金甲》改编自曹禺的《雷雨》，背景、人物、场景等都被改得面目全非。但无论是哪一种表现形式都保留了小说的叙事结构。《满城尽带黄金甲》就保留了《雷雨》家庭畸恋的原型结构。张艺谋的电影《幸福时光》虽然偏离了小说原有的内涵和气氛，但保留了莫言小说《师傅越来越幽默》中的"公共汽车的壳子"。

正因为文学叙事模式的介入，电影才脱离了早期的"活动影像"，成为自身规则、自身程序的体制电影。法国文学社会学家德尼·圣—雅克就提出过类似观点："电影诞生以前，在人类想象性作品结构的历史发展中发生了一个革命，它对于现代媒体的整个历史肯定具有决定性意义，这就是大众小说的出现……这一转型标志大众阶层进入文化领域，大众文化将成为全社会的共同文化，这种文化之汇合借助于分享现实和想象的一种认识模式。该模式就是小说……因此不难理解，走向虚构叙事的美国电影趋向小说的认识模式，甚至可以说趋向文学的类型……"[1] 从20世纪的第一个十年开始，电影很快走上了虚构化叙事的道路。

对叙事性的探讨在电影领域的研究中一直很兴旺。电影叙事研究也引入了小说"叙事学"的很多概念，比如"叙事性""视点""叙述""叙述功能"等。

就世界范围而言，文学对于电影的影响自20世纪中叶开始变得更为显著——后者对前者的"移植"或"挪用"，几乎存在于精神意蕴、价值构成、主题思想、表达方式等艺术表现领域的一切方面。上述情形，也大致适合于用来描述文学之于电视（崛起于20世纪中后期）的深刻影响。值得提及的是：电视不仅通过传统的改编手法，将文学作品视为电视剧创作取之不竭的素材库；"原生态"的文学作品甚至直接登上电视荧屏，产生了电视散文、电视小说、电视诗歌、电视报告文学等一系列名目繁多的所谓"电视文学"样式。即使充分考虑到电视这一概念本身包孕的多元形态，在诸如纪录片、新闻节目、综艺节目等电视节目样式中，我们也不难找到文学留下的潜在而深刻的影响：纪录片文学脚本、新闻稿、综艺节目串联词乃至节目策划文案等，便是这种影响最为直接的物化形态。因此，有鉴于影视所附着的鲜明文学属性和文学色彩，我们在对影视艺术进行分析探讨的同时，自然无法回避文学化的影像这一重要的思考维度。文学化的影像这一概念的提出，使人们从惯常的文学思维来解读影视作品成为可能。这样一来，故事情节的编排、人物形象的塑造、氛围情境的营造、思想深度的开掘、表现形式的创新……这些文学作品的主要构成元素，同样能够成为我们考察影视艺术的视角。用这种方式来看待和解读影视，无疑有利于拓展影视的思想深度和意义生成空间。读者和批评家，透过银幕/荧屏空间中的影像序列，

---

[1] ［加拿大］安德烈·戈德罗：《从文学到影片——叙事体系》，刘云舟译，商务印书馆2010年版，第215页。

关注其中所蕴含的文学艺术的普遍特质——例如人的情感和命运、人在现实和历史中的位置、人性以及人的隐秘心灵世界、民族与文化的现代化，等等。值得注意的是：对影视的文学化想象，是从文学的经典维度对影视作品进行更深层次的意义阐释，绝非将影视艺术文本与文学文本等同一体；它依然要遵循影视与文学二者的艺术边界，必须建立在尊重影视语言特殊性的前提之上。如果我们将影像视为文字的附庸，那么，影视艺术势必被误解为"形象的文字"，其丰富而独特的内涵也将被抽空和改写。当人们出于思维惯性试图将声光文本还原成文字文本，以情节、语言取代画面、镜头来把握影视作品时，其实是将影视作品当作了想象中的文学替代品而已。一个显著的事实是：相当多的影视剧本身即改编自文学作品，而且在很长一段时间内导演们都竭力忠实于文学原著。这样一来，如果我们依然执着于对影视作品进行静态的文学化考察，那么与阅读文学原著又有何区别呢？影视创作观念及实践中的泛文学化情结，事实上与这一认识上的误区不无关联。20世纪80年代初，在广为人知的一场关于"电影的文学性"的论争中，作为著名编剧和导演的张骏祥提出了"电影就是文学"的观点，大声疾呼"不要忽视了电影的文学价值"。他将电影明确定性为"用电影表现手段完成的文学"，并认为许多影片艺术水平不高的根本原因不在于表现手法的陈旧，而在于"作品的文学价值不高"。在他看来，当电影导演用电影手段来体现和完成"文学价值"时，只能突出和丰富这些文学价值，而不能创造它，"一个导演如果对作品的文学价值不能充分领会，不把千方百计地去体现这些文学价值看作自己的最高任务，那所有的电影手段的运用就不免止于形式的卖弄"。[①]

诚然，在当时的具体文化语境下，对电影"文学性"的呼唤一定程度上源于对占主导地位的"影戏"观念的颠覆意图（很长一段时间里，电影的"文学性"和"戏剧性"是不尽相同的两大范畴），也是对当时电影创作实践过于追求新技巧、忽视甚至贬低剧本作用的倾向的反拨。然而颇具讽刺意味的是，原本旨在呼唤电影"文学性"回归的呼

[①] 张骏祥：《用电影表现手段完成的文学——在一次导演总结会上的发言》，载《电影的文学性讨论文选》，中国电影出版社1987年版，第1—23页。

请,却由于这样一种矫枉过正的极端表述,反而招致电影界内外人士对电影的"文学性""文学价值"等意义范畴的尖锐质疑。在创作领域,我们也不无遗憾地看到:相当一部分中国电影,由于电影意识的匮乏和影像语言的贫弱,仅仅局限于对电影文学剧本的翻译和图解,从而沦为"非电影的电影"。有论者在阐释这一现象的成因时指出,"中国电影更多承袭了戏剧与文学传统,比较注重时间思维与叙事性,相对忽视空间思维与造型性,其美学原则主要是借助于文学的手段得以实现的";于是,对文学的过分倚重,导致了"具有特定范畴的可以与文字语言对等的'电影语言'甚至被视为仅仅等同于人物对白的狭小概念,电影画面严重缺乏视觉表现力和情感冲击力,大量苍白浮泛的人物对话和机械僵硬的人物动作窒息了应有的镜头感觉"。[1]

二 文学的影像化

(一) 文学创作以影视为导向

在形式上内含影视叙事的诸多因素,比如叙事的跳跃性,注重人物对话,淡化场景描写,很少静态抒情等,像王朔、池莉、刘震云等的写作有明显的视觉化取向,尤其是海岩、王海鸰的作品更是为影视剧量身定做,有人称为"挂小说的羊头,卖剧本的狗肉"。在内容上,平民化、大众化、浅俗化。为吸引更多受众,以迎合其需要和口味为目标,消解深度,拒绝思考,由深远走向浅近,由立体走向平面,由冷峻的思考走向轻松的表演。明显的倾向是远离深刻思想,走向浮浅低俗。自由、幸福、纯真的情感都变成了一片"粉红色"的汪洋:婚外恋、一夜情、个人隐私、鼓胀的乳房、迷人的大腿、红艳的嘴唇,文题尽是《情爱画廊》《驶出欲望街》《上海宝贝》《欲望之路》《强暴》《有了快感你就喊》《丰乳肥臀》之类。

(二) 与"文学化的影像"相比较而言,"影像化的文学"有较为清晰的指涉对象

一般意义上的"影视文学",便是其相对明确的固化形态。事实上,

---

[1] 陈晓云、陈育新:《作为文化的影像——中国当代电影文化阐释》,中国广播电视出版社1999年版,第38—39页。

跻身经典概念范畴的所谓"影视文学"——作为文学与影视之间的一种交叉艺术形态——其属性长期处于一种模糊的认知状态。从历史发展的脉络来看,"影视文学"主要是以影视剧本的形式出现的,也就是我们通常所指的为影视制作服务的"前电影""前电视"。对"影视文学"的界定和研究固然不失其合理性:文学作为众多艺术样式的母体,为影视艺术的诞生和发展提供了重要的借鉴和丰富的滋养;而且,在当今的电子传媒时代,书面文学依然是影视艺术走向成熟与繁盛的强大后盾。因此,我们在瞩目于当下影视艺术景观的同时,自然离不开对"影视文学"(影视作品的文字形态)发展状况的关注与探究。与此同时,必须强调的是:以文字形态存在的"影视文学"本身,是受影视这一艺术样式限定的、一种服务于银幕和荧屏的特殊文学形态。法国电影理论家乔治·萨杜尔(George Sadoul)在《世界电影史》的绪论《电影史的资料、方法与问题》中曾说道:"要深入研究一部影片,一个重要资料是它的原创电影剧本。"但他同时也提请读者注意,"电影剧本都是拍摄前的工作计划,在拍摄或剪辑过程中都会作出重大的修改",因此,"我们不能把一个电影剧本或一个分镜头剧本看作是'一部纸上的影片',而只能把它看作一部影片的拍摄计划、最初草图或草稿,影片本身才是主要的文献"。[1] 也就是说,"影视文学"的意义在于为影视艺术提供了再创造的基础,并不是要求导演对"影视文学"文本进行逐字逐句的翻拍。在这里,萨杜尔不仅向我们阐释了原创剧本与作为艺术成品的电影之间存在的差异,他还揭示了这样一个事实:作为"拍摄计划"和"草稿"的剧本,其最终目的是服务于电影的拍摄和剪辑。中国公认的电影剧作大师夏衍,在谈论自己的剧本写作心得时也坦言:"我历来所写的所谓电影剧本,都只是供导演写分镜头台本时'使用'的提纲和概略,而并没有把它看作是可供读者'阅读'的'文学剧本'","我做这份工作最关心的只是如何使它成为电影剧本的'实际效果',而很少考虑到作为电影文学剧本的艺术加工"。[2]

在这个意义上,我们不难发现"影视文学"这一概念自身蕴藏的歧

---

[1] [法]乔治·萨杜尔:《世界电影史》,中国电影出版社1995年版,第9—10页。
[2] 夏衍:《写电影剧本的几个问题》,人民文学出版社1978年版,第102页。

义。一方面,在话语形态和表现方式等方面,影视与文学的差异是显而易见的,影像文本的特殊规定性,必然对影视艺术的"文学性"构成一定的制约。因而,不考虑影像表达需要的"纯粹"的"影视文学",其独立存在的价值是有限的。如果对"影视文学"的理解仅仅局限于剧本的文字层面,则必然会导致对影视艺术本体特征不同程度的忽略。另一方面,如果我们将对"影视文学"的感知建立在遵循影视艺术独特规律的基础之上,那么,渗透着对于影像艺术(而不是语言艺术)的理解且包含大量技术性提示的文本,尽管它仍然以文字的形态呈现,但在本质上又与传统意义上的文学还有多少一致之处呢?对于这一潜在的悖论,中国的电影理论界多少有过一些反省,而且通常表现为对"电影文学"(或"影视文学")这一概念的质疑。其中,邵牧君和郑雪来的观点颇具代表性:"在国外,至少在西方国家,没有拍成影片的'电影剧本'是不出版的。但是在我国,未在银幕上得到兑现的'电影剧本'被作为电影文学作品发表在杂志上的倒并不鲜见。把电影剧本搞到如此'独立'的程度,让读者看那么多未必能在银幕上兑现的或者同完成影片相去较远的'电影剧本',我不知道会对电影文学的健康发展有何裨益。……反正能不能拍,拍出来银幕效果如何都可以不论。如果这就叫'发展电影文学',那就难怪我们不少文学家担心写电影剧本会'写坏了笔'了。"[1]

据我所知,在世界范围内,首先提出"电影文学"这一名称的,是苏联电影理论界。著名电影剧作理论家弗雷里赫在20世纪50年代发表的一篇题为"捍卫伟大的电影文学"的文章,曾对我国电影界产生过较大影响。但是,"电影文学"作为一个正式用语,亦即艺术学的术语,在苏联人包括弗雷里赫本人的著述中也并不多见。国外电影理论界基本上都不提"电影文学",而只提"电影剧作"。包括苏联这样十分重视电影文学剧本作用的国家,也只有极少数理论家为了论战而使用过"电影文学"这一名称,在正式的理论著作中一般都只提"电影剧作"。在他们

---

[1] 邵牧君:《电影、文学和电影文学》,《文学评论》1984年第1期。

的大百科全书或电影百科辞典中,也找不到"电影文学"的条目。①

20世纪初叶以降,不明就里的"移用",在中国的文化场域里向来屡见不鲜。然而,任何一种能指与所指断裂或者能指本身就流于虚泛的命名,并不因为其长期跻身于"权威"或"主流"话语谱系就具有了约定俗成的"合法性"。在笔者看来,在国内大量影视与文学著述里频繁出现的"影视文学"这一概念,其合理与否的确是值得商榷的。用苛刻的眼光来看,"影视文学"这一偏正结构的语词,本身就包含着文学凌驾于影视之上、影视艺术成为文学附庸的事实。文学与影视的深刻关联,并不需要用这种机械而又不乏歧义的命名方式来证实。出于上述考虑,下文在论及影视的文字形态时,采用的是相对中性的"影视剧本"概念。在很大程度上,这出于充分理解和重视影视艺术自身特性的初衷。影视剧本的文学价值,是影视作品艺术价值的重要来源和组成部分。它主要体现在思想内涵、人物形象和形式结构等方面。作为新兴的艺术门类,影视从文学和戏剧中汲取了大量养分,但又有自己独特的形式特征、技术规范、传播渠道和接受对象。一方面,影视剧本运用文字媒介来塑造人物形象和编织故事情节;另一方面,它又必须符合影视摄制与传播的实际要求。出于影视艺术的声画表现功能,影视剧本通常能够体现鲜明的动作性和画面感,使读者在阅读过程中能"看见"或联想出一幅幅动态画面,能"听见"或感受到相应的声响。此外,影视剧本还渗透着鲜明的蒙太奇观念,画面的剪接组合成为创作过程中的主导性思维模式。动作性、空间造型、声画效应和蒙太奇结构,使影视剧本区别于其他艺术表现形式,给予读者特殊的审美享受并成为银幕/荧屏形象的基础。与小说、诗歌、散文等文学体裁相比,影视剧本大致具有下述特征:在语言方面,影视剧本语言真正的"能指"是声画和造型,文字在其中更多的是充当一种转换媒介的功能。影视剧本的文字表述服从于影视艺术的审美习惯,尤其注重直观形象感、视觉效果与简练性。在结构方面,影视剧本和"蒙太奇"(法语 Montage 的译音)思维密不可分。作为影视艺术领域里的一个基础性理念,"蒙太奇"不仅仅指影视

---

① 郑雪来:《电影文学与电影特性问题——兼与张骏祥同志商榷》,《电影新作》1982年第5期。

作品的独特剪辑组合，更意味着一种独特的思维方式。它要求创作者时刻从声画本位出发，善于从丰富的生活素材中发现和选择适合于影像表现的元素加以组合。编剧在进行影视剧本写作时，应该时刻意识到，他们写下的文字，将来都会以视觉的、造型的形式出现在银幕/荧屏之上。

从艺术生产机制的角度来看，影视自诞生之日起就具有明显的企业化性质，创作过程中很难真正排除掉商业和市场的影响。影视剧本创作必须尽可能适应于制作、发行、传播等一系列文化工业生产流程的既定标准。在现行影视生产体制下，"戴着镣铐起舞"的剧本创作不像文学写作那样拥有相对自由的精神向度和充裕的个性施展空间，而要受制于个体创作之外的诸多要素；在影视剧的集体创作模式和具体摄制过程中，剧本作者的初衷被屡屡改写，因此其创作个性也很难保全。此外，就作品的接受层面而言，影视剧本固化为银幕/荧屏影像后，留给观众的想象空间就要比文字媒介有限得多。一千个读者心里会有一千个诸葛亮，但看过1994年问世的长篇电视连续剧《三国演义》之后，人们都只会将"诸葛亮"这一能指具象化为唐国强所塑造的荧屏形象。事实上，置身于全球化、信息化时代，影视剧本所依赖的播放媒介和传统纸质媒介之间的关系比上述情形要更为复杂，它们之间既有互渗、交汇与共生，更以隐性或显在的方式对受众和话语权进行着不无激烈的争夺。这些问题，纯粹依靠研究影视文学剧本——影像化的文学——显然一时难以达成与实际相契合的理解。

就剧本（影像化的文学）与影视艺术的亲疏关联展开探讨，我们无法绕开如下两个意义层面：首先，剧本是构筑影视艺术大厦不可或缺的基石。对剧本的倚重程度，因影视剧编导的个人创作习性以及具体的创作情形而异。剧本涵括内容的详尽或简约与否，也在创作者选择和操控的范围之内。但一般说来，无"本"之剧几乎是难以想象的。彻底排斥剧本对影视作品摄制的先验性影响的所谓无脚本操作即使果真存在，也往往徒具"先锋"和"实验"意味——而对耗资巨大的制片机构和投资人来说，只具备形式探索意义的影视"艺术实践"，则不啻于一场灾难。在这里，"凸显真实"的纪录性影片也许是一个特例。但不可否认的是，其对"生活流"的切入视角和叙述方式也会不同程度服从于创作主体/记录者的先期设计。其次，影视艺术则构成了对影视剧本的发展和超越,这是显而易见的事实。在某种意义上,停留在纯文字层面的影视文本是残缺的,文字形态的剧本只有在影视作品真正成型之后才具有自足的意义。如果脱离影像艺术表现规则,脱离影视艺术成品的参照,对影视文学剧本(亦即影像化的文学)的探讨将有可能流于盲目和片面。从另一个角度来说,对大部分读者而言,影视剧本是比较陌生甚至乏味的。以分镜头剧本与小说为例,毕竟前者所能引起的阅读快感要远远逊色于小说语言所能带来的情感共鸣和心灵震撼。在西方国家影视发展史上,影视剧本极少被视为可供直接欣赏的文学作品。况且,就中国当下的实际情形来看,读者直接阅读影视文学剧本的机会也是十分有限的。纵览中国现今庞大的书刊市场,发表影视剧本的刊物只有屈指可数的几家;公开出版的影视剧本更是为数稀少。即使是近年来在文化市场上大行其道的"影视同期书",也很少登载原创剧本,编撰者要么附上原著小说,要么将影视剧改造成与银屏形象"步调一致"而又适宜读者/观众阅读的"类小说"或"影视故事"。与其认为这是对影视剧本文本价值的漠视,还不如说这源自出版商旨在逢迎大众欣赏习惯和审美习惯的一种营销策略。

(三)影视与文学同步,这意味着不再先有小说次有电影,而是小说与电影同步传播

刘震云在协助冯小刚拍摄影片《手机》之初,双方就明确了一个制作方针:刘震云同名小说须与影片《手机》同步发行。李冯的长篇小说《英雄》也是如出一辙地与他本人担任编剧的电影《英雄》同步发行。而与冯小刚执导的影片《夜宴》上映几乎同步,编剧盛和煜和钱珏合著的同名长篇小说也在 2006 年 8 月由中信出版社隆重发行。

第三节 文学向赛博空间的移居

一 网络文学的欲望表征空间——赛博空间的虚拟性

美国文化研究学者在《赛博公民》中系统描绘了 20 世纪 90 年代"人机交互"的数字神话景观:在麻省理工学院媒体实验室中,研究者通过独特的可穿戴式电脑装备同自己的视觉、听觉和触觉相连,从而摄取到更加细微和更加遥远的视听信息,随后再通过主体大脑的筛选、归

纳和制作，形成完备的电子数字资源进行使用和传播。由此，赛博学家（Cyborgologist）、赛博公民（Cyborg Citizen）的称谓逐步兴起并直接启发了赛博空间的文化研究脉络。计算机虚拟现实技术（VR）则促使赛博公民群体进一步扩大，将"人机交互"转向主体的感性体验，促使新的主体形态和主体实践的产生。

我们曾经认为，几乎没有人会在头上安装显示器，戴上数据手套，而后进入一个计算机生成的三维景观世界，实现我们的所有愿望。在那里经历一次身体和感觉的延伸，摆脱身体，从外在的世界观看我们自己，采用新的身份，运用我们绝大部分的感官，包括触觉，理解非物质的对象，通过口头命令和身体姿态就能够修正环境，能够看见瞬间意识到的创造性思想，无须经历身体化的物质过程。上述描述很大程度上还是科学幻想。市面上已经很流行的平板电脑、智能手机、网络游戏、数字影视、数码相机等，它们都通过自身特有的数字功能完成了主体面向赛博空间的沉浸，而最新的谷歌智能眼镜和 HTC 智能头盔则将数字界面与主体结合得更为紧密，使虚拟现实技术得到进一步延伸。HTC 智能头盔（HTC Vive）于 2015 年 3 月 2 日在巴塞罗那世界移动通信大会上亮相，以可佩戴式电子设备与主体的感官进行融合，使主体获得沉浸式的审美体验。这款设备由著名智能手机公司 HTC 与著名游戏公司 Valve 联合推出，其特点是利用其自家的"Room Scale"技术，通过传感器将一个房间变成三维虚拟空间，用户可以在移动中浏览周围场景，可以通过动态捕捉的手持控制器灵活地操纵场景中的物品，可以在一个定位精准、身临其境的虚拟环境中进行游戏和互动。

VR 技术形成的世界被称为虚拟现实，虚拟现实是毒品和性的安全替代品，虚拟现实是令人愉悦的，无须冒险，因而没有邪恶；虚拟现实强化思想，引领人类通往新的力量，虚拟现实是让人上瘾的，将会奴役我们，从根本上讲，虚拟现实是新的经历。

二 网络文学审美的在场性

网络中很大一部分文本被称作网络文学，比如安妮宝贝、80 后、打工者张无计等的写作都是以纯语言作媒介表现情感，再现生活观感。与传统文学相较，两者只有承载和传播的物质媒介的差异。但是还有一部分网络文本，我们既不能把它们归入文学，也不能说是和文学毫无关系。其一，从创作意图和构思方式来看，网络写作基本属于非专业写作，很多人是理工科知识背景，以游戏的心态在网上过文学瘾。在网络上创作《轻功是怎样炼成的》《你不是一粒沙子》的写手沙子在回答记者"如何构思、怎样叙事"的提问时坦然承认：没有构思，不懂叙事，"它们的出发点都很相同，就是为了好玩。写作的时候根本没有对结构、叙事做什么考虑。想到哪儿，就写到哪儿，顺其自然"。其二，文本很难归类，且不说归入传统的二分法、三分法，连跨文体作品也很难归入。比如《火星之恋》，作者在叙述一个爱情故事时，不断插入音乐、图片和音像媒介；BBS上的《风中玫瑰》是由聊天室的七嘴八舌拼贴而成；《白领男人的一天》完全是一天辛劳的流水账；《金庸年度广告爆笑版》被写成了广告文案的脚本。当然从文学发展的角度有人会说，这些文本现在不是文学，但以后可能会进入文学的家族，但从文学史来看，尽管这些游戏之作往往很难进入文学的行列，比如古代的藏头诗、回文诗、白字书等，但不能否认它们有一定的文学性，它们或有情节性，或有修辞性，或有情感性。

就当前网络文学创作的主体而言，它们依然属于文学大家族的一员，但由于其和传统文学依托媒介的差异性，出现了一些我们无法忽视的新特质，尤其是在场性的实践。

在场性的追求也曾是文学的题中之义，但受限于媒介，文学在场性的追寻是艰苦的，常常是"吟安一个字，拈断数茎须"，"两句三年得，一吟双泪流"，而赛博空间的虚拟性，使得文学的这一特质获得了近乎透明的呈现。知名学者欧阳友权教授曾指出："语言能创造间接想像的自由空间，这使得海德格尔所讲的'诗意的栖居'成为可能，这是文字符号具有审美性的一面；但语言文字却不能建构直观呈现的虚拟现实，难以提供让每一阅读主体交互沉浸的有意味的临场形式，这又形成了审美的局限和自由的桎梏。"[1]

网络虚拟技术制造的复合符号全面诉诸人们的感官、影像、声音，即时性与现场感为文学提供了一套富有冲击力的经验。虽然虚拟真实是

---

[1] 欧阳友权等：《网络文学论纲》，人民文学出版社2003年版，第2、191页。

一种不同于现实世界的真实，但它可以凭借信息、图像、声音、文字等多种形式，将抽象化为具体。在这个赛博空间里，文学意象呈现出全景式面貌已经具有了技术操作上的可能。例如，传统诗歌在网络上伴乐配画就能给你化虚幻为真实的现场感。古典诗歌情景交融、虚实相生的艺术境界使传统诗歌只有凭借想象才能领悟，而网络文学则可以借助多媒体技术和虚拟技术，营造一种虚拟现实，从而带给欣赏者一种真切的身临其境的审美感受。

传统诗歌的网络版还有网络难以呈现的"言外之意""韵外之致"，而专为网络创作的文本则极可能给读者制造"所见即所得"的仿真感。《若枚集》就是这样的一个实验文本：优美的诗文配上一幅幅古色古香的图片，辅以温柔缠绵的 MP3 作为背景音乐，这些形式的合成全方位地冲击着欣赏者的感官，从而使欣赏者为呈现在眼前的如梦似幻的表现对象而欢欣雀跃。这种画面和文字结合、视觉和听觉互补、理性和感性相融的审美方式给予读者"耳目一新"的全新体验。利用虚拟手段再现作品的意象，将虚构与现实、幻想与实景有机交织在一起，甚至还可以使人产生不知是庄周梦蝴蝶还是蝴蝶梦庄周的幻觉。

此外，网络文学还克服了单一的语言文字或诗画结合、图文结合的静态表现形式，呈现出不同于静态书页的动态特性，给予人们全新的审美情趣。例如，台湾的李顺兴在"歧路花园"网站上发表的小诗《西雅图漂流》就是一篇超文本实验作品，只见网页上端端正正地写着五行字：

> 我是一篇坏文字
> 曾经是一首好诗
> 只是生性爱漂流
> 启动我吧
> 让我再次漂流

读者点击诗上端的链接"启动文字"四个字，诗中的文字便会抖动，歪歪斜斜地朝网页的右下方扩散，宛若雪花般飘洒开来，并逐渐滑出网页，游离读者的视线，令人油然生出一种失落和孤独感。当读者点击"停止文字"和"端正文字"按钮，诗便可以恢复原样。我们还可以通过点击诗中的"文字"或"漂流"字样，打开另一首题为《文字》或《漂流》的小诗。这种超文本实验作品的创作形式，已不是传统意义上的语言、结构、韵律等。读者的兴奋点也不在作品的内容，而在于它的动感形式，即由网络软件所操纵的"文字舞蹈"。

依托于网络技术的网络文学冲破了传统文学单一语言艺术的表达局限，它把声音、文本、图像、色彩、光线、动画、想象力和互动感等结合在一起，营构了一种独特的审美氛围，欣赏者很容易沉浸其中。正如加拿大学者德克霍夫在《文化肌肤——真实世界的电子克隆》一书中所描绘的："人们认为三维图像是视觉的，但二维图像的主导感官则是触觉。当你在 VR 中四处闲逛时，你的整个身体都与周边环境接触，就像你在游泳池中身体与水的关系那样。"[①]

本雅明认为："人们对待艺术作品的接受有着不同方面的侧重，在这些不同侧重中有两种尤为明显：一种侧重于艺术品的膜拜价值，另一种侧重于艺术品的展示价值。"[②] 前者把艺术视为具有深厚审美意蕴的作品，人们往往对它顶礼膜拜；后者认为艺术是被审视、供人观赏和娱乐的对象，不需负载沉重的人文价值。从技术的角度来看待网络文学，我们不难发现，它更多地发展了艺术的"展示价值"，因为网络虚拟使得艺术品的审美意象立体化、全方位地向人们敞开，作品的展示价值得到了最大限度的呈现，人们因而可以充分享受到感官盛宴带来的心理愉悦。

网络虚拟性在强化人们对图像感知的同时也发展了人们的感官审美，在强调感性舒张的现代社会，现代高科技所精心打造的文学的赛博空间无疑更加契合了人们审美体验的需要。

但在由网络虚拟技术创造的感官冲击面前，传统文学的沉静与思索逐渐让位于网络文学的直观与仿拟。毫无疑问，在一部分网络文学中，艺术性灵、审美情怀、诗学深度等价值特性已不可避免地会被数

---

① 黄鸣奋：《比特挑战缪斯——网络与艺术》，厦门大学出版社 2000 年版，第 24 页。
② ［德］W. 瓦尔特·本雅明：《机械复制时代的艺术作品》，王才勇译，中国城市出版社 2002 年版，第 94 页。

字化模拟技术所削平。由此,欣赏者在浅俗的内容、简单的形式和毫不费力的接受中,逐渐钝化了他们的想象力,取消了他们的自我意识和思维独立性,滋长了他们追求片面娱乐消遣的欲望。诚如马尔库塞所言,技术的解放力量转而成了自由的枷锁。人对技术因素的迁就和依赖,导致在艺术生产领域形成了一种潜在的足以造成创造力衰减的表征危机。

三 网络文学的平面媒介移植

现今大部分我们上文称之为网络文学的热点作品都进入了图书出版业。比如安妮宝贝从 1998 年 10 月在网络写作和发表作品,随着一系列作品的先后出版,从 2000 年起就不在网上直接发表任何原创文学作品了。作家出版社在 2007 年下半年以 12% 的版税签下了在网络被封为"四大穿越奇书"的四本小说,且每本首印 10 万。对于网络文学来说,与平面印刷媒介文学不仅只是承载方式不同。由于不同的承载方式,读者会形成相异的媒介阅读习惯。网络高节律地传播着海量信息形成了读者快速浏览、瞬间接收的碎片式的阅读习惯,跟着感觉走,求新求异,不求甚解。网络文学的超文本试验,可以说"城头变幻大王旗,各领风骚三五天",从 90 年代的互动文本,到纯文本超级链接、联想性超级链接、3D 虚拟实境阅读、随机路径、互动书写,直至现在的虚拟社区角色扮演小说,不过十几年时间,这些实验文本大都被人们遗忘。就是与传统文学类似的纯文本作品,尽管为了适应网络的快速阅读习惯,尽量没有静态描写,不进行抽象议论,不制造阅读障碍,给人们带来了阅读快感,但读得越快遗忘得也越快。只生活在瞬间感觉中,生活在当下,生命就不再有意义,而由平面印刷媒介承载的文学具有时间的连续性和促人反思性,能给人带来生命的意义感。

因此,在今天的媒介场域中,以平面印刷媒介为载体的文学,如果亦步亦趋地跟着影视和网络,进行视觉化写作和感官化写作,那么最终必然会被其他媒介取代。但是否坚持传统文学创作倾向,就可以获得地盘的扩张呢?如果做肯定回答,这种思维方式就如同拔着自己的头发跳出地球那样荒唐,如阿基米德所设想的撬动地球的支点那样异想天开。我们的创作主体不可能脱离今天的媒介场域,不可能是纯洁的主体,它有其历史性和现实性。我们曾经是努力构筑一切的主体,而后走向分裂,甚至化为碎片,但我们从未忘记过重聚,我们曾经是真善美的承担者、发现者、愉悦者,而后成为感官、实利、技术的奴隶,但我们从未忘记对生命意义的追寻。这样的创作主体该如何在今天的媒介场域中进行创作呢?我们的创作应该要在时间中面向未来,勾连过去,呈现于当下。

第四节 媒介场域中文学"互介"的思考——多元共生

由于现代传媒的超越时空性,目前中国的文论研究正逐渐融入国际交流话语,基于中国社会技术和市场的与世界接轨和文学与文化的发展现状,媒介和文学的关系问题逐渐进入学者的视野,尤其是米勒的《全球化时代文学研究会继续存在吗》一文的发表,更是在国内引起强烈反响。20世纪90年代以后由于市场经济的发展,文学逐渐边缘化,随着视听媒介的丰富,文学研究者对于文学的命运提出了种种看法。

有的主张拯救文学,或抗争,或扩大文学地盘,或在历史的视野中论证文学存在的"合法性"。他们认为,电子媒介的"图"的霸权造成了"文"的危机,因此文与图是对抗性的,文的拯救需要通过与图的战争,需要在图像的包围中突围,需要坚守中的地盘扩张。周宪在《"读图时代"的图文战争》提出:当代文化由语言主因型转向了图像主因型,形成了新的图像拜物教,"图像的霸权"。金惠敏在《从形象到拟像》《图像时代的文论碎片》中认为:当代的图像是"拟像",不是形象,是无指涉、无意义的空洞之物。以上研究主要集中于图像局限性的研究。既然是对立,是战争,就得知己知彼,因此自然是这两种不同媒介在传情达意方面优劣的研究,对于主要以电子媒介为依托的图像的价值尤其是审美价值的研究还不够。

有的在进步主义的历史哲学中持文学消亡论。以黑格尔的艺术终结论作为理论依据,以文学日益边缘化的现实为条件,以进步主义为哲学基础,以全球一体化为背景,很多学者也加入了艺术消亡的大合唱。

其实无论是终结论还是拯救论都是二元式的思维方式，简单的二元划分，对于不同媒介下的文本片面地指摘二三优缺点，以此作出肯定或否定的回答，以至于求证于任何一方都未免过于片面。

图与文的关系古已有之，一代有一代之文学，同样，不同的时代图与文的关系也表现为不同的形态，因此二者是共生关系，代表不同的美学种类，彼此不存在谁取代谁的问题。高建平在《文学与图像的对立与共生》一文中提出，人的社会生活实践是出于共生关系的文学与图像背后的动力源。吴子林在《图像时代的文学命运》中不同意读图时代即是图像主因型文化取代传统语言主因型文化的理论推断。

笔者认为，共生论既合乎历史，又合乎多元发展的文化现状，但就目前电子媒介背景下文学自身的发展变化以及文学应对图像挤压的策略研究还不够。不管采取何种策略，笔者认为，必须把图文关系放在整体场域中考察。首先，要转换二元对立的思维模式；其次，给文学定性，确立其在场域中的位置。下文具体剖析之。

一 转换思路拆解文学与新媒介对立的思维模式

很多学者认为，在当今的多媒介语境中，由于新媒体的异军突起，造成了语码的危机、文学的衰落。面对这种对抗式的思维模式，试问新媒体的出现，就一定会给传统语码带来危机，甚至毁灭它吗？书写的发明没有造成言说的危机或取代言说，同样印刷也没有排挤书写。以中国现代文学与当时的新型媒体现代印刷媒介的关系为例，中国现代文学赖以存在的载体及其传播方式，主要是现代印刷业及其报纸期刊。文人们通过报刊就可以实现文学创作的传播过程，并由此寻找到了一种新的生活方式，为报刊写作，卖文为生，不仅改变了文人与社会的关系，也改变了人们的文学观念。文学可以通过报刊作用于社会，参与现代知识分子发动的社会革命。或者说，现代传媒的出现改变文人生活方式的同时，也带来了一种新的文学形态、文体形式和创作群体，培养了新的读者群体。

最主要的是，现代传媒带来了新的美学原则。正是由于有了现代传媒，梁启超的"小说界革命""诗界革命""文界革命"以及"五四"时期的"文学革命"运动才能真正实现，白话文学语言才有可能成为

"国语"。同时，围绕现代传媒形成了一个"文学场"，这个场提供给作家以迥然不同的文学感受，从而也形成了迥然不同的文学观念和文学形态。现代文学经典作品《阿Q正传》通过在报纸上连载增强了它的影响力，评论蜂起。如成仿吾在《创造季刊》二卷二号的《〈呐喊〉的评论》中说，"《阿Q正传》为浅薄的纪实传记，而且结构极坏"。1924年4月3日，《晨报副刊》冯文炳的《呐喊》一文则读出了"鲁迅君的刺笑在笔锋随在可以碰见……至于阿Q，更是使人笑得不亦乐乎"。另一评论家张定璜在《鲁迅先生》中说："作家的看法带点病态，所以他看的人生也带点病态，其实实在的人生并不如此。"《阿Q正传》在《晨报副刊》陆续刊出时，就已引起了不小的骚动。1926年8月21日《现代评论》第4卷9期涵庐在《闲话》中说："有许多人都栗栗危惧，恐怕以后要骂到他的头上……疑神疑鬼，凡是《阿Q正传》所骂的，都以为就是他的隐私。"尽管评论褒贬不一，但它突破了传统的文学观念和文学形态，则是不争的事实。

由此可以设想文学的堕落之源真的是媒体之祸吗？难道新媒体出现了，旧的就一定要灭亡吗？也许确切地说这不是传统语码的危机，而是边缘化的危机。但作为以语码为媒介的文学边缘化应该是其正常状态，马克思认为文学艺术是远离经济基础的部分；在黑格尔那里文学艺术也只是通往他的体系大厦的途径与手段，而不是目的；在米勒看来文学是宇宙的黑洞，是信息高速公路上的坑坑洼洼；鲁枢元把它比喻为是大地上空的云霓。"图像化转向"和"扩张"，文字被挤压，图像的霸权，图像中心论，这一连串的判断都意味着文字的危机。文字的危机确实到来了吗？且不说报纸、杂志、文学期刊这些以文字为主体的媒体，就是看似图像化的影视、网络，如果没有文字，其清晰度和深度都要大打折扣，就算目前有电影以纯图像叙事，但也只是一种先锋叙事，并没有成为主流。我们可以想象一个不能阅读的人在现代，不要说不能阅读报纸、杂志，可能连电影、电视也看不懂，更不用说上网了。所谓图像对文字的挤压就像德里达认为语音或言语对文字的挤压，都是给自己设置了一个假想敌，以此作为批判的靶子，但德里达的目的是为了拆解逻各斯中心主义的哲学体系，试图取消中心/边缘的二元对立的思维模式，而无论是图像的霸权、图像的转向，还是语言的拯救、语言的危机都是立足于二元对立的思维模式。对于文字与图像正常的关系我们更倾向于哈贝马斯的交往与对话，以此形成新的文化，而不是霸权或中心地位的争夺。文字与图像各有其优势，也有其劣势，取长补短，应该成为支撑文化的双翼。

二 文学性是文学在媒介场域中的体制规约

我们归纳解析文学与新媒介互介的现实境域，拆解文学与新媒介二元对立的思维模式，并不是为了掩耳盗铃式地为文学地盘的扩张欢欣鼓舞，也不是显示文学在媒介场域中的危机，而是要揭示这些现象给以平面印刷为载体的文学以启示。为什么影视媒介乐于改编文学作品，仅仅是出于便利吗？为什么要与影视同步出版被改编的文学作品，仅仅是为了吸纳不观看电影的人群吗？为什么作家出版社如此不惜血本出版在网络流行的作品，仅是为了照顾部分读者的阅读习惯吗？当然以上理由也可以成立，在商业化运作的时代，它们已不仅仅是独立的媒介，也是文化产业链中的一环，为了获取最大利润，就要吸引尽可能多的人群，但是商业运作需要遵循市场和媒介规律。文学与其他媒介既有共通共融之处，也有相异相生之处。

张艺谋高度评价了电影与文学的关系："我们研究中国当代电影，首先要研究中国当代文学。因为中国电影永远离不开文学这根拐杖。看中国电影繁荣与否，首先要看中国文学繁荣与否。中国有好电影，首先要感谢作家们的好小说为电影提供了再创造的可能性。"[①] 小说给了电影什么？故事和语言。张艺谋在拍《英雄》和《十面埋伏》时虽然热衷于视觉性，但为了弥补故事性的不足，专门聘邹静之为他打点剧本，但影片放映后还是因为故事讲得很糟糕而受到诟病。与张艺谋为代表的第五代导演关注故事性不同，以张元和霍建起为代表的第五代导演更喜欢从小说的语言架构中寻觅电影的改造点，在生命经验和文化审美上呈现较为宏大的叙事结构。但文学尚有许多影视无法表现的东西。王安忆反对电影对文学的改编："电影是非常糟糕的东西，电影给我们造成了最浅薄的印象，很多名著被拍成了电影，使我们对这些名著的印象被电

---

① 张艺谋：《谈艺录》，湖南出版社1996年版，第389页。

影留下来的印象取代,而电影告诉我们的通常是一个最通俗、最平庸的故事。"① 影视借助于视觉直观,表现的是可见的存在,还有不可见的存在,影视语言往往力有不逮。杜甫的诗"晨钟云外湿",这里的"晨钟""云""湿"都可以视觉化,但勾连起来则无法视觉化,只能靠内在体验。在海德格尔看来,艺术展现了可见与不可见的存在。当然这并非说,艺术一部分是可见的,另一部分是不可见的;而是说不可见呈现于可见,可见诱发不可见的世界。

---

① 参见中华网(www.china.com),2004-7-26。

第四章

媒介场域中文学创作主体的文学性持存和伸张

由于文艺观点的流变性与多样性，文学性的问题很复杂。文学史上关于文学性的描述，诸如形式整体性、情感表现性、艺术形象性、语言显现性等，无论多么完美，随着文学的发展，都会被新的观点取代。"文学性"顾名思义，是指文学的独有特性，在雅各布森看来是那种使特定作品成为文学作品的东西。尽管俄国形式主义者关于文学性的界定可能有些玄虚，但的确有其真理性。问题在于如何理解"独有"和"特定"？孤立地拈出某一种性质，无法判断其独特与否，得看被置于何种参照系中。文学史上关于文学性的种种判断之所以引起诸多争议，就是因为参照系不同造成的。在媒介场域这个参照系中，如果把情感表现性和艺术形象性作为判断文学性的独有标志，那么影视剧、叙述性的电视广告岂不是也可以划入文学之列吗？在媒介场域中，文学区分于其他媒介的文学性何在？我们首先要作出区分，才能谈到持存和伸张的问题。在媒介场域中，文学区分于其他媒介的独特性在于其陌生性。而对于其他媒介来说，他们的编码规则是以公众熟悉的形式传达公众或大部分人都赞同的意识形态，很多媒介的作品看起来很新奇，也只不过是外观上的。文学是虚构现实，创作主体借助语言，对现实进行选择、加工、融合，是想象中的一个独特的世界，是现实的一种可能性，是现实的有益的、无可取代的补充。而其他媒介则是虚拟现实，是对现实的仿真，通过各种技术手段，创造条件，精确地呈现现实——如果技术可行也包括内心的需求——以至于取代现实。格林童话中有一则《兔子和刺猬》的故事，刺猬在一次赛跑中打败了兔子，因为它先派母刺猬到终点线去等着了。虚构意味着，不管母刺猬和公刺猬如何相像，它终究是雌性，是世界的一个独特存在，而虚拟则是母刺猬取代了公刺猬，不再有性别差异，他们都是刺猬，最终公刺猬和母刺猬都消失了，只剩下了"刺猬"。文学的陌生性来自创作主体自觉地借助文学媒介规则的创造。要发现和创造别样的世界、别样的现实，关键在于消除自动化的感知。在创作中主体要充分发挥个体的主动性和自觉性去发现现实中被忽略的存在，创造可能的现实存在，同时必须结合与之相应的别一样的文学形式，以设置阅读障碍，延长感知过程。

第一节　媒介场中主体的虚构性：真实与幻觉的游戏

初民们一旦有了"我"的意识，就意味着与周围世界的隔绝，就生活在他者的世界中了，会受到他人、自然，包括自己的肉身的种种限制，他们渴望了解"我"以外的一切，因此人类天生具有求知欲。求知的开始是模仿，模仿动物，模仿他人。模仿不仅仅也不可能完全"依葫芦画瓢"，我们的歌喉可以与黄莺相似，但不可能建造和蜜蜂完全一样的房子，但随着认识能力的提高，我们可以模仿蜂房的构造方式。人们逐渐意识到存在的世界除了可见的还有不可见的。这个世界有的是我们可以认识和经验的，这就是我们所说的规律、联系、本质，后世逐渐把它引向了科学；还有我们所无法认识和感知的，灵魂、悠远的时间、无限的空间，这部分走向了宗教、哲学和艺术。前者随着科学的发展和技术水平的提高，在规律发现的前提下，在环境和条件相同或相似的情况下，我们可以模仿自然中的某种存在物，创造出新的存在，这就是仿真。仿真技术在20世纪初得到应用，比如20世纪四五十年代，为了推动航空、航天技术的发展，在实验室中建立仿太空的环境。这时仿真主要是物理性仿制。20世纪60年代以后，计算机技术的迅速发展为仿真的虚拟化提供了可能，物理仿真的势头减弱。

从文明之始，我们就不断用各种媒介模拟世界，从口语、音调、线条、色彩、动作到文字，直至今天的影像和计算机语言。这里除了动作的模拟具有仿真的可触摸性，其他都是符号性的，可感而不可触，可称之为虚拟,用这些符号模拟的现实就应当被视为虚拟现实。但文字符号所模拟的现实与影像和计算机语言所模拟的现实有很大差异。世界是多重的,可呈现为多种形式。海德格尔称之为"能在",是可能之在,因为我们的"操劳""操持""操心",而呈现出现实的某种情境。随着我们"操劳"于世界的能力越来越强,范围越来越广,随着技术的发展,制造和使用工具能力的加强,沟通人与世界的媒介增加,世界的诸多可能性被化为现实。马克·波斯特说"像因特网和模拟现实这样的新媒介所产生的效果是,人们在社会中所遇到的'现实'种类增多"[1]。相对于影视,因特网给予人们的现实种类增加,比如因特网的虚拟游戏尽可能模拟世界,主体可以以自身的另一个可能性身份进入这个世界,参与这个世界的种种事务,我们可以像在真实的物理世界一样操劳,从而获得另一种现实。随着技术的发展,我们甚至能够呈现难以认知、难以经验的世界。威廉·温德斯的影片《直至世界末日》(1991)中,媒介可以对人的无意识世界进行视觉表现。影片中的角色在观看录有自己梦境的录像带时,完全沉迷其中,废寝忘食,全然忘却了周围的一切,他们被封闭在了自己的梦境中。而对于观众来说何尝又不是在观看自己的梦境呢?到底孰真孰幻?当我们如是发问时,仍有真幻之分。而参与、沉浸于虚拟现实中,就不再会去反省、区分真与幻,只要我们相信某种我们参与其中的世界真实存在,这就是现实。当人类虚拟现实的能力越强,就会越发强化这种似真感。鲍德里亚说,依靠虚拟,我们取消了现实和参照系。[2]

当亚里士多德说"诗比历史更真实"时,我们对于其中"真实"的理解莫衷一是,大部分人理解为"本质的真实",即历史记录的是表象,而诗可以表现内在的联系、本质、规律、尺度等未显示于外的东西。但是这样的本质不可能单独存在,如果存在于历史的现象中,历史和诗岂不是一样真实的?后来的德国古典美学和哲学告诉我们,本质更鲜明地显示于饱满的、生气灌注的、完满的事物中,存在于感性理性统

---

[1] [美]马克·波斯特:《第二媒介时代》,范静哗译,南京大学出版社2000年版,第32页。

[2] [法]让·博德里亚尔:《完美的罪行》,王为民译,商务印书馆2000年版,第107页。

一的希腊式的"活的形象"中,这就意味着诗或者文学中的世界是经过作者选择过的世界,这样的世界不是白日梦似的世界,也不是某种理念的传声筒,而是被作者的各种感受力、知解力过滤过的世界,是一个虚构的世界。

文学的虚构不同于虚拟,来自现实,包含着现实,受到创作主体意图的节制和引导。虚构通过语言媒介呈现世界,根据20世纪兴起的语言学和语言哲学理论,语言符号的能指和所指存在着偏离现象,索绪尔的符号理论认为,能指与所指的关系是任意的,符号意义是人为建构的。所以对于文学来说,"人们不仅仅把文学中的事件当作虚构,这些事件在得到表述时所传达出的'意旨'或'对世界的看法',也被当做虚构。但是事情并不就此为止,批评家们又更进一步……提出文学意义也是虚构,因为一切意义都是虚构"[①]。文学不是议论性和说明性的文体,意义需要"在场面和情节中显露",这就需要想象。想象是任性的:"精骛八极,神游万仞","若夫应感之会,通塞之纪,来不可遏,去不可止。藏若景灭,行犹响起"。想象可以窥到经验和认识无法达及的世界,济慈用诗歌般的语言描述了这样的世界:"据我现在看来,几乎人人都可以像蜘蛛那样,从体内吐出丝来结成自己的空中城堡——它开始工作时只利用了树叶和树枝的几个尖端,竟使空中布满了美丽的迂回线路。人也应该满足于同样稀少的几个尖端去粘住他灵魂的精细的蛛丝,而织出一幅空中的挂毡来——这幅挂毡从他灵魂的眼睛看来充满了象征,充满了他的心灵触觉所能感触到的温柔,充满了供他漫游的空间,充满了供他享受的万殊。"[②] 想象虽然可以结成空中的城堡,但需要树叶和树枝的尖端,也就是说包含着某部分世界,同时想象还要能织出挂毡,要受到意图的引导和节制。

文学创作作为一种虚构行为,作者既是参与者,也是旁观者,既要能入乎其内,又要能出乎其外,既指向公众感知的世界,又能超越这个世界,所谓超以象外,得其环中。伊瑟尔在《虚构与想象》一书里,

---

[①] [美]杰拉尔德·格拉夫:《如何才能不谈虚构》,盛宁译,载柳鸣九主编《从现代主义到后现代主义》,中国社会科学出版社1994年版,第359页。
[②] 伍蠡甫主编:《西方文论选》,上海译文出版社1979年版,第63页。

分析欧洲文艺复兴时期的田园诗时,认为牧羊人是诗人"从一个世界穿越到另一个世界的面具",在这张面具下,自我可以同时置身于内而为牧羊人,也可以置身于外而为游戏者,既要在面具的伪装下行事,又要将面具揭示为假象,暴露自己的真实身份,这是自我的双重化。有点类似于弗·施莱格尔所说的"反讽",是"自我创造和自我毁灭的经常交替",是"绝对的对立的绝对综合"[①]。虚构因此"变成了显示双重意义的一个中介"[②]。可见虚构与虚拟虽然都不同程度地达到沉浸、交互和构想的效果,但虚拟现实中的主体沉溺于虚拟的世界,被其裹挟,几乎丧失自我的主动性和自觉性,而在虚构中的主体既能扮演虚构世界的角色,同时又能揭示和拆穿这种扮演,在对立中赋予虚构的世界形式和意义。庄生梦蝶,醒来以后,对自己是蝶还是庄生的疑问,看似分不清真与幻,实则既有化蝶之乐,又有化蝶之惧。博尔赫斯是虚构的行家,他的故事似乎都在做梦,但他的作品总有另外一个声音,告诉梦中人,这是幻影、幻觉,让他产生成为幻影的恐惧感。在《环形废墟》里一个被魔法师梦出的孩子,因为害怕成为别人的幻影,而毅然走向火焰,走向死亡。

文学虚构总是以各种陌生化的方式拆穿幻境。作为文学创作主体必须清醒地意识到引导和控制的责任,否则就会沉溺于角色的扮演,丧失主动性和自觉性,终至真幻难分。

第二节　媒介场域中游移于虚构与虚拟之间的文学创作主体

身处当今媒介域中的主体,且不说那些视写作为卡拉 OK 练声的业余操练者,就是那些曾经或现在秉持精英化路线的纯文学作者,在今天的媒介域中都很难维持自觉的中心化形象。不要说身处现今多重、复调的媒介环境中的创作主体,就是媒介手段相对单调的北宋,印刷媒介的

---

① ［德］施莱格尔:《雅典娜神殿断片集》,李伯杰译,生活·读书·新知三联书店 1996 年版,第 60、75 页。

② Wolfgang Iser, *Fiction and Imagine – Charting Literary Anthropology*, Baltimore: The John-Hopkins University Press, 1993, p. 69.

兴起和风行对士大夫的创作活动也产生了前所未有的影响。典型的是苏轼在"乌台诗案"前后的创作。此案可以说是历史上最初的大规模诗祸，此前历史上文人被贬的情形不少，但因诗文遭祸的不多。《毛诗大序》中"主文而谲谏""言之者无罪，闻之者足戒"的诗歌观一直受到尊崇。苏轼也是本着这样的观念进行创作，却不承想会因诗系狱。对于诗祸原因历史上有种种解释，但很少有从传媒角度对待的，日本学者内山精也在《传媒与真相——苏轼及其周围士大夫的文学》一书中认为，对苏轼影响力的畏惧，才是弹劾他的最大动机和真正的出发点。而苏轼的影响力得之于传媒之助，他的批判朝政的诗歌通过印刷媒介广泛传播。印刷媒介的影响力，不仅让朝廷畏惧，也让遭遇诗祸的诗人自己存有戒心。诗案以后，陈师道之兄陈传道爱好苏轼诗歌，收集其密州、徐州时代的诗文想予以刊印，被苏轼婉言谢绝。但媒介的影响无法回避，中国古典诗歌的接受范围多在士大夫圈子里，在诗案以后，不管苏轼是否愿意，不特定的多数读者会被作为"隐含读者"放在心上，影响其创作活动，比如苏轼喜欢对自己的旧作次韵叠和，这样的作品占其次韵诗的三分之一。次韵一般是同时代诗人进行文学交往的社交手段。苏轼自次韵的这种手法，可能是自扮主人公，将降临到自己身上的事件，化为作品，满足其文学爱好者的期待，当时只要苏轼的作品一产生，就会在短时间内传播到读者。诗案以后，诗人反而引起了更大的社会关注，其作品传播得更快、更广，类似于今天，为了增加销售量，有意制造的"媒介文学事件"。

身处当代媒介场域中作者当然更难维持自身的稳定性和一贯性，其主体状态在虚构和虚拟之间出现了游移。在马原等先锋作家的作品中，他们会有意凸显传统小说中隐藏的主体的"双重化"，主体是作者，也是作品中的一个人物，在马原的西藏系列中"我是马原，也是姚亮"。在当代多媒介环境中，创作主体，受各种媒介影响，自身尺度有所变化，同时为了赢得更多读者，也要适应当前读者的阅读习惯。媒介场域中的主体在很多时候耽于庸常，关注当下、瞬间；耽于外观，追新逐奇，易被原始欲望驱使等。有感于此，当前很多作者试图在世界意义的追寻和阅读快感之间找到平衡。原为先锋作家的余华的《兄弟》就是典型的例子。余华在《兄弟》的封底表达了创作的初衷："这是两个时代相遇以后出生的小说，前一个是文革中的故事，那是一个精神狂热、本能压抑和命运惨烈的时代……后一个是现在的故事，那是一个伦理颠覆、浮躁纵欲和众生万象的时代……连接着两个时代的纽带的就是这兄弟两人。""文革"和"当下"在余华看来都是两个极端的时代，前者他固然鄙弃，后者也无法认同。作者试图将两个时代并置，通过对浓缩了西方400年历史的两个时代进行双重否定，从而做出属于自己价值评判的意义建构。但处于市场化图书发行体制和多媒介图书宣传途径下的余华出现了明显的意识游移甚至颠覆。余华在2006年4月12日做客新浪读书网时说："我觉得《兄弟》上部是已经完成的过去的时代，大家对这个时代的那种状态在认同上是比较趋向于一致的。而下部是一个还没有完成的、还在继续的一个时代，那么有关这个时代，大家在认同上会很不一致——很不一致的认同也会对下部的阅读可能会带来一些问题。"在这里稳定、自觉、独立的自我已经被时代和大众淹没，对前一个时代的评判和揭示，是由凭着后一个时代优越感的大众完成的，对于同时代，没有了具有时间优先性的大众，当然也就没有了评判和揭示的能力。在作品中"我"融入了"我们刘镇"，"我"是街谈巷议、丑闻、绯闻的倾听者，是暴力、血腥和罪恶的窥视者、围观者和参与者。作者试图像早年的作品那样揭示我们生活世界的荒诞，但他为了满足阅读快感，总是最大限度地满足读者的好奇心，有意识地靠拢当下生活，遵循时代流行的观念、趣味和习性，这样由于反思和自省的自我的缺失，人们被荒诞裹挟，在集体的癔症中，慢慢习惯，最终麻木，当然也就失去他早期善于凸显荒诞感的锋芒。

第三节 媒介场域中文学虚构的意义

　　虚构可以立足于虚构者独特的生命存在，在意图的节制和引导下，走向对虚拟沉浸性的超越。
　　对于虚拟世界的沉浸性我们不仅感同身受，而且被很多社会学家描述、剖析。因特网的虚拟游戏尽可能模拟世界，主体可以以另一个可能性身份进入虚拟世界，参与这个世界的种种事务，我们可以像在真实的物理世界一样操劳，从而获得另一种现实。影视也不例外，马克·波斯特在《第二媒介时代》一书中提到了威廉·温德斯的影片《直至世界末日》(1991)。影片可以对人的无意识世界进行视觉表现。影片中的角色在观看录有自己梦境的录像带时，完全沉迷其中，废寝忘食，全然忘却了周围的一切，他们被封闭在了自己的梦境中。而对于观众来说何尝又不是在观看自己的梦境呢？到底孰真孰幻？当我们如是发问时，仍有真幻之分。而参与、沉浸于虚拟现实中，就不再会去反省、区分真与幻，只要我们相信某种我们参与其中的世界真实存在，这就是现实。因此，Birgitta Hosea（伯吉塔·豪塞）和 Michael Heim（马歇尔·海姆）都把"沉浸性"作为虚拟世界的主要特征，人的心理感觉被转移到另外的时空，在心理上他完全把这个时空当作真实存在的，技术水平越高，沉浸的程度就会越深。[1]

虚构不同于虚拟，虚构者能以清醒的主体意识，显现自我的双重化，担当起引导人类寻找精神家园的责任。虽然虚构与虚拟都不同程度地达到沉浸、交互和构想的效果，但虚拟现实中的主体沉溺于虚拟的世界，被其裹挟，几乎丧失自我的主动性和自觉性，而在虚构中的人是反思的、主动的、自觉的，来自现实，包含着现实。其实无论是文学创作还是文学研究对这一点早有揭示，任何虚构，无论如何天马行空，都是要体现创作主体的意图。在文学和现实的关系方面，无论是对现实的模仿还是在现实基础上的创造，都强调作者对作品的主导和控制。在贺拉斯看来，创作主体不仅要有高超的技艺，还要拥有理性的判断，崇高的思想："你无论说什么，作什么，都不能违反密涅瓦的意志，你是有这种判断力的，懂得这道理的。"[2]

虚构者的意识不是时代的、大众的意识，而是个体的审美理想。沉溺于色情、暴力、调侃刺激、游戏读者是一种媚俗，而成为时代精神的传声筒，流于"征圣""宗经"，又何尝不是呢？米兰·昆德拉在《不能承受的生命之轻》中把第二种媚俗形象称之为"第二滴眼泪"："看到孩子们在草地上奔跑，跟着全人类一起被感动，真美啊！"[3] 这里的

---

[1] Michael Heim, *Virtual Realism*, Oxford University Press, 1997, p.1981.
[2] 伍蠡甫主编：《西方文论选》，上海译文出版社1979年版，第115页。
[3] [捷克]米兰·昆德拉：《不能承受的生命之轻》，许钧译，上海译文出版社2003年版，第394页。

"全人类"是集体性的，主体成了大众趣味的俘虏。文学作品中的理性应该来自个体的生命观照。华兹华斯如是说："诗人是以一个人的身份向人们讲话……比一般人具有更敏锐的感受性，具有更多的热忱和温情，他更了解人的本性，而且有着更开阔的灵魂……并且习惯于在没有找到它们（热情和意志）的地方自己去创造。"①

虚拟化浪潮中，相对于虚拟现实的沉浸性，文学虚构在一个需求多样化的世界中满足人们超越现实、回归主体的精神诉求。尽管在虚拟化浪潮冲击下，很多作者主动借助于各种媒介传播文学作品，以迎合和满足尽可能多的受众需求，从而获取尽可能高的利润，但无论是创作者还是接受者的需求都是多样的。法国作家莫泊桑曾在小说中说过，公众是由许多人构成的，这些人群朝我们叫道：安慰安慰我吧，娱乐娱乐我吧，使我忧愁忧愁吧，感动感动吧，让我做做梦吧，让我欢笑吧，让我恐惧吧，让我流泪吧，使我思想吧。一部分人会有更高的心灵诉求和人生期盼，一部分人在时代流行的趣味、习性和观念中长久浸淫会腻烦，转而寻求精神寄托的文学或境界提升。

在虚拟化浪潮中，我们的受众依然需要文学。尽管文学"从来生不逢时"，"永远也不可能独领风骚"，但它依然存在，因为它是"人类理性盛宴上令人警醒的游荡的灵魂"。因此，文学创作主体不能一味成为大众趣味的追随者和迎合者，而应该在世俗需求的基础上，全面探查人性，在文学形象中融入具有现实向度和历史维度的人文价值观，在虚拟媒介的助力下，潜移默化地影响受众。

虚拟很多时候会以公众熟知的形式去构造一个自我复制的世界，而文学的虚构可凭陌生化的审美形式营构出一个筑基于现实却超越现实的审美新世界。虚拟帝国中的很多文化产品都具有类型化、模式化的倾向，原创性不足。比如网络文学趋向类型化，借助相似的题材，雷同的主旨，标准化、模式化的情节满足某类读者相似的经验和心理诉求，更多是对某种感官欲望的满足。像职场、官场、穿越、盗墓、风水、玄幻等小说，对应的是贪欲、物欲、权欲、暴力、猎奇等原始欲望。另外，为了适应网络的快速阅读习惯，给读者带来阅读快感，

---

① 伍蠡甫主编：《西方文论选》，上海译文出版社1979年版，第11—12页。

在表现形式方面，一般不会去创新形式，不制造阅读障碍。没有静态描写，不进行抽象议论。人物塑造方面脸谱化、标签化，真善美、假恶丑壁垒分明。在很多类型化网络的作品中，文学所追求的人生之丰富性、精神之超越性、时间之连续性、审美之独创性被消解。读者只生活在瞬间感觉中，生活在当下，生命就不再有意义，陷入了读得越快也遗忘得越快的怪圈。在史蒂文·康纳看来，虚拟文本往往是用"更为传统或现实主义的小说方式来表现人们不太熟悉或不可能存在的世界"。① 而对于影视和互联网文本来说，他们为了收视率、上座率和点击率，更倾向于满足人们的好奇心，为此不断地寻求新异的素材，许多素材的禁区，往往都是在影像和互联网文本中首先被突破，例如色情、暴力、怪诞、丑陋以及子虚乌有之物，但它们的表现形式却往往是为大众所熟知的。

这种虚拟化的倾向也在冲击文学自身。当前有很多"快餐化"的文学作品为了追求阅读的快感也有这种倾向。余华在《兄弟》的创作中，为了满足读者的阅读快感，不仅在内容上丧失了主体的控制力，而且在形式上也丧失了创新力。《兄弟》的第一段被许多人大加赞誉："……李光头坐在他远近闻名的镀金马桶上，闭上眼睛开始想象自己在太空轨道上的漂泊生涯，四周的冷清深不可测，李光头俯瞰壮丽的地球如何徐徐地展开，不由心酸落泪，这时候他才意识到自己在地球上已经是举目无亲了。"这一段过气先锋式的叙述方式迎合了有一定文学素养读者的怀旧心理。这一时态的使用，在最近几十年的文学创作里屡见不鲜，尤其是20世纪80年代，中国的先锋小说尚且处于"学习"阶段。这一时态在文学上的赫赫有名，成为学习小说写作的固定句式，来自大名鼎鼎的《百年孤独》："多年以后，奥雷连诺上校站在行刑队前，准会想起父亲带他去参观冰块的那个遥远的下午。"

文学摆脱危机的法门，就是要具有不可替代性，以陌生化的审美方式表现人性是策略之一。"陌生化"理论近百年来在世界范围内产生重大影响，经过布莱希特、马尔库塞、詹姆逊等理论家的改造、修

---

① ［英］史蒂文·康纳：《后现代主义文化——当代理论导引》，严忠志译，商务印书馆2004年版，第187页。

正和增补，已相对比较成熟。这里作为一种审美形式，虽然源于俄国形式主义"使熟悉的事物变得陌生"的思想导向，但重心在布莱希特的"间离效果"。所谓"间离效果"就是要制造间隔，让熟悉的事物变得陌生，以引发接受者的主动性和批判性。这种效果如何取得？布莱希特认为要"剥去这一事件或人物性格中的理所当然的、众所周知的和显而易见的东西"。① 布莱希特和俄国形式主义的不同在于他不仅要制造间隔，还要消除间隔，接受者感到陌生的同时又觉得熟悉，类似于别林斯基的"熟悉的陌生人"。俄国形式主义陌生化的目的是增强接受者的感知力，而布莱希特则是为了让接受者深刻理解内容，具有反思力和批判力。

与虚拟文本不同，文学虚构即使采用的是大众熟知的材料，也要创造出"熟悉的陌生人"。史蒂文·康纳在比较文学文本与虚拟文本的差异时，总结文学的特征是"将形式方面的试验与人们熟悉的、从本质上讲属于现实主义的内容结合起来"。② 从材料的角度看，以表现人生和人性为旨归的文学，主要使用那些人们熟悉的材料，去表现人的理想性，关注生命、人性、文化土壤、生存状况等。而熟悉的事物要使人们去关注，延长感受的长度，就必须使其"陌生化"。这既需要主体意图的自觉引导，也需要在文学构思中不断地去创新形式，在材料的创新形式的赋予中，不仅不同的文学创作主体可以使同一材料呈现不同姿态，而且同一创作主体还可以对同一材料进行改造和加工，使其面貌各异。2012年瑞典文学院给莫言的颁奖词中说对于"中国过去一百年的描述"，其中"没有跳舞的独角兽和少女"，而是我们非常熟悉的猪圈生活。莫言作品主要取材于身边人事，但他却以独特的审美形式，营造了一个审美化的"东北高密"世界。他的很多作品，喜欢采用儿童的视角观照我们熟悉的成人世界，比如《枯河》《透明的红萝卜》《球状闪电》等。

陌生化的审美形式体现的正是创作主体的独特存在，它将创作主体

---

① 张黎编：《布莱希特研究》，中国社会科学出版社1984年版，第204页。
② [英] 史蒂文·康纳：《后现代主义文化——当代理论导引》，严忠志译，商务印书馆2004年版，第187页。

从现实世界"间离"出来,进入一个虚构的世界。在这个世界中,主体可以摆脱外在的束缚,听从内心旨趣的召唤,充分展开自己的生命和创造。我们以此抵抗虚拟世界制造的层出不穷的、不断扩张的审美幻象。韦尔施在《重构美学》中称这种"审美幻象"为"普遍存在的美"。他反思了这种现象:使每样东西变美的做法破坏了美的本质,普遍存在的美已失去特性或干脆就变得毫无意义。① 换句话说,美只有独特才有意义。

虚拟是通过影像模拟制造幻境,文学虚构则可用内涵丰富的语言超越现实语境。

影像模拟是借助计算机和通信技术,为人们在视觉上营造一种虚幻的情境,让人们很容易产生一种真实感,久而久之,这一虚幻的世界仿佛就是现实。希利斯·米勒先生就对影像模拟的特点和影响做了精辟的论述:"一方面还要用传统意义上文学使用的语言,另一方面还要在这种语言之外再加上视觉的因素,由此造成一种效果,它们带给观众的不是一个真实的世界,而是一种被加工过的世界,我把它叫做虚拟的现实,原来文学所要给人们带来一种实在的世界,现在是一种虚拟的现实世界。"鲍德里亚则进一步明确了影像模拟的本质。他区分了掩饰与模拟:"掩饰就是假装自己还没有别人已经拥有的东西。模拟则是假装已经有了别人尚未拥有的东西。"② "别人已经拥有的东西"是自己没有的东西的参照系,而拥有了"别人尚未拥有的东西",则自身是一个系统,没有参照系。掩饰或假装还存在与现实的差别,而模拟则没有了"真相"与"假象"的分别。他认为模拟既不同于古典时期的仿造范式,也不同于工业时代的生产范式,而是受符码主宰。作为符号的结构规律,符号是独立的系统,按差异性原则来运行,因此虚拟就是没有外在指涉的自我复制、自我生产。虚拟不再具有现实指向,只是符号的自我生产。所以鲍德里亚说,依靠虚拟,我们取消了现实和参照系。

---

① [德]沃尔夫冈·韦尔施:《重构美学》,陆扬、张岩冰译,上海译文出版社2002年版,第112页。
② [法]鲍德里亚:《生产之镜》,仰海峰译,中央编译出版社2005年版,第187页。

我们以受众量最大的虚拟媒介影视为例，不仅电视剧的指向是非现实的，连新闻报道也不是经验现实的反映，按一定的编码规则对现实进行"面部化妆"，它有作者意图、材料剪接、叙事习规、修辞虚构和表演。捷克总统哈维尔曾谈到作为一个政治家的他如何被塑造成电视明星的体会："我不能不震惊于电视导演和编辑怎样摆布我；震惊于我的公众形象怎样更多地依赖于他们而不是依赖于我自己；震惊于在电视上得体地微笑或选择一条合适的领带是多么重要；震惊于电视怎样强迫我以调侃、口号或恰到好处的尖刻，来尽量贫乏地表达我的思想；震惊于我的电视形象可以多么轻易地被弄得与我的真人似乎风马牛不相及。"[①] 电视中的"哈维尔"被按照商业运行规则、美的规则、电视媒介成规或意识形态进行了重新编码，是一种新现实、超现实，不以现实为参照物。

语言的蕴涵性是指字与字、词与词、句与句、句群与句群之间要形成一种表现关系（反讽、象征、烘托、悖论等），不是因果关系，不是指称关系。巴赫金曾分析了《复活》的语言表现关系："作品作为统一整体的背景。在这个背景上，人物的言语听起来完全不同于在现实的言语交际条件下独立存在的情形：在与其他言语，与作者言语的对比中，它获得了附加意义，在它那直接指物的因素上增加了新的、作者的声音（嘲讽、愤怒等），就像周围语境的影子落在它的身上。"[②] 他以《复活》中在法庭上宣读商人尸体的解剖记录为例，说明了文学作品中法庭记录宣读和现实法庭的差异性，小说处于其他语言的包围中，比如主人公的内心独白、作者的声音等，在各种声音中形成了特殊的具有蕴含性的语言。

刘恒的《贫嘴张大民的幸福生活》先后被文学、电影和电视三种媒介传达，呈现出相异的文本意义。在小说中，张大民的语言具有王朔式的痞和贫以及周星驰式的老到和无厘头的特点，能给读者带来一种阅读的畅快感，但与影视中摄影机全知式呈现的无障碍不同，小说

---

① [捷克]哈维尔：《全球文明、多元文化、大众传播与人类前途》，黄灿然译，豆瓣网（www.douban.com），2011年12月21日。
② [苏]巴赫金：《文学作品中的语言》，载《巴赫金全集》第4卷，河北教育出版社1998年版，第283页。

中畅快的宣泄总是被叙述者的声音打断。比如小说中在张大民痛快淋漓地嘲讽、挖苦了李云芳从美国回来请其吃饭又送钱的前男友之后，有一段叙述性语言："出租车开出老远了，他才住嘴。嗓子眼儿发干，太阳穴嘣嘣直跳。张四民去世以来，下岗以来，吃醋以来，一切一切憋闷都随着这通胡说八道吐出去了。天蓝了，云白了，走在大街上两只脚一颠一颠又飘起来了。"① 除第一句话外，以下都是张大民畅快的感受。第一句话是叙述者发出的，是叙述者的态度。当我们在阅读中对张大民的生活态度产生认同时，这个声音能使人警醒，去反思人物的行为。张大民和阿Q有何区别呢？除了智识的进步外，他们捍卫尊严的方式是如此的相似，在现实的竞争中都是试图通过语言的优势获得幻想的胜利，而他们的精神危机并未真正解决，只是获得了短暂的缓和。张大民的智识远超于阿Q，但把握世界的方式何其相似。张大民的幸福实则是沉重的、压抑的，引人发笑之余促人反思。影视剧则以直接呈现的喜剧性化解了悲剧性，以温情消融了沉重和压抑，着意渲染了张大民有限满足、乐天知命、忍耐、顺从的幸福感，在虚拟的世界中皆大欢喜。张大民的特点是贫嘴，只要他一开口，就难以截断，一发不可收拾，人们会不由自主地被他的语言裹挟，跟着他一起痛快地宣泄，忘却生活的烦恼。可是宣泄完了，还是一切照旧，什么也没有改变，因此张大民就得周而复始地"贫"下去。而小说中适时出现的叙述者的声音，经常打破"忘我"的魔咒，让人停留、延搁。尽管中断了阅读的畅快感，但在回味、反思中使小说的人物和主题远比影视剧丰厚。

　　文学语言之所以具有蕴涵性，就在于文学语言呈现了完满的生命形态。语言既是形式，也是内容，海德格尔说"语言是存在的家"，维特根斯坦说得更明确，"想像一种语言意味着想像一种生活方式"。语言不仅是达意的工具，也是一种内容的存在。在索绪尔那里，语言不只是按规则的组合关系，也是在一定条件下可替换的聚合关系。作为文学语言更是如此。巴赫金说文学语言是"全语体"："在文学作品中我们可以找到一切可能有的语言语体、言语语体、功能语体，社会的和职业的

---

① 刘恒：《贫嘴张大民的幸福生活》，《北京文学》1997年第10期。

语言等等。'全语体性'正是文学基本特性所使然。"①"全语体"体现的是经过作家的艺术直觉和艺术个性过滤的整体性的社会生活,呈现的是完满的生命存在。

文学语言就是一个完整的世界,是现实界、想象界的融合之处。叶燮《原诗》中在分析杜甫的两句诗"碧瓦初寒外""晨钟云外湿"时,就认为,单独就"事理"或就"神境"而论就不可解,必须合而论之。他认为:"使必以理而实诸事以解之,虽稷下谈天之辩,恐至此亦穷矣。然设身而处当时之境会,觉此五字之情景,恍如天造地设,呈于象,感于目,会于心。意中之言,而口不能言,口能言之,而意又不可解。划然示我以默会想象之表,竟若有内有外,有寒有初寒,特借碧瓦一实相发之。有中间,有边际,虚实相成,有无互立,取之当前而自得,其理昭然,其事的然也。"由此,虚构创造了一个虚实相生、亦真亦幻的独特审美世界。米兰·昆德拉在《不能承受的生命之轻》的第六章"伟大的进军"中借萨宾娜之口说:"我们中间没有一个超人,强大得足以完全逃避媚俗。无论我们如何鄙视它,媚俗都是人类境遇的一个组成部分。"文学当然也不能免俗,置身于虚拟世界中的文学会受到其中各种力量的影响,尤其是市场与技术的缠绕,这就产生了文学行将"终结"的危机感。但这里不是文学的祭台,其中的诸多力量可以成为推动文学发展的重要因素。马克思在《政治经济学批判导言》中说:"随着自然力的实际被支配,神话也就消失了。"可见物质技术水平对文学的发展具有决定性的作用。自然,歌谣、传说、史诗也不能与印刷机并存。但伴随着物质技术水平的发展,文学并没有消失,消失的只是某些文学样式和种类。在虚拟世界中文学可以借助于技术和市场发展新的文学样式,比如影视文学、网络文学、手机文学等。也可以借鉴其他新媒介的表现手法,比如影视的蒙太奇手法、简约的句式、互联网中鲜活的语言和交互式的对话性等。但无论文学如何发展,在虚拟化浪潮的冲击下,文学始终要警醒,立足于虚构,避免沉溺于符号的繁衍,在虚拟现实中,被现

---

① [苏]巴赫金:《文学作品中的语言》,载《巴赫金全集》第4卷,河北教育出版社1998年版,第276页。

实同化。通过虚构，文学才具有那种与现实世界相暌违、相抗衡的"异在的力量"。

第四节　媒介场域中文学创作主体超越虚拟的现实性和可能性

今天的文学创作主体不可能脱离媒介场进行创作。在媒介场域中，只要不违反法律，为了生存，你尽可以什么赚钱，吆喝什么。当代作家中"两栖"或"多栖"的作家很多，有的视文学为兼职，如张贤亮、熊召政以及80后的许多作者；有的写编结合进行畅销书的运作，如余华、郭敬明等；更多的作家与影视结盟，或卖文学版权，或直接参与影视的商业化运作，这一类型在作家中较为普遍。

曾经作为先锋作家余华的创作嬗变可以看作是身处当代媒介场域中的创作主体在文学性与商业性之间徘徊的典型。余华的《兄弟》到2006年6月已经销售近百万册，在图书市场应该说是成功了。《兄弟》可以说是出版社和作者联手的商业运作的成功。可是这一成功却是以文学性的迷失为代价的。作者为了迎合读者的阅读快感，放弃了自我的声音，制造类似于影视的梦幻，丧失了文学独有的功能。为了达到煽情的效果，《兄弟》的文字推进，没有什么值得称道的修辞手法，一味地依赖于排比句式的使用。似乎除了感情充沛磅礴的排比句，余华不知道自己还能使用什么修辞来表达自己充沛磅礴的感情。在写李兰回家时用了三个"无限深情"，"李兰无限深情地看着桌子、凳子和柜子，无限深情地看着墙壁与窗户，无限深情地看着屋顶上的蜘蛛网与桌上的灰尘"，小说里不时出现这样的冗句冗词，比起余华之前作品的精细品质来说，粗糙了许多。为了让读者具有阅读的畅快感，在这部小说中余华是以失去了对世界的反省力、失去了对文学形式的审辨力和创新力为代价的。

为了吸引读者，文学放弃了自己的声音，但与影视的动辄上千万上亿的大众接受相比，仍应是"小众"接受。今天的媒介环境，在刘恒看来："作家辛辛苦苦写的小说可能只有10个人看，而导演清唱一声听众可能达到万人。"① 严峻的文学创作现状给我们提出了两个问题：第一，文学可以达到"清唱一声听众达万人"的盛况吗？第二，在媒介场中商业性和文学性可以两全吗？

首先，纵观东西方文学史，文学很少占据时代的中心位置，达到人人谈文学，言必称文学的程度。对于文学的地位，米勒说"文学从来生不逢时"，"永远不会独领风骚"。虽然这一断言稍显极端，但我们应该承认，即使在所谓文学兴盛的时代，受众面也很小。除了因为受到传播手段的限制外，受教育程度也是文学接受的很重要的条件。西方17世纪以后随着机械印刷媒介的广泛应用，受教育程度普遍提高，读者数量激增，但与影视的无门槛相比，其受众数量则是无法比拟的。刘恒依据多年的电视剧编剧经验认为，电视剧的受众比小说受众平均文化水平要低，看电视的当然也有许多知识分子，有许多白领，有很多官员，但最主要的还是平时不看小说，只看看报纸的老百姓。尽管刘恒的看法有很强的精英色彩，但相比于影视剧的直观，文学的障碍的确更大一些。第二影视的编码规则是基于共识，是大众观点，而大众一来愿意躲在被多少次证明是安全的传统意识下生活，二来多热衷于感官欲望。但文学作为个体的创作，往往超越于时代，超越于大众，创作者立于对时代和生活的"真"与"诚"，能够使被日常琐碎遮蔽的"黑洞"敞亮，"沟壑"显露。尽管很多思想和形式的创新在后一时代会作为安全的资源被吸纳近大众文化或流行文化中，但在它所处的时代，或是命运多舛，或是不为人知，或是载沉载浮。真正的创作者不可能是码字儿的，不可能只是写手，不可能躲避崇高，甘于淹没于芸芸众生，如果是这样林黛玉岂不是要向酒桌上作几句歪诗的薛蟠讨教如何才能赢得众人的捧场。创作者既要是沉浸者，又要是清醒的旁观者，能"哀其不幸"，也要能"怒其不争"，能"入乎其内"，也要能"出乎其外"，是演员，也是观众。

如此说来，并不是非要让文学走"阳春白雪"路线，陷入"曲高和寡"的困境中，而是要清醒地意识到在场域中作为文学媒介的立场，不去争夺眼球，拼市场占有率。由于读者需求的多样性、差异

---

① 刘恒：《名作家当"总导演"的幸福生活》，《北京青年报》2002年11月27日。

性，文学总是能满足部分人群的需要。文学承担着影视和网络所分担不了的某些功能。

曾经文学高扬着"文学性"的旗帜，成为"理性盛宴上一个使人难堪或者令人警醒的游荡的灵魂"。这里没有让普通人做白日梦的传奇，这里没有故作姿态的情感，这里没有满足阅读快感的模式化语句、段落和篇章。文学可以满足更高的心灵诉求和人生期盼，以及与之相应的形式创新。米兰·昆德拉在《不能承受的生命之轻》中反思了那些我们不愿意正视的"媚俗"行为。例如主人公弗兰茨在"伟大的进军"这一章中，他的媚俗行为就得到淋漓尽致地展示。他喜欢列队游行，在一位朋友的邀请下参加了由各国知名人士组成的向柬埔寨"伟大进军"——说服越南当局同意医生进入柬埔寨实施援助。但是他之所以义无反顾地参加伟大进军，在于他坚定地认为自己钟爱的女人萨宾娜会欣赏他的举措。他想通过这种表演引起萨宾娜的注意。尽管媚俗也是倾情投入，甚至感情泛滥，实际上只是为了讨好他人的表演。

在媒介场中，商业性的缠绕，无法被剥离，文学的生长无法摆脱场域的施魅。文学能够既植根于场域，又保持自身的独立存在吗？这个问题随着新媒体的不断涌现，尤其是在题材、形式结构上与文学渊源极深的影视的出现，就一直伴随着文学的发展。在此之后，全世界很多作家在"触电"之后，依然保持着对文学使命的清醒认知。20世纪的许多文学大师如海明威、德莱塞、福克纳、奥尼尔等人都曾受雇于好莱坞，但都声称电影对他们的吸引力在经济方面，电影未曾影响他们的创作。[①] 很多中国当代作家的作品被改编成影视剧，甚至自己就是编剧，但很多作家都意识到，尽管文学和其他媒介可以互相影响，有一定的互补性，但都有各自的媒介尺度，刘恒改编、编写过很多影视剧，但在进行文学创作时，并没有搬用影视的模式，他说，"我写小说的时候，基本上都是把那些热爱小说、热爱文学艺术的读者作为我的预设读者"，"我写小说绝不会去迎合读者"，"我就用棒子去砸他们，谁愿意挨砸就

---

① 邵牧君：《电影、文学和电影文学》，《电影的文学性讨论文选》，中国电影出版社1987年版，第216页。

挨砸"①。文学不是时代的镜子，更不是时代的传声筒，但不能脱离时代，它整体上属于虚构，是在我们生存于其中的世界基础上的选择、想象和融合。刘恒的创作也随时代变迁。从20世纪80年代至今，我们的时代精神大致可以分为两个阶段，20世纪80年代中前期主要体现为追求人文精神，20世纪90年代至当下以经济理性为主导。前一个时期，刘恒称自己比较悲观，"从愤世而企图救世，掉到悲观的井里，竟然好几次攥着笔大哭不止"②，这以《狗日的粮食》《黑的雪》《伏羲伏羲》《虚证》《苍河白日梦》为代表。这些作品中作者以强大的心理力量揭示世界的冷峻和残酷、人性的阴暗和神秘。20世纪80年代和90年代之交的《苍河白日梦》耗费了作家大量的心血，借鉴魔幻现实主义的手法，凸显生存困境压抑下人的异化。其文学的探索是积极和成功的，但在文化市场上却默默无闻，而与之同时反寓言、反宏大叙事的王朔的"痞子文学"和池莉的市民写作则应者甚众。20世纪90年代以后刘恒转变了写作的思路，为了"救自己，救自己的小说"，不再歌哭于世，而是笑对世界，在创作和改编了几个剧本后，刘恒出版了能让他"含着笑讲出来"甚至"前所未有地大笑起来"的《拳圣》《天知地知》《贫嘴张大民的幸福生活》。表面看起来，刘恒是从愤世、救世转向了媚世，从精英立场转向平民立场，从俯视到平视。但实际上，他始终都没有放弃独立思考和文学媒介独有的表现方式。因此在媒介场域中的大众有多种需求，作者可以有多种选择，不必在文学中让自我沉默，去迎合尽可能多的读者。

我们正存在于其中的当下世界，这是一个由多媒介因缘勾连的世界，没有人能免"俗"。作家的创作当然要受到媒介域中的各种力量的影响。虽然不同的媒介具有不同的编码方式和编码规则，但在场域中不是孤立存在，而是相互影响和渗透。文学不能视其他媒介为自己的掘墓人，而应该从中有所镜鉴。文学曾经与绘画自由交通，当然也能在今天的媒介场中与其他媒介共存共融。

影视媒介就是在新媒体中与文学共存时间比较长的。在相伴而生的

---

① 刘恒：《乱弹集》，春风文艺出版社2003年版，第221—222页。
② 同上书，第146—147页。

岁月中，文学从题材到形式都被植入影视，尤其是影视是其视觉性不沦为一盘散沙的不二法宝。与此同时，文学也在不断地接受影视的回馈。影视作为视觉艺术的典型，往往是在造型中叙事，而文学作为叙事艺术的典型，一直以来就有着形象性的追求，在长期影视环境的浸润下，文学塑造形象的手段越来越丰富，形象塑造的层次感和立体感都得到了加强。严歌苓小说《小姨多鹤》开篇第一段的描写："狼烟不止一处。三面环绕的山坡上都陆续升起狼烟。随着天际线由黄而红，再成绛紫，一柱柱狼烟黑了，下端的火光亮了起来，越来越亮。天终于黑尽。火光里传出'欧欧欧'的吼声。"这段短短数句的环境描写属于十分典型的视觉形象描述方式，类似电影长镜头由远及近的推动，最后定格为对火光的特写。这无疑就是影视艺术中蒙太奇技法在小说中的出色运用，使得整个叙述极富镜头感和跳跃性，甚至可以直接作为影视剧的分镜头脚本。另外，"黄""红""绛紫""黑"这一系列色彩鲜明的字词穿插在句子中，使得原本单调平板的画面立刻变得色彩丰富、充满层次性和变化性。色彩作为空间视觉造型的重要元素之一，而这种注重用色彩来表意的方式也是影视文学常用的创作手段。追求视觉性落实到人物身上，就是要有强烈的、鲜明的动作性，力求找到与人物的主观情绪、心理活动相适应的外在表现形式。在《小姨多鹤》中，严歌苓对于人物情绪、心理的外化方面做得十分出色，其中给人印象最为深刻的当属对张俭的一双"骆驼眼"的刻画："二孩长了一双骆驼眼睛，对什么都半睁半闭，就是偶然说话，嘴唇也不张开"，"他的骆驼眼睛从半闭变成半睁。他收回了目光，心里在一遍遍看她刚才的神色"，"他像一匹大牲口，那对眼睛多么像劳累的骡子，或者骆驼"，"他抬起头，多鹤正看着他。他觉得他浑身每一处都给她看了很久，非得在他睡着了、全无防备的时候看？他半睁的眼睛又半闭上"。通过这一系列微妙的眼神变化的描摹，张俭内敛深沉的性格特质以及他长期处在两个女人的夹缝中痛苦挣扎的心路历程全都跃然纸上。对于买来作为生育工具的多鹤他极力压抑自己的日渐热烈的爱情，而对于丧失生育能力的发妻小环的疼爱更是入骨入肉，无法割舍。这些画面感鲜明的描写令人印象深刻、过目难忘。

但文学创作者始终要警醒，避免影视和互联网媒介不可控制的卷入性和陷入式的沉浸性。文学以其陌生性相对抗，这既需要主体意识的自觉介入，也需要借助文学的形式创新去抵制，文学往往是把形式的创新与普通人和普通人的生活结合起来，而影视和互联网文本往往是用陈旧的形式来表现人们具有传奇色彩的世界。材料的创新形式的赋予，使熟悉的世界具有了新意，延长了审美体验的过程，避免了自动化的"套板反应"，具有了反思性，这就是虚构的本性，通过选择、融合、修辞等形式的创新，让流逝的生命停留，在时间性中体验生命的意义。而虚拟则让生命在幻真的世界中，追新逐奇，不知何所归，不知何所来。

米勒在《全球化时代文学研究还会继续存在吗？》一文中描述媒介场域中多种媒介混合的情境及其对阅读行为和阅读主体的冲击："最近，不同媒体之间的界限也日渐消逝。视觉形象、听觉组合（比如音乐），以及文字都不同程度地受到了 0 到 1 这一序列的数码化改变。像电视和电影、连接或配有音箱的电脑监视器不可避免地混合了视觉、听觉形象，还有文字解读能力。新的电信时代无可挽回地成了多媒体的综合运用。男人、女人和孩子个人的、排他的'一书在手，浑然忘忧'读书行为，让位于'环视'和'环绕音响'这些现代化视听设备，而后者用一大堆既不是现在也不是非现在、既不是具体化的也不是抽象化的、既不在这儿也不在那儿、不死不活的东西冲击着眼膜和耳鼓。这些幽灵一样的东西拥有巨大的力量，可以侵扰那些手拿遥控器开启这些设备的人们的心理、感受和想象，并且还可以把他们的心理和情感打造成它们所喜欢的样子。因为许多这样的幽灵都是极端的暴力形象，它们出现在今天的电影和电视上，就如同旧日里潜伏在人们意识深处的恐惧现在被公开展示了出来，不管这样做是好是坏，我们可以跟它们面对面，看到、听到它们，而不仅仅是在书页上读到"，"电视和电影屏幕上的鬼魅形象看起来要客观、公开得多，人人都可以观看，不用自己费神读书就可以感受到它们的存在。"多媒介环境正在改变文学阅读存在的条件。首先，视听媒介的干扰，注意力分散，很难进入虚静的读书状态；其次，视听影像由于直观、公开、欲望化的特点，更易吸引大众；再次，视听影像在冲击和改变着阅读主体，他们不再在书籍的幽灵面前独自反思，品味个人的隐秘，而是在公开的影像下集体狂欢，忘却了孤独的自我。条件已经发生变化，在媒介场域文学阅读的必要性和现实性何在？我们又该如何阅读？

第五章

媒介场域中的泛媒介文学阅读

在媒介场域中,受众被多媒介环绕,从播放型媒介到互动型媒介,能够满足受众生理、心理、精神的多种需要,而且在媒介性能上各有优势。设想一下,你现在阅读一部小说可能会先后经历如下若干步骤:先通过新闻得知一部根据某名著改编的影片正在拍摄,你可以找来这部名著,很快,即使你家里没有,也不需要去图书馆,电子阅读器、手机、电脑上都可以找到;继而阅读在报纸上知道了很多有趣的拍摄细节;接着在上网时网页上会不时蹦出影片的相关信息,你忍不住浏览,还可以看到网友的互动信息;晚上微信朋友圈中可以刷到志趣相投的朋友对影片的推介和点评;最后,影片公映,"自然要一睹芳容"。当然也可能不是最后,影片公映后可能还有与影片剧情同步的小说出版。这样,这部小说的接受中至少有6种媒介的介入:电视、报纸、互联网、移动网络、电影和纸质书本。显然,你如今已并不只"读"语言文字构成的小说了,而是在一种由电视、报纸、互联网、移动网、电影、纸质书本等交织成的媒介场中多方面地"体验"小说,这包括看、听、玩等综合过程。

可见当前的文学阅读语境,已经不可能"一书在手,浑然忘忧",文学阅读活动受到了多种媒介的交互影响,构成了文艺信息的网络。"阅读"不再仅限于纸质文本,文学形象不仅可以被想象,还可以被看到,声音不只在脑海里模拟,还在耳边回荡,审美体验不但是灵韵般的膜拜,也是视听的震颤,不但是静观,也是共鸣。

第一节　媒介场中文学阅读的泛媒介性

随着丰富多样的泛媒介互动的形成，文学阅读正在呈现一系列新的可能性。那么，当今文学阅读的泛媒介互动情形如何呢？笔者以为主要表现为以下三个方面：

一　文学阅读载体的多样化

第十三次全民阅读调查报告数据显示，2015 年我国成年国民图书阅读率为 58.4%，同比上升 0.4 个百分点；数字化阅读方式的接触率 64.0%，同比上升了 5.9 个百分点。中国新闻出版研究院借鉴国外经验，2015 年设置新指标"各媒介综合阅读率"，覆盖书、报、刊及数字阅读，各媒介综合阅读率 79.6%，同比上升了 1.0 个百分点。以下是第十三次全民阅读调查所得数据图（见图 5—1）：

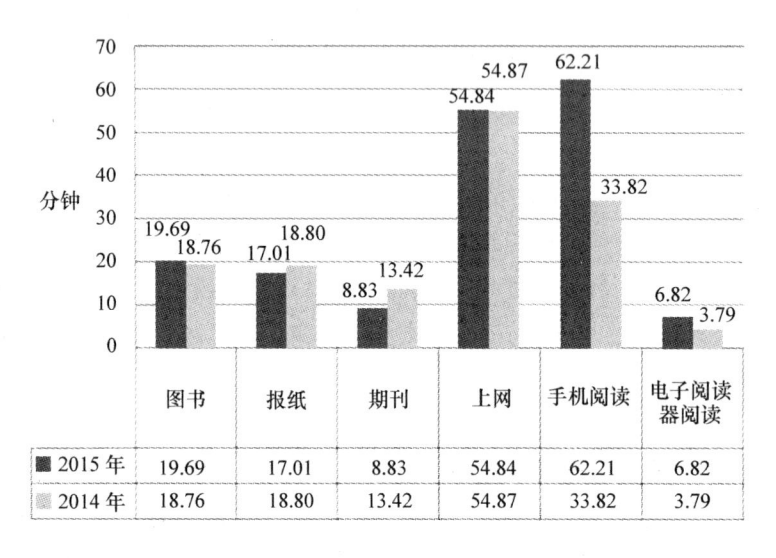

分钟	图书	报纸	期刊	上网	手机阅读	电子阅读器阅读
2015 年	19.69	17.01	8.83	54.84	62.21	6.82
2014 年	18.76	18.80	13.42	54.87	33.82	3.79

图 5—1　各媒介阅读时长对比图

从上图我们可以看出当前出现了新兴媒体领衔阅读增长的态势。在传统纸质媒介中，我国成年国民人均每天在读书上用时最长，为 19.69

分钟,同比增加 0.93 分钟;人均每天读报 17.01 分钟,同比减少了 1.79 分钟;人均每天阅读期刊 8.83 分钟,同比减少 4.59 分钟。

从新兴媒介来看,人均每天手机阅读接触时间最长。调查数据显示,2015 年我国成年国民日均手机阅读时长首次超过一小时。其中,人均每天微信阅读时长为 22.63 分钟,较 2014 年的 14.11 分钟增加了 8.52 分钟。人均每天电子阅读器阅读时长为 6.82 分钟,比 2014 年的 3.79 分钟增加了 3.03 分钟;2015 年人均每天接触 Pad 的时长为 12.71 分钟,较 2014 年的 10.69 分钟增加了 2.02 分钟。从以上调查可以看出,数字化产品层出不穷,数字化阅读也成为一些人的主要阅读方式,甚至大有主导青少年读者的阅读世界与阅读走向的趋势。

调查中还有一个特别引人注目的现象,手机阅读中的文学阅读呈现上升趋势。

二 文学阅读符号的多样化

在媒介场中,由于文学存在的泛媒介倾向,文学阅读,有必要从文字符号向声音、图像延伸。

从电影诞生,电视出现,一代又一代的影视编导们就非常热衷于进行文学作品的影视改编。远的且不说,近十多年来,文学作品被改编成影视作品的著名实例有:莫言的《红高粱》《白狗秋千架》分别被改编为电影《红高粱》和《暖》;苏童的《妻妾成群》《红粉》《米》和《妇女生活》分别被改编为电影《大红灯笼高高挂》《红粉》《大鸿米店》和电视剧《茉莉花开》;余华的《活着》被改编为电影《活着》;王朔的小说分别被改编成影片《顽主》《一半是火焰,一半是海水》《轮回》《大喘气》《无人喝彩》《永失我爱》《阳光灿烂的日子》《甲方乙方》等,他本人还编写了电视连续剧《编辑部的故事》和《爱你没商量》等;刘恒的小说分别被改编成电影或电视:《黑的雪》被改编成《本命年》,《伏羲伏羲》被改编成《菊豆》,《贫嘴张大民的幸福生活》先后被改编为同名电影和电视剧。对于当前文学作品影视改编的例子我们还无法囊括殆尽,但从这张名单我们至少看出被改编的很多作品都不是通俗文学作品,有的甚至是先锋文学。

近年来,随着电子和互联网技术的发展,文学与影视还出现了三种新的结盟方式：影视与文学同步、影视作品纸媒化和互联网文学的纸媒化。文学与影视同步到纸媒，意味着不再是先有小说，后有影视，而是小说与影视如影随形地双体同生，实现同步传播，也就是一边热播影视一边热销同名小说。《手机》正是一个合适的案例。还在刘震云协助冯小刚拍摄影片《手机》之初，双方就明确了一个制作方针：刘震云著同名小说须与影片《手机》一道发行。李冯的长篇小说《英雄》也是如出一辙地与他本人担任编剧的影片《英雄》同步发行。影视作品的纸媒化，是先有影视作品，而后借影视作品播出的热度，推出同名文学作品，与冯小刚执导的影片《夜宴》上映几乎同步，编剧盛和煜和钱珏合著的同名长篇小说也在 2006 年 8 月由中信出版社隆重发行。互联网文学的纸媒化是指网络写作成名后再被纸媒出版。以安妮宝贝为例，安妮宝贝从 1998 年 10 月开始在网络上写作和发表作品，2000 年起先后出版短篇小说集《告别薇安》（2000）、散文和短篇小说集《八月未央》（2001）、长篇小说《彼岸花》（2001）、摄影散文集《蔷薇岛屿》（2002）、长篇小说《二三事》（2004）、小说散文集《清醒纪》（2004）、长篇小说《莲花》（2006）等。她的所有作品都持续登上书店系统销售排行榜，进入全国文艺类书籍畅销排行榜前十名，在众多读者尤其是青年读者中产生了影响。她尽管从 2000 年起就已不再在网上直接发表任何原创的文学作品，但网络的超常人气帮助她强势地现身纸媒，在强手如林的文学纸媒市场占据了稳定的一席之地。

三　文学阅读体验的丰富性

2013 年山东大学文学院举行的"文学阅读与文学生活"调查中，中文专业的大学生读者就表明他们所喜欢的作家彼此差距甚大、相当地参差不齐，前 10 名作家依次为鲁迅、金庸、韩寒、路遥、海子、张爱玲、余秋雨、三毛、徐志摩、钱钟书。这次还调查了 2011 年至 2014 年间山东大学图书馆文学类图书借阅情况，排在前三名的作品分别是《藏地密码》《张爱玲典藏全集》《盗墓笔记》。北京大学图书馆有一则信息也表明，最受大学生读者欢迎的，高居排行榜前三位的是《心理学与生活》《叫魂》《幻夜》。从调查中可以看出学生们依然在读经典，而《明朝那些事》《藏地密码》《盗墓笔记》这些由网络纸媒化的作品受欢迎程度更高。

对于这种受到影视媒介和网络媒介影响的娱乐化、趣味化的"轻阅读",我们不该一味排斥,阅读不仅让我们获得灵魂的触动,内心世界的丰富,精神境界的升华等审美体验,还应该让我们获得快乐的体验,不仅让我们有深刻的现实感和历史感,还要有飞翔的想象空间。例如泛媒介阅读中所谓"二次元审美",就是一种有别于纯粹纸媒文学的审美体验。人们通常把魔法存在的虚构现实世界称为"异次元",把漫画或动画中的世界称为"二次元"。"二次元"审美,由漫画、动画、网游到手游,再透过网络平台如 QQ、YY、微信、微博、陌陌等,形成整个二次元文化体系的完整结构,跟传统文化及审美方式彻底割裂。"二次元"审美中的世界都带有超验性,人物都带有"萌属性"。"二次元"利用萌化、少女化、拟人化的手段,软化了现实世界冰冷的运行法则,带有强烈的游戏感和青春乌托邦色彩。因为这个虚拟世界慰藉了他们的心灵,完全摆脱了现实中的主流价值观,离开了现实中的种种压抑、愁困,使得新一代都沉醉于"二次元"审美的世界里难以自拔。有学者指出:审美其实就是世界观,只是它从头到脚插满了大大小小情绪性的标签,显得比世界观更加生动且更容易辨识。二次元审美的核心是互联网虚拟属性和青春的特质共谋的一种世界观。这种世界观必须要信仰一个东西,就是觉得在网络当中存在和现实世界完全不同的一个"异世界",你必须信仰它,觉得这个东西和现实世界是一回事,也是真实存在的。

"二次元"审美有其两面性,既有媒介革命带来的新的文化图景、新的生活方式和审美体验,也有阅读取向的逃离现实、耽于虚幻的一面。这一现象在青年受众中广为流行,势必对传统的文学与文化构成挑战。如何在了解"二次元"的前提下,肯定其新异而有趣的元素,指出其虚幻与虚妄的一面,既使主流文化汲取有益营养、强化艺术创意,又可赢得大众市场、吸引青年受众。有的学者认为,在文学退居边缘的今天是影视、互联网拯救了文学:文学借影视复活,通过影视传播,在互联网世界中获得了新的生长空间,甚至认为影视给了文学声誉:"一部小说在文学圈内有口皆碑似乎算不得真正的口碑,而只有当它被改编成电影或电视而实现热映、并反过来让文学原著重新走向畅销时,口碑才真正形成。当今文学的口碑圈如果有的话,确实不是在文学圈内部了,而是远远扩展到影视圈。"① 如果事实如此的话,问题在于:影视为什么喜欢改编文学作品,影视作品和网络文学作品为何要纸媒化,岂不是画蛇添足?这些问题不难回答,文学有影视媒介和网络媒介需要的东西。这东西是什么,它们为什么需要它。因此我们需要研究媒介场中非纸媒接受存在的问题,纸媒阅读的优势,进而探求泛媒介阅读的内在机制,从而寻找到泛媒介阅读的策略。

第二节 影视、网络接受的迷局

第十三次全民阅读调查报告显示在手机阅读接触群体中,最喜欢的电子书类型为"都市言情",其后是"文学经典""历史军事""武侠仙侠""玄幻奇幻"等,从中可以看出逃避现实的虚幻型作品占绝大多数,这与大众接受心理有关,也与影视、网络媒介的符号特点有关。

一 图像的诱惑

鲍德里亚认为,诱惑就是从话语中抽出意义并将意义从真理中转移出来。② 诱惑存在之处,不存在现象/本质、表层/深层、意识/无意识的深度模式,只有现象、表层、意识的显在话语,本质、深层、无意识的潜在话语无效。在媒介场域中,图像具有双重性:外表的直接的感性魅力和潜在的游戏性。

图像的直接情感魅惑力。物之外观与情感具有异质同构性,主体把感觉、情感移置于外物,外物的图式结构同时与之相印合。立普斯通过希腊建筑中的道芮式石柱来说明这种情形。道芮式石柱支撑希腊平顶建筑的重量,下粗上细,柱面有凸凹型的纵直的槽纹。这本是一堆无生命的物质,但是我们在观照这种石柱时,它却显得有生气,有力量,能活动。立普斯认为,这是"因为我们把亲身经历的东西,我们的力量、感觉,我们的努力、意志,主动或被动的感觉,移置到外在于我们的事

---

① 王一川:《泛媒介互动路径与文学转变》,《天津社会科学》2007 年第 1 期。
② [法]鲍德里亚:《生产之镜》,仰海峰译,中央编译出版社 2005 年版,第 155 页。

物里去"。① 实际上情感不是单向移置，而是同情感，是双向共鸣。阿恩海姆在《艺术与视知觉》一书中提出了知觉与外物的异质同构现象，他认为，在外部事物的存在形式、人的视知觉组织活动和人的情感以及视觉艺术形式之间，有一种对应的关系，一旦这几种不同领域的"力"的作用模式达到结构上一致时，就有可能激起审美经验。因此立普斯在道芮式石柱中感受到的生气、力量，不仅是主体的移情，也是客体形式结构的触动。陆机在《文赋》中说"悲落叶于劲秋，喜柔条于芳春"，主体的悲与喜是"秋之落叶""春之柔条"的图景所致。

而图像就其本性而言是符号性的，它是图像语言，被其使用者用于对现实及现实之主观关联物的表述，它总是被当作直接现实或现实本身。艾尔雅维茨援引米歇尔的一段话指出了图像的自然性："图像就是符号，但它假称不是符号，装扮成（或者对于那迷信者来说，它的确能够取得）自然的直接和在场。而语词则是它的'他者'，是人为的产品，是人类随心所欲的独断专行的产品，这类产品将非自然的元素例如时间、意识、历史以及符号中介的间理性干预等引入世界，从而瓦解了自然的在场。"② 与语言符号相比图像具有类似于现实的直观，文艺复兴时期达·芬奇在替画家作辩护时就曾特别声称过绘画与事物的同价关系，"诗用语言把事物陈列在想象之前，而绘画确实地把物像陈列在眼前，使眼睛把物像当成真实的物体接受下来"，"绘画与诗的关系正和物体与物体影子的关系相似"。③ 由于这种貌似现实的等价性，一方面使受众节省了心力，另一方面，培育了他们的感性能力。

图像的直接性进一步可以说包含着反阐释性。阐释是话语的本性，往往运用理性、逻辑、概念控制他者、差异、断裂，使世界具有抽象意义上的一致性。而图像具有断裂性、意义的可选择性和反统一化的倾向。艾尔雅维茨援引马丁·杰伊对利奥塔《话语，造型》一书中对"话语"和"造型"差异性的总结："对利奥塔来说，话语意味着文本性对感知的控制、概念性表征对前反映表达的控制，理性的逻辑一致性

---

① 朱光潜：《西方美学史》，人民文学出版社1964年版，第593页。
② [斯洛文尼亚] 阿莱斯·艾尔雅维茨：《图像时代》，胡菊兰、张云鹏译，吉林人民出版社2003年版，第26页。
③ [意] 达·芬奇：《芬奇论绘画》，戴勉译，人民美术出版社1979年版，第20页。

对理智之'他者'的控制。它是逻辑、概念、形式、思辨作用和符号的领域。因此话语通常用做传递信息和含义的符号载体，在此，能指的有形实质已经被忘记……相比之下，喻形性将不透明性（晦涩难懂）注入话语领域，它反对语言学意义的妄自尊大，把不可同化的异质性引入被公认的同质话语……喻形也不就是话语的简单对立面，意义的一个可选择性规则，因为它是阻止任何规则具体化为完全一致性的断裂性法则。"①

同时图像往往会成为游戏的陷阱。一方面由于图像的空间性，使其从时间之流中被孤立出来，失去了过去、未来的参照系，失去了与周围事物的因缘勾连，意义很难驻存。鲍德里亚说："不管是有意还是无意，所有的外表都在密谋同意义开战，连根拔出意义，将意义转变为游戏，根据游戏的某些规则和某些无法理解的仪式，将意义任意化，这比起掌握意义来更加冒险、更具诱惑性。"② 而对于媒介域中的影视图像来说更是如此。由于影像的瞬间快速运动，容易养成受众自动化的反应，形成文化惰性，惯于以游戏消遣的心态对待一切纷至沓来的文化信息，在光和影的幻变中，形成意义的逻辑思辨力自动停滞。瞬间、快速、暴量的影像流没有留给你"审问、慎思、明辨"的时间，一切跟着感觉走。典型的是音乐电视，它是千变万化的图像组成的影像流，图像之间没有关联；与音乐和歌词之间更难谈得上相关性。费瑟斯通认为音乐电视"使得人们难以将不同形象连缀为一条有意义的信息；高强度、高饱和的能指符号，公然对抗着系统化及其叙事性"。③ 显然音乐电视不在乎表意问题，只是让受众在图像的碎片中游戏娱乐，释放宣泄原始的情绪情感。

另一方面媒介域为商业逻辑所制约，在利润的追逐中，尽可能调动一切手段诱导图像消费，不断在外观上创新，制造新奇，俗称"眼球经济"。各种隐秘欲望的图像化呈现已是屡见不鲜，幽灵、鬼魅司空见

---

① [斯洛文尼亚] 阿莱斯·艾尔雅维茨：《图像时代》，胡菊兰、张云鹏译，吉林人民出版社 2003 年版，第 89 页。
② [法] 鲍德里亚：《生产之镜》，仰海峰译，中央编译出版社 2005 年版，第 157 页。
③ [美] 费瑟斯通：《消费文化与后现代主义》，刘精明译，译林出版社 2000 年版，第 101 页。

惯，但图像的呈现由于无须受时间逻辑的连续性限制，拼贴、①戏仿、②古今同戏③等空间性手法的使用，使我们在媒介域中受到了前所未有的视觉冲击。

二 拟像的施魅

拟像（simulacrum）原本是对现实的复制，鲍德里亚认为拟像是形象逐渐脱离现实而取得自立的结果，他把这一过程分为四个阶段：

（1）它是对根本现实的反映。
（2）它遮蔽和颠倒着根本现实。
（3）它遮蔽着根本现实的缺席。
（4）它与现实没有任何关系：它是它自身的影像。

在第一阶段中，形象是善良的外观，表现的是神圣的秩序。在第二阶段，它是罪恶的外观，表现的是邪恶的秩序。在第三阶段，它是外观的存在，表现的是巫术的秩序。在第四阶段，它不再存在于任何外观的秩序中，而是存在于模拟秩序中。④

这里有一个核心概念"现实"或"真实"。在柏拉图和亚里士多德时代的现实主要是自然及自然的秩序，因此形象是对自然，包括属于自然的人类的身体以及自然秩序的再现。文艺复兴以降直至浪漫主义的时代，科学技术的迅速发展，人类自认为几乎拥有了上帝般的创造能力，不仅可以为自然立法，而且可以呈现心灵世界，竭力为内在的世界塑

---

① 拼贴作为一种艺术表现手法，可以追溯到毕加索和勃拉克所发起的综合立体主义，其基本方式是在画面中贴上报纸、木片和编织物等非绘画的异质之物。拼贴是借助于两种异质之物的组合来同时改变双方的意义。

② "戏仿"在古希腊时期被用作辩论中的修辞手法，称作戏谑或滑稽模仿。在后现代理论背景下，具有"解构"的色彩，通过对某一文本的手法、文类、观念等戏谑式的模仿，突出被戏仿对象的弱点，达到否定或喜剧化的效果。戏仿的魅力在于，人们不再囿于对伟大艺术家的景仰和经典作品的集体崇拜。创作者与阅读者在破坏经典与重建新文本的过程中，充分开掘自身的创造力与阐释力。

③ 古今同戏是把历史与现实安置在同一时空中，空间性取代了时间性，产生时空倒错的荒诞感和喜剧性效应。如刘镇宇的影片《情颠大圣》中染发的悟空，金箍棒变成游艇、飞船和机关枪，师徒四人大跳现代舞，原子弹爆炸等场面。现代文明的产物被置于历史的时空中，但古今组合除了外观的震撼性，并没有在新的时空中获得新的意义。

④ ［法］鲍德里亚：《生产之镜》，仰海峰译，中央编译出版社2005年版，第192页。

形。艾尔雅维茨认为:"我们对真实的感知一直是一种建构,而不是在不同情况下总是瞄准同一真实的固定模式。"[1] 现实总体上来说包括自然、人类以及一切人类创造物。而当今的媒介场域的现实,则是一种超现实。超真实是一个没有真实起源,没有外在对象作为模仿物的真实。超真实(hyperreality)的前缀"hyper"(超)表明它比真实还要真实,是一种按照模型产生出来凌驾于现实之上的真实。鲍德里亚在《仿像与仿真》的开篇部分为我们讲了阿根廷作家博尔赫斯的一个寓言故事:帝国的绘图员绘制了一幅非常详尽能覆盖全部国土的地图。帝国衰落之后,这张地图被废弃,最后毁坏了,只是在沙漠上还能辨别出一些残片。这个被毁的抽象之物具有一种形而上之美,它目睹了一个帝国的荣耀,如今像一具死尸一样糜烂了,回归土壤物质,很像一种最后与真实之物混合的逐步老化的副本。接着鲍德里亚马上由这个故事作了跳跃:"今天的抽象之物不再是地图、副本、镜子或概念。仿真的对象也不再是国土、指涉物或某种物质。现在是用模型生成一种没有本源或现实的真实:超真实。国土不再先于地图,不再比地图维持得更久。因此,地图先于国土——仿像先行——地图产生国土,如果我们今天复活这一故事,国土的碎片将在它的地图中逐渐地腐烂掉。"[2] 地图和国土反复出现,两者的先后之分显然不同于以往的经验,现在的情形是地图先于国土,绘制地图的过程就是进行仿像的过程,即地图产生了国土,这在逻辑上确立了地图的优先性,即地图先行。

拟像摆脱了外在现实的限制,不再局限于对客观真实的临摹和复制,而是根据仿像自身的要求和规则进行生成。模型和人工范本可以被当作真实事物,反过来创造出真实的东西。这个角度上说拟像没有本源,不模仿现实,拟像获得了本体化的地位。"地图先行"的拟像逻辑最终推动超真实颠覆了传统的真实。

媒介场域中,由于多媒体的综合运用,我们大部分的信息经验并非来自对世界的直接体验,而是时间上不间断,空间上无处不在的"视

---

[1] [斯洛文尼亚]阿莱斯·艾尔雅维茨:《图像时代》,胡菊兰、张云鹏译,吉林人民出版社2003年版,第18页。

[2] Jean Baudrillard, *Simulacra and Simulation*, trans, Sheila Faria Glaser, University of Michigan, 1994, p.1.

听形象"。这些"视听形象"是由一大堆人工装置生产和复制出来的。换句话说,媒介场中,现实被媒介生产和复制出来。影视艺术更是制造了逼真的现场感,震撼人心的灾难片不过是在小水潭里的一次模型演习,所谓战争片完全借助电脑技术的制作和拼接。就连视真实性为生命的新闻报道,也不敢公然宣言其为"目击新闻",因为荧屏前方的观众永远不可能到达新闻现场,因为"那些被认为最无文学性的'现场直播'或'新闻报道'也是设计编排的结果,它有作者意图、材料剪接、叙事习规、修辞虚构和表演"。[①] 看过《阿甘正传》的观众一定都会对片中汤姆·汉克斯与肯尼迪、约翰逊、尼克松三位总统亲切握手、交谈的镜头印象深刻。人们几近以为这段"阿甘的神话"是真实的历史。然而,这确实是一段电脑的杰作:纪录片中总统的单独镜头与演员汤姆·汉克斯被完美地拼接合成,成就了这一段历史"佳话"。

拟像在根本上导致了人性的片面和匮乏,造成理性精神的缺失和深度美感的丧失。在印刷文化传播时期,视觉文化的创造者和欣赏者相对独立,都是理性主体,处于沉思、凝神的状态,两者之间的沟通是通过文字间接实现的。同时,文化欣赏主体与对象之间的关系也是自由的。适当的距离提供了理解、交流、反思甚至批判的空间,这时是"主体中心主义"的。到了电子时代,信息和图像充斥着生活,包围着主体,现实的被虚拟化迷失了辨别的标准,人们生活于一个完全碎片化、零散化、原子化的社会,一切都变得虚无缥缈、不可捉摸。理性主体失去了原有的稳定地位,人与现实的传统关系被消解,主体与图像"零距离"接触,毫无保留地暴露在对象中。铺天盖地的拟像自我复制,更替不断,容不得主体冥想和回味,对话空间消逝。

人们习惯于以消遣、慵懒、随意、休闲、娱乐、狂欢的心态迎接纷至沓来的拟像信息,这是一种文化惰性。在现实虚幻的仪式化中,不同地方的人们观看的节目,培养的价值观念,追逐同时尚潮流都是拟像能指链中的一环,人们在虚假中形成暂时的平等、均衡和价值认同,价值标准、体验、观念都在屏幕面前"整齐划一"。如丹尼尔·贝尔所说的:

[①] 余虹:《文学的终结与文学性蔓延——兼论后现代文学研究的任务》,《文艺研究》2002年第6期,第21页。

"电视新闻强调灾难和人类悲剧时,引起的不是净化和理解,而是滥情和怜悯,即很快就被耗尽的感情和一种假冒身临其境的虚假仪式。"①

极度逼真的模拟导致模拟逻辑的贯彻,"仿像"给观看者一个比现实更真实的世界。我们生活于这样一个由许多影像堆砌起来的世界,存在的一切都是表象。这是一个真正"混乱"的世界,模糊了现实与虚幻的界限,真相只不过是虚假的一个传说。景象并非形象的简单聚积,而是以形象为中介的人们之间的社会关系。图像不仅模糊了现实与虚幻的界限,而且改变了接受主体的地位和作用。

在没有指涉的拟像背后,现实的复杂性和苦难性被消解、事物的真实性被忽略。拟像就这样阻隔了我们与真实世界的联系,制造了一个更轻松、更肤浅、更简约、更朦胧、更具诱惑力和更美好的现实呈现给观众。现实与影像如影随形、纠缠不清,人们生活在"仿像"和幻想之中,被它迷惑并吸引,分不清哪个是真,哪个是假,"花非花,雾非雾;花亦是花,雾亦是雾"。

各种媒介在满足受众需要方面也有着各自的局限性,播放型媒介影像直观感性的视觉冲击往往反对阐释,导致接受中意义的缺失或不稳定,对现实的精确复制或模拟再造,模糊了真假,在接受中"现实"不再清晰可辨,真实的追寻失去了对象。而被很多学者认为可能取代以平面印刷媒介为载体文学的网络超文本的文学实验虽然满足了文学游戏的自由感,但大多数文本由于缺乏审美内涵,很难让读者长久停留,文本消逝很快。

三 超文本的漫游

本雅明在《技术复制时代的艺术品》的开篇引用保罗·瓦雷里在《艺术断片》中的观察,扼要地指出新技术与艺术衍变之间的关系:"美的艺术的发展,其类型与应用的确立,可追溯到一个与当今完全不同的时代;与我们相比,那时的人们把握事物与各种关系的能力微不足道。而我们的手段在适应力和精确性上的惊人发展,都使得以下情况成

---

① [美]丹尼尔·贝尔:《资本主义的文化矛盾》,赵一凡译,生活·读书·新知三联书店1992年版,第157页。

为必然：在古希腊古罗马美的工艺方面，深广的变化即将发生。所有的艺术种类皆有其物质部分，我们再不能像从前那样观察对待；它们也不可能不受到现代科学与现代实践的影响。近二十年来，无论物质、空间抑或时间都已不同于远古时代。如此巨大的变革必将改变诸艺术的所有技术，并借此影响创意本身，甚或魔法般地改变我们的艺术概念。对此，我们必须做好准备。"对于以语言符号为媒介的文学来说，其承载方式从口头媒介、书写媒介到机械印刷媒介，一直可以延伸到数字媒介，不仅是技术的演变，也体现着文学内容、文学形式以及文学观念的变革。在本雅明看来，技术的进步导致了故事的消亡，小说的兴起。故事依赖于经验，早期进步的技术使人们有可能亲身体验，而不用再去听别人的经验。同时，生活节奏的加快也无暇去静听娓娓道来的故事，而小说则借助机械印刷技术得以大量印行、传播，以其便捷的流通、丰富的内容等优势取代了故事的主流地位。按照技术进步的法则，以网络为载体的文学是否会取代平面印刷为载体的文学呢？目前的网络文学从广义上看有三种类型：第一种，传统文学的网络传播，只是把可触的纸张，可闻的油墨转换成了屏幕和光标；第二种，以语言为媒介，采用传统线性叙写方式，表现网络生活的文学；第三种，暂且称之为超文本文学，可以说是罗兰·巴特的"理想文本"的技术实现，打破了线性叙写，可以互动阅读，互动书写。从文学的承载方式来看，技术的更新并不意味着一定会有一种新文学出现。新文学必须能引起文学内容、文学形式和文学观念的变革。文学从故事到小说的变迁中育成了不同的读者群，故事的口语性强化社会的和公共的生活，偏好友好的性格，促进社群协同，而小说的无声阅读，突出了语言与现实之间的距离，有利于形成善于反思的独立理性主体。网络文学中的第一、第二种类型实际是传统文学，而第三种是不是正在形成的可以取代以平面印刷为载体的线性文学的新文学呢？

超文本试图通过不断更新的互联网技术，创新文本的存在形式，打破了传统的线性、单向、稳定的阅读模式。超文本文学并不着力于文学内容和文学表现形式的更新，而是通过技术的创新，不断改变链接的方式，形成尽可能多的排列组合，以增加阅读的可能性。链接的内容从早期的纯文字到多媒体,① 从静态图像到动态影像②,从虚拟符号到真人角色扮演③,链接的形式从文本外到文本内,④ 从固定点击到自动翻页⑤,从确定链接内容到随机联想路径⑥。目前的超文本文学从创作的角度看与以平面印刷媒介为载体的文学相比,在文学内容和传达形式方面并没有革新,只是变换了技术形态。如果这种通过链接而形成的形式的变换,对传统文本的反拨,未能形成与其所宣扬的观念相应的,内容与形式一致的具有真正美学内涵的作品,那也只不过是杜尚"小便池"式的观念变革的宣言,并非真正的艺术创作。

很多学者把网络新文学出现的希望寄托于阅读,技术制作只是为多重路径的阅读提供了可能性。对于这种由新技术构造的超文本的阅读是否能获得理想的新文学文本呢?摩斯洛普(Moulthrop)1995年的《网际漫游》(*Hegira Scope*)中的一句话被用来概括超文本的阅读状态和效果非常妥帖:"不停歇的地点变换——无形骸的漫游。"(This restless change of place for place: our bodiless hegira)阅读《网际漫游》,浏览者可以借由超级链接,在文页之间漫无目的地穿梭,但阅读很难构成完整的画面,前后一致的情节,形成确定的意义,有的只是不断进行的形式变换,以满足无尽的可能性,而内容只充当可供变换的材料。博尔特认为:"我们不妨说根本不存在什么故事,有的只是阅读。"⑦ 小说没有了

---

① 多媒体指图文交叉,比如"他拿着一朵玫瑰",点击"玫瑰"即会出现一朵盛开的鲜艳的红玫瑰。或者通过技术手段使文字发声。
② 动态影像指视听交叉,在文本中插入视频。
③ 真人角色扮演指主体在文字虚拟社区的身份虚构行为。文字虚拟社区,也被称作"活小说",申请核准进入社区的人,可以充分发挥想象,用文字构造一个自己的世界,虚构的活动环境,虚构的身份。每个参与者以虚构的身份与他人交往,并在交往中探索种种想象的主体位置。社区在不断扩张,谁也不知道它会成长为什么样子。这是一部由真人扮演的,没有中心情节,没有中心人物,没有主题,没有结局的小说。
④ 从文本的多路径置于文字外到把链接直接穿插于文内,作者可以自由选择直接跳页,众多链接之间构成的阅读线路的数量更加庞大。
⑤ 自动翻页指读者不碰触镶嵌在文字中的链接,作品每隔一段时间便自动翻页,带领读者进行非线性阅读。读者每一次阅读的路径可能都是不同的。
⑥ 随机联想路径指文中镶嵌的链接的内容不是固定的,而是由计算机程序随机组合文中部分段落或文字。
⑦ Bolter, Jay David, *Writing Space: The Computer, Hypertext, and the History of Writing*, Hillsdale, NJ: Lawrence Erlbaum Associates, 1991, p. 124.

故事,读者在每条可能的路径上穿梭,就像荒原上的旅行者,尽管你可以踏出无数条路,但没有风景可供欣赏,很快就会厌倦这样的旅途。为了引起读者的阅读兴趣,超文本文学的理论先行者连多(Landow)如是引导读者阅读超文本文学的经典之作乔伊斯(Joyce)的《下午,一则故事》①(*Afternoon, A Story*):"在文页之间移动,读者常常碰到场景、叙述者、主题、时序等叫人困惑的变化,但有两件事会发生。首先,读一会之后,读者会开始组织叙事次序,因为某些文页之间明显的有互补或敌对的形式关系。接着把某页摆在某段顺序或路上……,之后读者到达这样的境界:最初接触的不协调和困惑都消失了,像是感到满足。读者已到达,或说创造了——终结!"原来连多是在教读者玩拼图智力游戏,而不是进行文学解读和欣赏。

小说名家库佛(Robert Coover)1992年曾在《纽约时报》书评专栏撰文,以"书之终结"("The End of Books")为标题,赞誉超文本小说《下午,一则故事》和《胜利花园》(*Victory Garden*)。可至今为止书籍没有消亡,而超文本的实验却前景堪忧,在度过九四、九五年的鼎盛期之后,格局大致定型,创新作品难觅,而学者的研究兴趣也明显下降。专门收集泥巴研究信息的网站"失落的图书馆"(The Lost Library),近年来并无增加新论文,已经显示出走下坡路的端倪。根据《失落的图书馆》站主公告,若找不到新址接手维护,这个网站将永远「失落」。也许有一天老师上文学课,可能会说:同学们,打开屏幕,选择第几个频道,我们读一首诗。不同以往的是,屏幕上这首诗可能不仅是数字化的李白"月下独酌",而可能是含"非平面印刷成分"的作品,但绝不是现在这种智力游戏式,缺乏美学内涵的作品。

---

① 《下午》由539个文本块组成,它们之间有951个链接。若按线性的方式纵览整个故事,只需在读完一个文本块后按回车键即可。这是一个老套的故事,诗人彼得目击了牵涉到他的妻子丽萨以及他们儿子的事件,这个事件可能导致他们被杀,彼得想尽各种办法试图弄清妻儿的遭遇,最终只是在进行一场难以索解的斗争。小说主要以彼得的视角,用闪回法揭示复杂的人物背景和关系。这些背景与关系若隐若现,有时连贯一致,有时毫不相干,令人困惑,类似于后现代主义的拼贴。实际上读者可以点击"浏览"图标或某个单词选择不同的路径进行非线性阅读。比如在阅读时读者发现这样的句子"我想说我可能已见到我儿子在今晨死去",在这个句子中选择"儿子"或"死",就会导致完全不同的叙述方向。除此以外,有时还提出"是"或"否"的要求,读者若作出不同的反应,将被带到故事的不同部分。

第三节　媒介场中文学阅读的意义

　　这里的"文学阅读"不是"泛媒介文学阅读",应该可以被称为审美阅读,是建立在印刷文化的基础上的,人们借助语言符号进行一种线性的阅读。线性的阅读具有纵深感,也给人提供了思想和情感生发的空间,需要静观独处、沉思冥想。对于一部作品文学阅读可以反复进行,但每次的阅读都是独一无二的。在反复阅读中情感扩容,意义增值。陈平原说:"读小说当然不同于听说书(或者拟想中的'听说书'),不再是靠听觉来追踪一瞬即逝的声音,而是独自阅读,甚至掩卷沉思。读一遍不懂可以读两遍,顺着读不行可以倒过来读或者跳着读,不单诉诸情感认同,而且诉诸理智思考;不单要求娱乐,而且要求感悟启示。是的,读小说比听说书甚至读故事都要显得孤独,可正是这种'孤独'逼得读者直接与书中人物对话并寻求答案。'我们倾向于把我们的阅读想象成一个提问和解答的过程,一个逼向意义的过程';'对于书面文学,我们可使用我们最平常的想象力——我们的追踪与发现,积累与解释,通过我们自己独立的努力取得故事意义的能力'。"[①]

一　文学阅读的"间离化"

　　"间离化"是布莱希特建立的不同于亚里士多德戏剧体系的史诗剧的核心特征。布莱希特以"叙事性"取代了传统戏剧的核心范畴"戏剧性",主要借助叙事、评判手段使题材和事件经过"间离化",引起观众的惊愕,取得理智的收获,而不是像传统戏剧那样通过冲突引起观众的幻觉,激发观众的感情。所谓的"间离化"就是有意识地在演员与所演的戏剧事件、角色之间,观众与所看演出的戏剧事件、角色之间制造一种距离或障碍,使演员和观众都能跳出单纯的情境幻觉、情感体验,以"旁观者"的目光审视剧中人物、事件,运用理智进行思考和评判,获得对社会人生更深刻的认识。文学阅读的"间离化"即是在读者和文学文本之间制造距离,这种距离一方面来自读者自身,另一方

[①]　陈平原:《中国小说叙事模式的转变》,上海人民出版社1988年版,第295页。

面来自文学文本。

文学阅读一般是在个人性的私人空间中进行，易于进入"虚静"状态，摆脱现实的纷扰，摆脱实用功利的态度，与作品保持一定的距离。而影视多为集体观看，更易于受到集体意识的影响。当年，电视剧《红楼梦》在全国播放时，有人在北京某大学进行一场"大观园中选对象"的特别测试，结果得票最多的不是目无下尘的林黛玉，而是本该被习惯与流俗对抗的青年人所厌恶的关心"经济仕途"的"禄蠹利鬼"薛宝钗。当然在文学阅读中也会有读者喜欢薛宝钗，红学家王昆仑早在四十年前对薛宝钗就有一段精彩的论述："直到今天，不少中国人还有'娶妻当如薛宝钗'之想。诚然的，宝钗是美貌，是端庄，是平和，是多才，是一般男子最感到'受用'的贤妻。如果你是一个富贵大家庭的主人，她可以尊重你的地位，陪伴你的享受；她能把一家长幼尊卑的各色人等都处得和睦而得体，不苟不纵；繁杂的家务管理得井井有条，不奢不吝。如果你是一个中产以上的人，她会维持你合理的生活，甚至帮助你过穷苦的家计，减少你的烦恼。如果你多少有些生活的余裕，她也会和你吟诗论画，满足你的风雅情怀。"① 这段分析看似与测试中的选择相应和，实则态度不同，王先生没有以曹雪芹的态度褒贬人物，而是从旁观者的角度欣赏人物，看到了人物的丰富性和复杂性，是个人品评，而测试中的大学生则更多受流俗影响，这与影视的集体观看不无关系。

而且文学本身作为阅读对象就与阅读主体之间有距离。文学以语言媒介，语言所表述的对象不具有直接的现实性："词语是图像的'另类'，是人为的，是人类按照自己的意愿武断地生产的，这种生产通过把非自然的元素引进世界——如时间、意识、历史，并通过利用符号居中的疏远性干涉——而中断了自然的存在性。"② 尽管米歇尔有褒图像轻语词的倾向，但他揭示了语词与存在关系的疏离性。文学阅读是通过语言的描述看到作者体验到的世界，这个世界经过了作者和读者的双重转换，因此读者在作品中体验到的世界是特定地点和特定时间的个体体

---

① 王昆仑：《红楼人物论》，生活·读书·新知三联书店1983年版，第191页。
② W. J. T. Michell, *Image*, *Text*, *Idelogy*, Chicago: The University of Chicago Press, 1986, p. 43.

验，这是一种不能被复制的体验。在文学阅读中，一方面由于语言的转换形成了双重的疏离，另一方面语言符号的能指和所指之间有偏离现象，与能指相应的所指的意义是任意的、建构性的，文学语言相对于日常语言来说更是如此，雅各布森认为："诗的功能在于指出符号和指称不能合一。"[①] 也就是说诗歌（文学）语言往往打破能指与所指的稳固的逻辑关系，而为新的关系和功能的实现提供可能。文学中常通过隐喻来实现。有研究者发现，隐喻涉及的是对相似性的感觉，而此相似性却存在于两个判然有别的意义领域，由此距离感便被保存于对它进行想象性跨越的行为中。隐喻的特征主要体现在两方面，一是相似性，一是距离感。比如"问君能有几多愁，恰似一江春水向东流"这句词中，"春水"和"愁绪"的相似性在于连绵不绝，但这是性质完全不同的喻体和本体，前者可触可感，后者则是虚幻的、不可触摸的，这二者之间的跨越就产生了能引发想象空间的距离。

另外，文学文本还通过各种表现手段，达到"陌生化"的效果。比如在叙事文学中变换叙述视角、改变文本时间、增加叙述者的声音、转变叙述方式等造成阅读的障碍，引起读者的反思。

二　文学阅读的内视性

读者阅读文学不可能像观看影视影像那样获得感官上的直接愉悦性，需借助语词符号想象建立心理形象，这是一个很难为影像所表现的精神存在。在抒情文学中，且不说那些"幽渺以为理，想象以为事，惝恍以为情"，"羚羊挂角，无迹可求"，"不涉理路，不落言筌"，"味在咸酸之外"的以神韵标举的诗歌，就是被苏轼称为"诗中有画，画中有诗"的王维的诗歌也并不能完全诉诸视觉。宗白华在《美学散步——诗（文学）与画的分界》一文中讨论了一首疑似王维的诗："蓝溪玉石处，玉山红叶稀，山路元无雨，空翠湿人衣。"宗先生认为，前两句画出来可以成为一幅清奇冷艳的画，后两句则不能在画面上直接表现，尤其是"空翠"二字只可意会，不可形传。叙事文学一般有人物、有故事、有场面，转"形"似乎容易些，但近年来，很多经典叙事文

[①] 赵毅衡：《文学符号学》，中国文联出版公司1990年版，第106页。

学的改编并不令人满意。2007年北京电视台的"红楼选秀"节目，事前有承诺，所选演员可以参加电视剧《红楼梦》的拍摄，但是选秀中演员的参演一事，一波三折，一直未有定论。其中当然有商业运作的因素，但与《红楼梦》中的人物在大众的想象世界中的个体性不无关系，尤其是宝、黛、钗三位主角更难有确定形象。

　　心理形象存在于人的精神世界，而人的精神世界是由记忆构建的。文学阅读的内视审美想象必然与我们的记忆相混合。我们的记忆中有神话、传说带来的人类生存的集体记忆，有个人的生存体验。因此同一部文学作品在文学阅读中的心理形象具有不确定性和差异性。

　　由于语言的间接性而形成的内视形象相较于直观的视觉形象留给读者更大的想象空间。老子说，五色令人目盲，五音令人耳聋，过于胶柱于实体的视听形象，实际上是无所看，也无所听，转瞬即逝。而内视形象是读者通过想象入乎其中涵咏玩索所得。它不是可以置于眉睫之前的实在之物，但可令欣赏者停驻流连，游目骋怀。戏迷们一般叫"听戏"而不叫"看戏"，他们坐在戏院的位置上闭着眼睛静静地听，可以突破舞台上有形事物的局限，凭内心对唱腔、唱词的直接感受，充分想象，尽情玩味，感觉比睁眼看过瘾。俄国文学批评家别林斯基在谈到阅读莎士比亚的《哈姆雷特》时说，对哈姆雷特这个形象的感受"必须不依赖莎士比亚，根据你的主观性去想象他"，"你到处感觉他的存在，但却看不见他本人；你读到他的语言，但却听不见他的声音，你得用自己的幻想去补足这个缺点"。[①] 愈是成功的文学形象，就愈难以实体的形象出现，只能在想象中闻其声，见其人。林黛玉本不喜看戏文，但在二十三回中偶然听到十二个女孩演习戏文，便停住脚步，侧耳细听，听到"如花美眷，似水流年"时，不觉心动神摇，又听到"你在幽闺自怜"时，更是如痴如醉，站立不住，坐在山石上，细嚼戏文的滋味，又联想起其他诗句，不觉心痛神痴，眼中落泪。黛玉在听戏文时的想象和联想，扩充了她的精神世界，开掘了她的情感深度。同样香菱学诗时读到王维的"日落江湖白，潮来天地青"时，细品"白"与"青"，二字，念在嘴里"倒像有几千斤重的一个橄榄似的"。我们可以想象"几千斤重的橄榄"

[①] 《别林斯基选集》卷1，上海文艺出版社1963年版，第514页。

得多长时间才能品味完。很多视听形象是悦目悦耳的，甚至强烈地刺激着我们的生理、心理，甚至包括情感，但消逝得也很快，是对生命的消耗和消费，很难令受众产生"几千斤重橄榄"般的生命的充实和绵延。在内视的形象中，我们体验到了生命的强度、长度和丰富性、饱满性。

三 文学阅读的时间性

阅读的时间不是钟表刻度时间，是属于某个主体的、内在的，与自我意识密切相关，是整体精神世界的集中表现，能够体现生命的内在目的性。时间是人所体验到的整体精神世界的存在，外在世界只有被置于这样的整体时间中，才能追问何所来，何所去，才具有意义。在整体的精神世界中主体既能确认自身的价值，同时又能突破这种确定性进入更高的价值，从而生成着不可预测和控制的新意义。在杜夫海纳看来，在日常时间中流逝的外部世界，只有主体呈现于其中，主体的价值在其中得以确认，从而进入整体的精神世界才具有意义："流逝的瞬时如果本身有什么深度的话，也就是说，如果我完全呈现于它之中并用这种呈现来加以确认的话，那它是不会流逝的：它是我身上的过去，成为我今后之所是的一个根源。"①

文学阅读是作品呈现的过程，也是作品与读者相互唤醒的过程。由于文学的线性结构，阅读中，一个又一个意象依次呈现于当下，然后又立刻退出现在，但是它不会立即从读者的视野中消失，它以一种特殊的方式进入了读者的精神世界，成为不断呈现的"现在"的背景。过去的内容越多，背景的内涵也越丰富，也就越能掘进意义的深度。同时由于印刷媒介的静态特性，读者可以停留、回溯，可以对已经体验过的内容再次玩味。在阅读中呈现的意象，在主体精神世界中是中心还是边缘，不仅与从过去到现在呈现的序列相关，而且与主体是否被打动，是否感兴趣密切相关。一旦主体对某个意象印象深刻，作品中成为背景的过去的相关意象，主体预先具有的精神存在都有可能被唤醒。以流动性的目光绸缪于身所盘桓的形形色色，飘瞥游视于迥然朗然的万象，精神世界固有的空间必然地被时间化了。现在的某个意象在巡视、回顾中被

---

① ［德］杜夫海纳：《审美经验现象学》，文化艺术出版社1992年版，第439—440页。

置于记忆的参照系中获得了新的意义,主体的价值也得到了确证,精神内涵得到了丰富和拓展。

文学阅读之所以能产生时间性体验,除了与语言的线性呈现和平面印刷媒介的静态特性相关外,主要来自文学的独有特性,文学形象的内视性。内视的审美想象被置于记忆的参照系中。记忆是人的精神世界的整体存在,它来自过去,置身于当前,指向未来,因此心理形象进入了时间性存在。比如杜甫《夔州雨湿不得上岸作》中"晨钟云外湿"句,如果以空间呈现,则可能是钟为晨雨所湿。但叶燮评说:"云外之物,何啻以万万计,且钟必于寺观,即寺观中,钟之外,物亦无算,何独湿钟乎?"如果以景观之,此诗的确很是无理。但如果我们能进入诗人整体的生命体验,进入诗人"即景会心"的那一刻,所有的生命片段被记忆之链衔接,诗的意义也就呈现了出来:"然为此语者,因闻钟声有触而云然也,声无形,安能湿?钟声入耳而有闻,闻在耳,只能辨其声,安能辨其湿?曰云外,是以又以目始见云,不见钟,故云云外,然此诗为雨湿而作,有云然后有雨,钟为雨湿,则钟在云内,不应云外也。斯雨也,吾不知其为耳闻耶?为目见耶?为意揣耶?俗儒于此……不知其于隔云见钟,声中闻湿,妙悟天开,从至理实事中领悟,乃得此境界也。"[①]"隔云见钟",人立身于何处?云天之外吗?"声中闻湿",声为听觉捕捉,湿为肤觉所触,岂能听得?在这一境界中物理的时空已经消失,诗人进入了与物相融的生命时间的体验中,耳闻、目见、意揣已不可分割。生命不再局促,而具有了宏阔的境界。

在文学阅读中时间不是被作为无聊的东西被排遣,也不是作为虚无的东西被填充,而是作为一种体验被经历,在体验中感受主体的价值。在文学的逗留中获得安定感、秩序感和意义感。

第四节　泛媒介文学阅读的可能性

一　认知模式的变化

时至今日,影视、网络化的媒介已成为迅猛发展的媒介景观的一部

[①] 叶燮:《原诗》,选自郭绍虞《中国历代文论选》(四卷本)第四册,上海古籍出版社1979年版,第353页。

分，改变着公民生活的方方面面，如社会交流、人际沟通、信息接收，或许最为重要的是，思维认知。我们有两种思维认知两种模式：深度注意力（deep attention）和过度注意力（hyper attention）。深度注意力是传统的人文研究认知模式，特点是注意力长时间集中于单一目标之上（例如，阅读《红楼梦》），其间忽视外界刺激，偏好单一信息流动，在维持聚焦时间上表现高度耐力。过度注意力的特点是其焦点在多个任务间不停跳转，偏好多重信息流动，追求强刺激水平，对单调沉闷的忍耐性极低。从人类进化的角度来看，首先出现的无疑是过度注意力，相对而言，深度注意力是一种奢侈，需要群体合作以创造出安全的环境，无须时刻提防外部风险。当然，高度发达的社会很久以前就有能力创造出有利于深度注意力的环境，教育机构尤其擅长如此，提供各种资源，将安静的环境和给定的任务结合起来。也唯有在安静的环境中，此类任务才有全面完成的可能。于是，深度注意力成为教育界的标准认知模式，实际上人们对此早已习以为常，而过度注意力则被视为行为缺陷，根本算不上一种认知模式。

实际上两种认知模式各有短长：若要解决单一媒介中的复杂问题，深度注意力自然再合适不过，可为此牺牲了对外部环境的敏锐度和反应的灵活性；过度注意力擅长于应对迅速变化的环境和相互竞争的多焦点，弊端是面对非互动型目标时往往缺乏耐性，难以长时间维持某一焦点，比如阅读大部头的文章或解决一道数学难题。

大学女生坐在安乐椅上，双腿下垂，聚精会神地阅读一本名著，丝毫没有注意到10岁的弟弟正端坐在键盘前，手里猛摇游戏机操纵杆，玩着"三国杀"的电子游戏。这幅图景在当前的教育和阅读环境中很常见。凯瑟家庭基金会（Kaiser Family Foundation）委托完成的调查报告《媒介一代：8—18岁青少年生活中的媒介》（*Generation M*：*Media in the Lives of 8 - 18 - Year-Olds*）显示，青少年接触媒介的日平均时间达到惊人的6.5小时，一周7日，天天如此。考虑到有些时段里接受调查者同时接触多种媒介，总平均时间（包括各种媒介源）上升到8.5小时。其中，电视和DVD占3.51小时；MP3、CD和广播占1.44小时；互动型媒介，如网络冲浪，占1.02小时；电子游戏占0.49小时；阅读垫底，仅占0.43小时。咱们这些从事文学研究的人或许已对纸质图书阅读习以为常，可对于青年一代而言，书籍恰恰是他们闲暇里最少问津的媒介。调查也问及青少年在何种环境中完成家庭作业。30%受调查者报告，做家庭作业时总是同时关注其他媒介，如网上即时聊天、电视、音乐；另有31%报告"有时"如此。青少年在完成教育者所布置任务时，有时或大多数时间同时完成多项任务，如完成家庭作业与关注其他媒介交替进行，"33%是音乐，33%是电脑，28%是阅读，另有24%是电视"。

虽然我们依然钟情于深度注意力，尤其是教育和阅读，但我们必须正视，变局正在发生，我们正处于一场由深度注意力向过度注意力转变的代际变局当中。危机已预伏于前方，我们必须重新评价过度注意力相对于深度注意力的优点，严肃反思如何才能综合两种模式的长处，重新审视我们的教育和阅读模式。

二 象征性——对完满的永恒追求

人类发展的动力就是对完满的永恒追求，我们需要麦克卢汉所说的重新"部落化"，回到"象征"模式。这里的"象征"指的是分裂之物回归整体的运动，这种回归将人们重新聚集在"世界整体"之中。在古希腊，象征指的是主人和客人在分别时把一块陶片破为两半，各得一半，以便多年之后，双方的后代能凭这两半的合二为一而相认。伽达默尔讲到了柏拉图对话录中的一个美丽的故事。据说人类原本是球形生物，后来因为行为恶劣被神劈成两半，从此，每个人作为被劈开的半个始终在寻求着生命的另一半，这便是爱。"爱"与"象征"一样，都是从破裂返回整体。因此"象征"指的是分裂之物回归整体的运动，这种回归将人们重新聚集在"世界整体"之中。

对完整性的探求不仅存在于寓言故事中，而且存在于艺术史和人类的现实需求中。沃林格尔在《抽象与移情》中认为史前美术呈现出平面化的空间观念，因为外面这个变化莫测的世界给原始人带来了太多的危险感，二维空间却具有明晰性和稳定感，容易使人感到安全，由此带来平面偏好，这可以说是一种对现实的抽象，如金字塔艺术，其硬拙、紧张的曲线风格和几何抽象化特性，反映出对自然毫无亲近感，不去着力表达生命的活力，其形式与后来的拜占庭镶嵌画是相似的，都存在着对鲜活生命的压抑。因此在席勒看来，分裂的生命，或者受感性压迫，或者受理性压迫，只有在游戏冲动中才具有生命的完整性。

当然，这种完整和生命原初的混沌不同，是在分裂中感受到了新的生命价值后的回归，是一种自觉的需要和渴求。意大利作家卡尔维诺的《被分成两半的子爵》寓言性地，生动、深刻地表现了这一点。17世纪末，奥地利皇帝统率基督教大军讨伐土耳其异教军。风华正茂的梅达尔多子爵参军来到前线。不幸，他在第一次战斗中，便被敌方的炮火击中，一颗炮弹不偏不倚，正好把他从头到脚炸裂成整整齐齐的两半。子爵从此分裂成了两个半片的人。右边的半片，是邪恶的子爵；左边的半片，是善良的子爵。邪恶的子爵返回故乡，以疯狂的残忍，干着种种伤天害理的事情。无巧不成书，善良的子爵随后也重返家园，他的行为同邪恶的子爵截然对立。他处处行善积德，救济贫困，为村民排忧解难。说来有趣，两个半片的子爵同时爱上了一位美丽的牧羊姑娘帕梅拉。于是，一场决斗不可避免了。他们在格斗中互相劈开了对方原先的伤口，顿时，鲜血喷涌。抢救的医生把他们缝合。这样善良的子爵与邪恶的子爵的血肉又粘连为一体，当子爵从昏迷中醒来时，他已成为一个完整的人。乍一看来，卡尔维诺在《被分成两半的子爵》中触及善与恶的对立这个文学创作中古老而又古老的命题。但是卡尔维诺摒弃了俗见的颂扬美德、谴责邪恶的程式。邪恶的子爵做出种种反常的、疯狂的行动，但是，卡尔维诺并不把它们视为纯粹的恶的表现，而予以谴责。他的旨趣在于，借助这些看似失去理性的恶行败德，来表现人的自我遭到肢解、分裂，丧失完整性以后的愤怒的挣扎，绝望的反抗，表现现代人生命异化时惨烈的痛楚。同样，善良的子爵行使种种义举，卡尔维诺也没有把它们视为纯粹的善的表现，而予以讴歌。正直善良的另一半，把克俭自守的格诺教教徒折磨得不轻，几乎疯狂。当道德感变成一项必须遵守的准则，人心的散漫便出来反抗了。这种自我的分裂、自我完整性的复归的构思与手法，揭示了现代人遭到分裂、肢解、自我残缺、不完整、与己为敌的本质特征，显示出现代人被异化、被压抑的主体困境。在现代人身上，古老的和谐性与完整性已荡然无存；作为人的不完整性的映照，现代社会也是丧失和谐性的，不完整的。现代人，现代社会，都渴求新的完整。同时，他有着更深一层的旨趣。人一旦被异化，被分裂，沦落于非人的困境，他立时比自我完整时更能确切而深刻地理解周围的现实的真实面貌，理解他作为正常人时完全忽略或无法理解的事物。小说的尾声，子爵的侄子有这样一番话："我的叔叔梅达尔多就这样恢复成了一个完整的人，既不坏，也不好，好坏兼备，看来跟不曾分成两半时毫无区别。不过他具有了而今重新合成在一起的两个半身的经历，更加明智了。他安度幸福的生活，儿女满堂，治理公正。我们的生活也变好了。子爵重归完整，我们可望有个奇迹般的幸福时代。"

被劈成两半的善和恶的子爵梅达尔多为何会同时爱上牧羊姑娘帕梅拉，究其原因在于对完整性的渴求，而帕梅拉是人性完整的象征。在本文所论述的橄榄形需要满足理论中，需要的强度与满足的程度成反比，至高的善压抑生命的活力，无尽的恶只能让生命毁灭。在媒介场域中，影视媒介和网络媒介既可以让人们感受到自由、解放和快感，同时又会让人产生虚幻、无序、无意义的难以平息的空虚感。曾经作为构建完满中心主体的重要资源的文学阅读能不能具有作为另一半与其"缝合"的可能性，给人们带来真实感、意义感和秩序感呢？

三　泛媒介文学阅读——深度注意力和过度注意力共存

随着越来越复杂的作品在审美策略中触及认知转变，无论是趋于深度注意力，还是趋于过度注意力，也无论是趋于这场代际变局的传统纸质文化一端，还是趋于电子文化一端，我们都不能忽视两种认知模式既迷人又迷惑人的互动。这是我们作为教育者的责任之所在，更别说作为文学艺术实践者的使命。

在媒介场中，有些青少年的注意力完全属于过度注意力型，却可以长时间一门心思打电子游戏，一心掌握游戏中所有的诀窍，直到打通关。我们知道电子游戏的结构可以吸引游戏者在竞争中升级，从而不断获得成就感。电脑游戏可以激励主动学习，其设计结构要求游戏者必须学习，除了科学和社会知识，还包括一些具有生产意义的技能，这样才能进入下一关。也有一些游戏者觉得，与游戏伙伴紧密相连的感觉比游戏乐趣本身更棒。理解电子游戏的互动特征，尤其是游戏在维持强刺激水平的同时提供奖励的能力，对文学和教育具有深刻意义。

随着时间推移，更多人口进入媒介一代之列，人们的注意力向过度注意力转移的速度几乎可以肯定会加快，阅读主体的注意力会越来越偏向过度注意力。这一代人喜欢强刺激,在对单调沉闷低容忍的阅读主体身上,可以做些什么才能保住注意力的完整性呢?我们以为当前达到完整性的方式有两种:一是,为了适应当前的媒介环境,让阅读具有刺激性和乐趣,可以在文学作品中挖掘能引起过度注意力的因素。二是,在各种趋向于过度注意力的媒介产品中引入深度注意力,传统意义上的文学阅读方式,可以担当重任。这里先谈前者,后者在下一节中重点论述,聚焦于在视觉中引入阅读的可能性和现实性。

过度注意力是在各个任务之间进行跳转,具有空间性,注重共时性、在场性和构成性;深度注意力高度聚焦于某一目标,具有时间性。第一种方式,就是文学文本的深度体验要被结构于空间中,阅读要"投身到时间不在场的诱惑中去"。[①] 不在时间表象的流淌中流连,在生存空间中体验深度。我们以当下时间为楔子,插入历史的延续性中,时间弥散于当下的生存空间,成为时间的碎片。时间的碎片就是时间的空间化,尤其是很多现代主义文学,孜孜以求是在时间的碎片中追求逝去的空间。在福克纳的小说中,复杂的修辞格、断续的时间线索,以及分散的焦点透视都需要过度注意力。要想读懂福克纳的故事,就要解开一个个谜团,包括人物的身份、动机、欲望。比如电脑"瑞雯"游戏和福克纳的小说《押沙龙,押沙龙!》一样,也在一片特殊地理区域上展开:五座小岛,兄弟间为统治权而争斗。在"瑞雯"中,要想进入叙事,必须解开游戏所提供的一个接一个的谜语。福克纳的小说中,混合并置的手法与使用过度注意力的互动游戏颇有相似之处,在奖励结构中拿到钥匙,打开通向下一关的大门。

文学阅读空间性发掘并非仅仅是对作品穿凿附会的解读,早在法拉克福学派的本雅明就已经开始,在其《拱廊街研究计划》一书中指出,拱廊街构筑了现代都市景观的典型形态,是资本主义社会的微观缩影,可以洞穿资本主义社会的秘密所在,永恒的时间观念凝聚于空间中。其后法国的著名文学批评家布朗肖把生存的哲学意蕴的分析也放置在文学空间中:"这个空间与我们内在深处一样也是事物的内在深处,以及这二者的自由交流,即那种无控制的强大的自由,不确定物的纯力量在那

---

① [法]莫里斯·布朗肖:《文学空间》,顾嘉琛译,商务印书馆2003年版,第12页。

里体现出来。"① 布朗肖将文学空间理解为人类生存体验的方式。法国著名理论家巴什拉为了从时间和历史中逃逸出来,认为真正的艺术应该中断时间,忘却历史,让日常生存空间中充盈着意象、想象、梦想和幻想,空间在想象力的特殊保护中被体验,被吸引:"中断时间。时间不再有昨天,也不再有明天……寂静是存在本身,是世界的和世界的遐想者存在本身……宇宙的遐想使我们进入到一种先感知的状态。"② 本雅明、布朗肖和巴什拉的空间文学理论的探讨表明随着都市社会的建立、现代工业城市的崛起和视觉文化凸显,带来了新型的空间感觉经验,时间被多重并置的视觉感官淹没,空间属性得到提升,这为文学艺术开启了更为广阔的视野。

无论是空间视角还是时间视角,深度体验都是文学理论的题中之义,前者着力于心灵的深度,后者置身于历史的深度。因此,在泛媒介文学阅读中深度注意力和过度注意力才有交汇的地带。

第五节 泛媒介文学阅读中的深度阅读

阅读原本是对语言文本而言的。当今不仅越来越多的人正在花越来越多的时间看电影或电视,而且出现了从看电视、电影转向电脑屏幕的变化。同时文学的某些因素也在向影视、网络渗透,这被很多学者称作审美泛化或文学泛化,这时影视、网络的文学阅读具有了现实性和可能性。泛媒介文学阅读中的深度阅读就是文学阅读向影视、网络媒介的开放,意味着文学阅读对象的增加。影视、网络产品可以作为文本出现,不仅可以被观看,还可以被阅读。文学阅读对象的扩展,一方面意味着文学的开放性和包容性,有利于对其他媒介意义价值的追寻,另一方面也是文学价值的增殖过程。

影视、网络媒介的产品是在符号的意义上成为文本,他们与文学在符号上的差别主要是前者以图表意,后者以言表意。文学阅读的泛媒介

---

① [法] 莫里斯·布朗肖:《文学空间》,顾嘉琛译,商务印书馆2003年版,第130页。
② [法] 加斯东·巴什拉:《空间的诗学》,张逸婧译,上海译文出版社2009年版,第407页。

化就是在影视、网络媒介的接受中它们的"图"不仅要被"看"还要被"读"。

一 "读图"以何可能

文学阅读对象向其他媒介的扩展意味着把影视、网络当作符号阅读,使其皈依于文学阅读的法则。这是否仅是文学曲线救国的一种美好的愿望呢?

一是影视、网络自身具有被作为符号阅读的可能性。首先,尽管影像是瞬间的、运动的,网页不断跳跃,但今天的技术已经能够使其停驻、滞留,比如录像、DVD、VCD 技术可以使影像如同书籍一样在私人空间独自、反复观看,电脑网页可以被反复刷新,尽管网络有无数节点,可以连接到任何一个地方,但与影视相比更具有个体性,一般都是个体独对屏幕。因此书籍可以被个体在私人空间反复品读,其他媒介也同样可以如此。

其次,看,不是纯然直观、透明的、天真的和毫无选择的。我们是带着视觉经验去观看。视觉性对每一个人来说并不是一个自然而然的过程,而是渗透了复杂的社会文化制约的过程。我们通过视觉与他人和文化交往,交往中社会文化的种种价值观、权力/知识观、信仰等不可避免地进入个体不断内化的视觉经验中。因此,视觉经验是社会建构的。比如秦代的石刻与汉代的画像砖,明代家具与清代家具传递的视觉信息就判然有别。这就是伯格所说的看的方式不同,在他看来,就是如何看并如何理解所看之物的方式。看是一种自觉的选择行为,"受到我们所知或我们所信仰的东西影响"。贡布里希从绘画的角度深刻地阐述了这种受视觉经验影响的选择性:"绘画是一种活动,所以艺术家的倾向是看到他要画的东西,而不是画他所看到的东西。"[1] 画家受心中某种"图式"的影响,只看自己想看的东西,即便是同一处风景,不同的画家也会画出不同的景观。所以在影视媒介中观看者是带着视觉经验与影像遭遇的,可以对感知的对象做出反应,既可以在对象中扩张原有的视觉经验,也可以超越自身的现实存在状态。

---

[1] [英]贡布里希:《艺术与错觉》,浙江摄影出版社 1987 年版,第 101 页。

再次，在影视和网络中大量渗透着文学性的因素。尤其是影视尽管自身具有对语言的叛逆，试图成为一支独立的力量、独立的体系、独立的法则，持续地、无限远地去寻找和开辟自己的世界，但它能够成为"艺术"，乃是由于它仍然最低限度地认影像为符号，是有"所指"的"能指"。而网络的虚拟性一开始就与文学的虚构性纠缠不清，网络文学是网络虚拟世界的重要组成部分。

二是文学阅读的双重性使读"图"成为可能。希利斯·米勒认为有两种文学阅读方法，一种是"快板"阅读，天真地、孩子般地投身到阅读中去，没有怀疑、保留或者质询，以某种速度快速阅读，眼睛像在书页上跳舞。另一种是尼采所谓的"缓板"阅读，缓慢地、批判地阅读，努力使文本中的一切在身上有回应，他不仅关注作品打开了怎样的世界，而且要知道这世界是如何打开的。这就如同看魔术表演，前者在魔术的幻象中沉迷，后者在迷醉之余，更想知道魔术的秘密。实际上这两种方法是不能完全分开的。对于成年人来说都有伽达默尔所说的"前见"，不管是真前见还是伪前见，都不可能不带任何质疑地自动阅读，同时也不可能不被文学所虚构的幻境吸引，有所迷醉。因此真正的文学阅读是二者的结合，正如尼采所说，一个完美的读者既是一个具有勇气和好奇心的怪物，又是一个灵活、狡猾、谨慎的冒险家和发现者。[1]伊瑟尔认为文学阅读像文学创作一样具有双重性：一方面是文本表演或文本游戏，自我经验与艺术经验在于新的经验的交汇中迸发出体验的全部丰富性，"文本游戏从来不仅仅是一种现实行为，读者之所以参加这种实践是因为对这种'镜像世界'的不可接触性的吸引；它正是读者必须以个人的方式进行的游戏。在文本表演被带进到游戏中的东西的可变性的同时，读者能够且只在将要产生的结果的范围内加入到游戏的转换中"。[2] 显然伊瑟尔吸纳了伽达默尔的交往同戏理论："游戏并不是一位游戏者与一位面对游戏的观看者之间的距离，从这个意义上来说，游戏也是一种交往活动"，"游戏始终要求与别人同戏"，"观看者

---

[1] [美]希利斯·米勒：《文学死了吗？》，秦立彦译，广西师范大学出版社2007年版，第178页。

[2] Wolfgang Iser, *Fiction and Imagine—Charting Literary Anthropology*, Baltimore: The Johns Hopkins University Press, 1993, p. 274.

显然不只是一个观看眼前活动的看客，他参与游戏成为其中的一部分"。① 另一方面，文学阅读是自我揭示和自我解释，昭示了我们心中晦暗不明的东西，是对我们自身匮乏性的一种补充，"或许能实现人类的自我启蒙——这种启蒙并不是由以前那种被认为是教育前提的知识百科型积累所带来的；而是通过阐明我们无疑是准则并由此引发一种长时间的反省过程带来的。……它会持续不断地揭示我们自身境遇的前提，并由此揭示出形成我们见解的东西。"②《红楼梦》第四十回中，写林黛玉最不喜欢李义山的诗，但偏偏只喜欢他一句"留得残荷听雨声"。这显然吻合了这个"质本洁来还洁去""孤标傲世偕谁隐""埋香冢""泣残红"的多愁善感、自矜自重、目无下尘少女的孤高冷寂的心境。王国维在《人间词话》中提出的"有我之境"和"无我之境"可以与此阅读"双重性"理论相参照，前者带着既有背景的自我参与到文本世界，是参与者、表演者、游戏者，后者并非无我，而是脱去了社会面具的深层意识中的我，是旁观者、揭示者、解释者。

另外这种双重性不是一蹴而就的，需要在反复品味中，逐渐达到。对一个文本的阅读是永无止境的，我们永远都走在追求完满的路上。出版家王冶秋在《〈阿Q正传〉——读书随笔》中写他读《阿Q正传》的感悟：

第一遍：我们会笑得肚子痛；

第二遍：才咂出一点不是笑的成分；

第三遍：鄙弃阿Q的为人；

第四遍：鄙弃化为同情；

第五遍：同情化为深思的眼泪；

第六遍：阿Q还是阿Q；

第七遍：阿Q向自己身上扑来；

第八遍：合二为一；

第九遍：又一次化为你的亲戚故旧；

---

① ［德］伽达默尔：《美的现实性》，张志扬等译，生活·读书·新知三联书店1991年版，第37页。

② ［德］伊瑟尔：《走向文学人类学》，拉尔夫·科恩主编《文学理论的未来》，程锡麟等译，中国社会科学出版社1993年版，第297页。

第十遍：扩大到你的左邻右舍；

第十一遍：扩大到全国；

第十二遍：甚至洋人的国土；

第十三遍：你觉得他是一个镜；

第十四遍：也许是一个警报器。

审美客体在反复阅读中得到充实完善，越来越趋向完满。因此文学的阅读不是线段形的封闭结构，而是蚊香形的开放结构。

二 媒介场中文学阅读"读图"的历史渊源——题画诗

题画诗以文本而言是"有声画"与"无声诗"的结合，从作者的创作而言，是赏画心得实录。这里的"赏"有其独特之处，作者不仅是"观"画，更是在"读"画。"观"是作为"有身体的观看者"，在画中看，画中行，画中居，画中游。"读"则把观者引向另一个世界，这是一个非实在的，不在场的，想象和虚构的世界，一个不可细究，不可当真，只可在情感上沉浸其中的世界。我们在图像中所见的世界与我们的生活世界根本不同："绘画一旦被撕碎，我们手里就只剩下涂有颜色的画布的碎片，如果我们打碎一块石头和这块石头的碎块，那么我们得到的碎片还是石块。"① 图画中的世界，我们只是意识到它的存在，但它并不存在于生活世界，这个被"图说"出来的世界，作为意识和想象中的存在，是一个与"图说"之在场性相悖的不在场的世界，就此而言，图像的在场性绝非事实和实际的在场。

我们古代许多题画诗，不仅享受"观"的乐趣，也体验到了"读"之思致。赵宪章先生认为："'图说'之为'图说'，意味着它不可能'说出'它没有显像的世界，'出于图而止于图'而已，因为它不过是一层不透明的'薄皮'。在这一意义上，任何'图说'不过是一种'皮相之见'，否则，'说出'了'皮相'之外的存在便不再是'图说'本身。'薄皮'之显像是视觉的起点，也是它的终点，因此也是'图说'的起点和终点。"② 对于"图说"的本质，赵先生把握得很准确，但说

---

① ［美］梅洛·庞蒂：《知觉现象学》，姜志辉译，商务印书馆2001年版，第410页。
② 赵宪章：《语图叙事的在场与不在场》，《中国社会科学》2013年第8期。

题画诗止于"图说",是不符合实际的。"'树才发叶溪开冻,楼阁仙居最上层。不藉柳桃闲点缀,春山早见气如蒸'这是乾隆在《早春图》上的题诗,和我们在画面上所看到的早春景象无甚二致,许多中国古画会有不止一款题诗,它们多出自不同诗人的手笔,但大多和乾隆的这首题诗一样,就画面本身而言不可能说出太多,说出来的也不可能有太多的差别,这就意味着,《早春图》尽管很迷人,但我们不可能从中读出超出画面的任何'图说'。"我们仔细分析乾隆的这首题诗可以发现,诗中不仅有可见之景,也有不可见之意。"树才发叶溪开冻,楼阁仙居最上层",是画中景,而"不藉柳桃闲点缀,春山早见气如蒸"则是诗人穿越实景所得的内心体验。就此而言,题画诗不仅是"图说"的结果,也是"阅读"的结果。

元代诗歌虽然在文学史上没能呈现出像唐宋诗歌那样的荣景,但它以题画诗独树一帜,不仅拓展了题画诗的创作道路,探索了题画诗的题写模式,而且确立了新的审美理想。贡奎(贡奎,字仲章,以文学名世,延为池州路齐山书院山长。又擢应奉翰林文字,兼国史编修,入翰林待制。泰定中,拜为集贤直学士。)题画诗《题陈氏所藏著色山水图》颇能代表其标举"天趣"的审美理想。诗云:独卧晓慵起,梦中万千山。推窗烟云满,一笑咫尺间。袅袅美人妆,金碧粲笄鬟。素波净如镜,绿蘋点溪湾。美哉笔墨工,貌此意度闲。孤禽立园沙,渔舟远来还。我方厌阛市,坐对忘朝餐。安得林下扉,深居长掩关。首先,诗歌由诗人如何将画景误认为真景,将视线从画外转入画中起笔,构思富有趣味。既点明了自己看画时的情景,又借以展示了图画的主体风貌:山川、烟云。其次,描写眼中的画景,以美人妆喻着色山水,此景与诗人要表达的主体情感还没有形成直接的关系。贡奎此处着笔于景物描写的目的主要是赞美图画景物之美,为赞赏图画的技艺之工做好了铺垫。果然,紧接着便是完全将视线转出了画面的具体景物,而以观者的视角欣赏绘画的笔墨技巧。前面这部分都可谓对图画的欣赏阶段。再次,在欣赏中,诗人终于发现了其技巧创造出的"意度"。至此,诗人才开始真正以诗人的身份走进图画,感受图画中具有"意度"的景物。虽然只有短短两句,但孤禽、园沙、远来的渔舟共同组合而成的一小部分景致的分量远远超过了第一次进入画面时看到的图画美景。图画在诗人的观照下真正变成了"有我之景"。最后，直抒胸臆，抒发了对尘世的厌倦，表达了对幽隐生活的渴望，渴望中暗含着丝丝的无奈。吴奎的"天趣"，乃自然之趣。对画家来说，是在自然而然的状态下，兴之所至，描绘出一种情调与趣味。对观者来讲，是指感受到了不加雕饰的画面景物表现出的情调与趣味，并自然地与之产生共鸣。从题画诗的分析中可以看出，诗比画，说得多，说得深。之所以如此，是因为诗人不仅"观图"，而且"读图"，由于阅读的私人化，诗人和画家之间在情调和趣味方面可以产生共鸣。

三 媒介场中文学阅读的"读图"实践

在学校教育的注意文学阅读方式的渗透。笔者在 2007 年 5 月带领实习生对某小学学生的课外阅读情况进行了一次简单的问卷调查，以期了解目前小学生的阅读现状。（问卷样式附在最后）

本次调查在低、中、高年段各选一个班，每班 30 人，共 90 名小学生参加问卷的作答，发放 90 份问卷，收回 90 份。问卷结果统计如图 5—2。

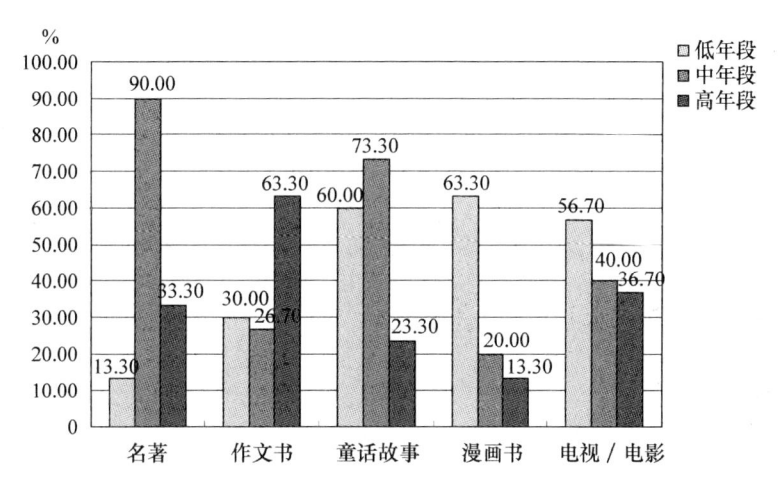

图 5—2 小学生课外阅读调查情况

从图 5—2 中可以看出：第一，无论在哪个年龄段，学生课外都有一定的文字阅读量。从 2005 年 11 月开始，天津市教科院、开益国际咨询研究中心、天津市教委基础教育咨询委员会、天津市教研室、天津市教育科学学会学习学研究分会等，联合组建了课题研究组，在全市18个区县和大港油田，采用了多层抽样调查法，对全市235所中小学学生的课外阅读现状进行了调查。其调查结果可以相参照。调查显示，能够坚持经常阅读课外书籍的，占调查总样本的52.0%；常常痴迷阅读课外书籍的，占22.2%。中小学生自主支配的零用钱的花销去向，排在第一位的是购买课外书，占调查总样本的37.0%。第二，在我们的调查中，以小学中年级为基准，年级越高文学阅读量越少，天津的调查可以与之佐证，小学生喜欢课外阅读的占45.5%，初中生占27.7%，高中生占其样本的17.7%，也就是说在1000名高中学生中喜欢阅读课外书的仅177个人。这主要是长期受应试教育影响，随着学段的提高，学生的精力越来越集中在学科性学习和与中、高考直接相关的课程教材和教辅材料上。第三，尽管随着年龄的增长，课外阅读有不同的取向，但各个年龄段对图片，图像的依赖性都很强，从上图中可以看出，高年段的名著阅读量急剧下降，但影视的观看人数未见明显减少。学生的课外阅读趋向似乎并未顺应心理学家所预测的那样从形象向抽象的梯级发展。

参照这两份调查，既不能过于悲观，觉得图片图像以其直观、生动的优越性必然会全面占领学生的生活；也不要过于乐观，认为就目前来看，阅读还是学生的主要课外活动方式。我们应该理性地看待调查结果，无论是传统而言，还是情感表达和认知的天性而言，学生都有文学阅读的需求，但视听媒介吸引力不可忽视，我们既不能无视其存在，也不能任由其扩张。米勒的文学阅读方式扩张的策略应该是目前比较现实的引导方式："文学系的课程应该成为主要是对阅读和写作的训练，当然是阅读伟大的文学作品，但经典的概念需要大大拓宽，而且还应该训练阅读所有的符号：绘画、电影、电视、报纸、历史资料、物质文化资料。当今一个有教养的人，一个有知识的选民，应该是能够阅读一切符号的人，而这可不是轻而易举的事。"他尤其强调，阅读不仅包括书写文本，而且包括所有的符号，所有的视听形象。[①] 因此在学校教育中渗透文学阅读方式不仅可能，而且有现实的基础。

[①] 金惠敏：《趋零距离与文学的当前危机——"第二媒介时代"的文学和文学研究》，《文学评论》2004年第2期。

第六章

媒介场域中的文学批评

"文学批评"这个概念的内涵和外延,在专业研究者和非专业人员的使用中,有很大差异。专业研究者认可的是狭义的文学批评,它的批评主体是学有专长的文学批评家,批评的目的是对文学现象作出判断和评价,发现正在发展中的文学思潮,判定其在文学发展中的作用,确认作家作品在文学发展历程和当前文学中的位置,以文学理论作为思维的工具和框架。这种意义上的文学批评是在文学作品数量激增和广泛传播之后,准确地说诞生在蒂博代所说的"三位教授"出现之后:"随着一八二七年三位教授出现,即基佐、库赞和维尔曼,出现了有关教席的争论、教席的哲学和教席的文学批评。他们于一八三零年获得荣誉与权利,在一八三零年的一百周年所能引起的各种思考中,不能忘记这一点:批评家职业,在一百年里始终是教授职业的延长。"[1] 文学批评的职业化,意味着文学批评自律的形成。非专业人员眼里的文学批评,是广义的宽泛意义的文学批评,起源于文学的萌芽阶段,人们对文学的反应和议论。随着文学的发展,这种原初的反映逐渐显示为形形色色的读者的各种好恶褒贬的感触,往往是随意的、感性的、零星的和片断的。

在很长的一段时间内,尤其是机械印刷媒介的影响下,宽泛意义上的文学批评基本停留于沙龙里的高谈阔论,或"邻曲时时来,抗言谈在昔。奇文共欣赏,疑义相与析"的文人雅集。直到报纸、杂志、广播、电视等大众传媒的出现,才有了发声的载体。尤其是互动型媒介的

---

[1] [法]蒂博代:《六说文学批评》,赵坚译,生活·读书·新知三联书店2002年版,第32页。

普及,这种文学批评成了不能无视的话语存在形式,我们统称为"媒体批评"。作为宽泛意义批评的当代形态的媒体批评,其本质是蒂博代所说的"当日批评"——"这种批评符合当日的精神,当日的语言具有当日的性质,具有让人愉快地迅速读完所必须的一切,它所表达的是当日的思想,但形式上却变幻无常,给人一种新思想的错觉,并力图避免一切学究气息。"[①] 所谓的"当日"就是"当下",是时间的断裂,既不延续历史,也不指向未来。文学批评的对象是当前作家、作品和文学现象,关注其新闻价值,新鲜和快捷,新人、新作、新观点,形式自由灵活,不追求规范和精致,突出特点是"短、平、快"。"短"是形制简短,语句多用短句,避免读者进行费心的逻辑分析。"平"指受众平民化,内容平面化,不做深度思考,更不会放在时间的长河和广阔的空间中进行价值的评判。"快"既指时效性,也指阅读快感,为了阅读快感,写作者要尽可能地不给绝大多数的读者制造阅读障碍,要力避文学史的牵扯和美学批评的高头讲章。尽管媒体批评机智灵活,富有生气,但其稍纵即逝的一次性消费性和理性薄弱的弱点也是显而易见的,这也是其为专业研究所不屑和攻讦的原因。

那么一直以来占据着统治地位的专业文学批评是否可以继续担当引领者的角色呢?面对现实,我们不得不承认专业文学批评正在失去生机和灵性。在机械印刷媒介影响下,形成了由专业研究者构成的学院式批评的自律性。长久以来专业批评的合法性和正当性需由其包含的知识容量和专业水准来判定,这就使得它无须面对当下的创作现状,有的时候即使当下进入了它的视野,也只是作为文学史和文学理论的注脚。就世界范围内来说,学院批评已经成为大学文学教育体系的一部分,批评是为了阐发文学作品的意义和确立其在文学史上的地位,至于能否贴近当下的文学创作,能否规范和指导作家的创作,能否指引文学的发展道路,都无关紧要,重要的是学术的进步和理论话语的构建和创新。

就中国当代文学批评而言,20世纪80年代中后期以后,引入了大量的西方文学理论和批评话语,结束了意识形态批评一统天下的局面,

---

① [法]蒂博代:《六说文学批评》,赵坚译,生活·读书·新知三联书店1989年版,第23页。

20世纪90年代以来的学院批评，已不需要对意识形态的生产负责，知识话语的创新成为主要任务，逐步融入了世界学院话语批评体系中。但中国当代文学批评的中国式困境，我们必须正视。我们引入的大量西方文学理论和批评话语，很驳杂，由于时代、学派、民族、种族、意识形态、文化背景等各方面的差异，加之我们的学院批评与创作现状的疏离，很难产生创新的理论话语。学院派话语出现了整体"合法性"的危机。我们的文学作品成了西方一百年来的各种理论话语的注疏，你方唱罢我登场。文学批评更多是舶来理论的描述，很少作出价值判断。而必须做出价值判断的时候，由于"合法性"危机，只能诉诸道德理想主义的神圣性。虽然学院派承认文化的多元性，但终究还是陷入了一元论的思维怪圈，把自己当作正义、良知和道德的化身。

学院和媒体是否存在着天然的界限，井水不犯河水？事实上，在媒介场中，两种批评会相互渗透，媒体批评会介入学院批评，而学院批评同样在影响着媒体批评。这种相互介入的状况，除了与中国文化本身不太讲究科学主义的精细分工和学科自律性的减弱有关外，还与媒介场中文学批评主体的构成、性质、相互关系和批评对象的文化转向有关。这些变化对场域中的各类批评影响如何？谁是场域的主导者，谁在给场域制定规则？

第一节　媒介场中文学批评主体的构成

媒介场域内，文学批评的主体是谁呢？就批评史而言，机械印刷之前，文学批评的主体是文学家和有一定文化素养的文学爱好者，机械印刷媒介场中增加了以文学批评为职业的专业批评家，播放型媒介场中主要是媒体从业人员，而当今互动型媒介场中的主体则是大众。蒂博代在他的《六说文学批评》中，提到他那个时代的批评主体包括有教养的公众、专业工作者的专家和文学家。[①] 相较于蒂博代的时代，媒介场中的批评主体并非各自场域主体的简单叠加。首先，他们并不仅囿于自己

---

① ［法］蒂博代：《六说文学批评》，赵坚译，生活·读书·新知三联书店2002年版，第46页。

的领域，出现了跨界的主体。比如专业批评家在机械印刷媒介场、播放型媒介场和互动型媒介场中都可以见到他们的身影。其次，主体的身份并不固化，或者是批评主体具有多重身份，或者是有些批评主体在跨界的体验中发生了身份的转换。我们试图剖析媒介场中批评主体构成的特殊性，以期建构媒介场中文学批评的价值形态。

相对于蒂博代，朱国华先生更关注专业批评领域内部的结构要素构成。他对蒂博代的思路做了微调，将主流的批评区分为两类："美学趣味的批评（蒂博代所谓大师的批评）和学理趣味的批评（蒂博代所谓职业的批评）。所谓美学趣味的批评，这些批评者常常自身就是文学家，或曾经从事过文学文本的生产——无论他们的文学成就是否获得普遍认可——的批评家，他们的批评实践所依赖的文化资本是自己的创作经验。"[①] 笔者根据媒介场域中现实语境，结合蒂博代和朱国华先生的分类，把媒介场域中的文学批评分成两类：精英批评和大众批评。

精英批评属于专业批评，可以分为两类，学理批评和美学趣味批评。所谓学理趣味的批评，此类批评家的文化资本并非来自其美学经验，而是来自美学知识。这些主要活跃于高校或研究机构的批评者熟知文学艺术的历史，了解各种流派的流变兴衰，通晓各类主题或惯例的起承转合，掌握各种最新的美学理论、哲学理论、文化理论甚至社会理论，并用各种恰如其分的范畴或概念对各种文艺事实加以命名。而美学趣味的批评则是基于批评家在长期的写作和阅读实践的基础上积累起的一种美学趣味，这种趣味表现为一种模糊的逻辑，它虽然未可诉诸确定性文字，但却可以依据文学文本中特定风格、主题、人物心理、叙事结构等等的全部可能性和一种具体的、当下的、鲜活的艺术感知，进行鉴别、区分、欣赏和判断，从而确认其艺术价值的高低。在当代中国，这些批评家往往依附于作协或某些文学杂志，近几年来，他们中的一部分尽管渐渐加盟到高校中，但是其写作属性并没有立刻随之发生较大的改变。

关于这两类批评家，我们不妨援引康德对于两种判断力的分类，做一个简单的类比。在《判断力批判》中，康德指出："一般判断力是把

---

① 朱国华：《大众媒介时代的文学批评》，《四川大学学报》2007年第3期。

特殊思考为包含在普遍之下的能力。如果普遍的东西（规则、原则、规律）被给予了，那么把特殊归摄于它们之下的那个判断力（即使它作为先验的判断力先天地指定了唯有依此才能归摄到那个普遍之下的那些条件）就是规定性的。但如果只有特殊被给予了，判断力必须为此去寻求普遍，那么这种判断力就只是反思性的。"① 假如把这里的两种判断力从康德哲学的特定语境中抽离出来在某种程度上是可能的，我们不妨借用来指称上述两类批评家：一般判断力对应于学理趣味的批评，反思判断力被用于美学趣味的批评。美学趣味的批评下文中我们将称之为文学性批评，其自信来源于这些批评者自认有特殊的鉴赏能力，认为只有自己真正地理解文学作品，实践地把握"有意味的形式"。因为他们的与众不同之处在于：由于他们所拥有的较强的反思性判断力，他们可以在文学文本中去寻找新的一般法则，这种法则之所以必然是新的，是因为如果是旧的，那就必然落到规定性判断的范围中去了。基于合目的性原则，反思性判断将为自己赋予某种法则，换言之，反思性判断总意味着新的发现，总意味着对独特的不可重演的经验做出当下的测定评估，总意味着无法师法前人而不得不师心自用和自我作古，也就是为无法分类的文学存在新建文件夹。正因为如此，这些批评家们尽管不免为觉同伐异的主观情绪所驱使而常常做出令人大跌眼镜的品评臧否，但他们无法摆脱拥有某种类似于最高法院终审权威的那种良好的自我感觉，认为自己鉴赏文艺作品犹如文物专家鉴赏古董一样可以一锤定音。事实上他们自己表达的文体常常也充满华丽的辞藻、精彩的譬喻和大胆的想象，换言之也同时是文学性的。他们通过自己的文学性的批评写作不断再生产自己的文学经验，并保持通向当代文学潮流的隐秘管道的畅通。但另一方面，学理趣味的批评者们，或者学院派批评家们，则不屑于这种浅显简单的感觉印象的直白，不满足于此类批评的主观随意和片面偏激，他们拒绝承认华而不实的文学化表态可以为文学的成就提供替代性的鉴定证明，他们反对把一种文学艺术作品不待学理说明或逻辑推论就直接宣布为杰作，他们尊重历史陈规和传统惯例，他们重视知识体系和逻辑力量，他们强调总体性的宏观视域和文本结构的互文性语境，他们

---

① ［德］康德：《判断力批判》，邓晓芒译，人民出版社2002年版，第13—14页。

要根据既定的文学的历史经验为新的文艺存在寻找其相应的位置,他们要通过某种文艺理论信条的繁复曲折的论证说明某部作品之所以伟大的理由,如果传统的理论无法说明,那就马上采用任何最新的理论系统来解释它的不同凡响。因此,他们进行的是类似于科学分析这样的客观阐释工作,他们的语言是理性思辨的,因此极可能是枯燥乏味的,毫无文学性的。因为学理性推论不需要华丽的文字包装。一般性判断所需要的是某种分类整理的工作,它将任何特殊纳入到既定的概念范畴体系中去,用某种学界公认的流派、风格、叙事手法、批评方法等来告诉人们,某文本是什么,应该是什么,甚至它的缺失是什么。长于反思性判断的批评家们声称自己是懂文学艺术的,他们以一种内行人的傲慢企图垄断对艺术品水平的估价,但长于规定性判断的批评家们则提醒人们,我们不能那么武断地判断艺术品价值的高低,我们必须要条分缕析地证明出来,何以某些艺术品比另一些要技高一筹,真理是被证明出来的。

应该指出,这两种批评之间并不存在一条泾渭分明的鸿沟,事实上最优秀的批评家往往综合了两者的优点,例如被认为20世纪德国最伟大的两位批评家卢卡契和本雅明一方面具有良好的美学趣味和艺术天分——卢卡契曾经从事过戏剧创作,本雅明的散文是德国20世纪散文史上的光辉篇章。另一方面,他们又具备一流的理论素养。这两种批评所发挥的功能虽然有重叠的地方,但并不完全一致:文学性批评家是先锋的,学院派批评家是保守的;前者确定新的文学谱系,后者为旧的标准背书;前者强调断裂和革命,后者重视连续性和传承;前者向未来开放,后者为传统守节;前者不是与时俱进,而是引领时尚,尽管常常可能误入歧途,后者捍卫由过去所支配的现在,尽管也常常可能显得僵硬教条;前者自立规范以涵纳无法定义的文学经验,后者则采用现成的分析工具,利用风格的、文类的、时期的、母题的乃至精神分析、社会学等无法穷举的分类,将无定形的文学经验赋予理性阐释,使之获得意义。

我们似乎可以暂时得出结论:长于反思性判断的批评家在美学趣味的引导下发现真正的艺术品,他们是前锋,而长于规定性判断的批评家则在学理层次上阐明艺术品所蕴含的意义,他们是后卫。尽管各司其职,但围绕着文学的标准或者围绕着文学合法定义的垄断权,他们不得不发生符号斗争。必须指出，我这里并不是否认这两种批评家各自阵营的内部不存在观点的分歧，而所谓各自阵营也不过是一个权宜的说法，事实上这两种阵营只是一种"想象的共同体"。我们强调的只是，由于批评家所携有的文化资本和所处场域中的位置的不同，导致相应的美学性情被催生出来——当然这些美学性情也反过来影响其文化资本的数量和性质，以及场域位置的定向，它们引导着批评家进行一定立场的选择和表达，并使他们期然不期然地围绕着批评的实践特别是文学的"合法"定义——无疑每一次批评实践都隐含着对文学的定义或重新定义的可能性——分出楚河汉界。换言之，这种批评家群体之所以可以分出不同的阵营，是因为他们共享文学批评场域中位置结构上的对应关系，拥有相近的美学气味。由于文学毕竟属于幻想的、自由的、虚构的和创造性的国度，寻求陌生化的内驱力导致它必须在"日日新，又日新"的创新焦虑下不断升级，与此同时它也不得不为自己寻求适合自己的发言人，也就是能够不断突破文学固有疆域的鉴赏先锋，因而从美学原则上来说，文学性批评家应该占据批评场域更有利的位置，而学院派批评家应该占据较次要的位置。但尽管前者常常奚落后者缺乏艺术感受力和艺术创见，嘲讽他们不冒任何风险地为已经获得经典化地位的文学家，也常常是已经死去的或老朽的文学家树碑立传，而从文学批评的最终决定因素上来说，后者却可能笑到最后。文学性批评家可能发现艺术珍品，但是也可能在一时的感性冲动之下不着边际，而学院派批评家的理性态度和由于熟识文学史所养成的把握文艺整体的大局观使他们不再孤立地看待文艺作品，他们会将新发现的文艺作品加以重新甄别挑选，并将其组织到一定的文学谱系中去，最终完成归类或者排座次的任务，尽管任何一个文学谱系都是不稳定的，但是任何一个文学谱系毕竟都是学院派批评家建构的，而且他们还利用自己的特定身份、教育体制、教材和对学生的灌输，对自己的文学主张进行再生产。很明显，我们今天对文学的认知主要来自学理趣味的学院派批评家写的教科书，而不是当时甚至现在名噪一时的美学趣味的文学性批评家。

大众批评的主体，并不全是蒂博代所说的"有教养的公众"，还包括过去茶余饭后喜欢闲言碎语的大众，过去这些闲言碎语就如泡沫般地消失了。如今，网络媒介赋予了它实体。闲言碎语的批评之所以值得重视，因为它的力量来自两个方面：其一，数量的空前巨大。以网络为例，网民的集体意志通过海量点击率或成千上万的跟帖，构成极为重要的符号冲击波，它本身就构成影响力的直观体现。网络这一介质，使得原本鸡毛蒜皮的和草根性漂浮无依的话语存在获得了肉身的在场形式，而这些话语生生不息地漫天膨胀滋长，使自己成为一个个无法避开的民意符号。其二，也可能是更重要的，是与其所传递的信息有关。大众批评——这里面不包括栖身于网络的精英批评——可能包含什么样的另类信息呢？由于大众批评的载体不设门槛，它向所有社会成员开放，因此包含了几乎所有可能的情况，但我们似乎可以辨认出两种主要方面倾向，一是顺从统治意识形态的倾向，这也就是马克思所谓："统治阶级的思想在每一时代都是占统治地位的思想。这就是说，一个阶级是社会上占统治地位的物质力量，同时也是社会上占统治地位的精神力量。支配着物质生产资料的阶级，同时也支配着精神生产资料，因此，那些没有精神生产资料的人的思想，一般地是隶属于这个阶级的。"① 换言之，大量的媒体批评其实仍然沿袭着主流的价值观，尽管选择哪个时期的主流价值观或选取主流价值观的哪个侧重点可能千差万别（笔者把大众对通俗文化或传统伦理标准的推崇也归为此类）；另外也是构成媒体批评的另类性质的主要方面，是反抗统治意识形态的倾向。民众的声音毕竟不可能完全被统治者的逻辑招安收编，它有其植根于庶民的生活形式所培育起来的自身独特的文化趣味和审美期待，而这是主流话语的内在逻辑不可能满足的，因为支配性的美学标准并不是为他们而设的，因而它必然会溢出主流话语的帝国边界。尽管它未必蓄意与主流话语为敌，但由于上述异质性，在它与精英批评之间，不可能不潜伏着诸种对抗性的紧张关系。在这方面，某些不能见容于任何社会最低限度道德规范或文化标准的话语暴力（例如直接的脏话和咒骂）只不过提供了一种极端的形式，这种容易被诟病的形式往往掩盖了其内在的合理诉求。当然要显得其诉求是合理的，另类的媒体批评在传达某种具有颠覆性质的不祥信息时，不得不采取为人们所能容忍的话语方式。可以想象，其传达的形式未必具备统一的风格，它可能是粗俗的、即兴的，可能是反讽

---

① 《马克思恩格斯选集》第 1 卷，人民出版社 1995 年版，第 98 页。

的、戏谑的，也可能是自娱的、搞笑的，业余批评家们往往玩的是那种因地制宜的文化游击战。他们并没有一个体系构造之类的理论需要或观念负担，在主流意识形态中，这些文化实践的方式被指称为恶搞、无厘头（大话）文化、低级趣味，并强加以负值的评判。从这种意义上来说，胡戈的《一个馒头的悲剧》其实乃是一种最为另类的大众批评，因为他借助于挪用《无极》的影像资源曝光了《无极》的意义圈套，这一圈套的实质在于，通过某种伪浪漫主义和伪先锋派的符号杂烩建构出一种想象的读者主体位置，并通过这一虚设的位置向我们施加一种文化霸权：要么我们以将自己假想成文化贵族的方式接受这一位置，结果必然是虚与委蛇地附庸风雅；要么就自甘末流而自怨自艾，叹息自己无福消受这等高级文化盛宴。在两种情况下我们都遭到了合法欺骗，并由此向我们指明，电影精英所穿的貌似豪华的艺术衣冠无非是皇帝的新衣。由此，我们似乎可以指出，胡戈们的胡搞具有象征意义上的正当性。

第二节　媒介场中文学批评对象的新变

超文本网络文学至少在以下几方面对既有文学理论和传统批评原则带来了颠覆性的挑战。

第一，非线性文本结构。传统文学文本（包括某些网络文学）呈现出一种线性结构，并以字、词、句、段、篇章、标题的形式固定下来，而且每一页都编了页码，其情节通常完整连贯，一气呵成。超文本文学超越了个别文本的局限，将众多文本通过关键词的链接互联为一个树状的网络系统。在这个系统中不同的路径纵横交错，读者可自由选择路径进入文本。超文本文学将传统文学静态的封闭的线性结构，转化为富有弹性的开放的网状非线性结构。非线性的书写系统代替传统的线性叙事，情节的原因和结果不再是严密的对应关系，文本内部结构松散，语意断裂，但又呈现相互关联和贯通的特征。对于超文本网络文学的批评必须由传统文学批评的逻辑学范式向现象学范式转变，充分凸显超文本网络文学的多元性、不确定性和未完成性。

第二，消弭了阅读（包括批评）与写作的界限。传统文学中的作者和读者（包括批评者）角色受到了挑战。在超文本文学中，读者成为集阅读（批评）与写作于一身的作—读者（Author-reader）。罗森伯格（Martin·E. Rosenberg）甚至将读者（reader）与作者（writer）两词斩头去尾后，合在一起生造了一个单词"wreader"表示这种特殊的角色。首先，读者（包括批评者）可以直接参与超文本文学的创作活动，有限度地决定文本的结构和发展方向。作者只是为超文本文学的路径选择提供了多种可能性，具体选择何种路径，这完全取决于读者。因此，超文本所强调的是迥异于传统的文本观，即不存在本体意义上的原作，一切文本都依读者的活动而转移。同一超文本文学，在不同的读者那里会呈现出不同的结构和面貌。而且，读者还随时可以通过增添新文本（包括情节、人物以及自己的感想、对于文本的评论、相关的参考资料等等）来创造新的路径，使之成为整个文本的一部分。再有，超文本文学真正实现了读者与作者的互动交流。传统文学读者和作者在时间和空间上相互分离，无法实现互动交流，超文本文学却可以通过网络实现一对一、一对多或者多对多等多种形式的作者与读者、读者与读者之间的共时交流。另外，作者还可以通过文本的点击率、读者在该文本所停留的时间等统计资料和读者对于其作品的评论，更全面地了解读者的反馈信息，更有效地实现与读者的互动交流。

第三，超媒体。超文本网络文学真正实现了不同艺术门类、传播媒体之间的跨媒体互文性。超文本文学打破了传统文学的体裁分类以及文学与非文学的界限，它将文学与图像、音乐、动画等进行链接，从而形成了诸种艺术门类的众声喧哗，产生了既是文学又不是文学的艺术形式。超文本文学的互文性不仅表现为文字文本与文字文本的互文，还表现为图文互文、视听互文。所谓"图"不仅包括二维的图像、图表，而且包括三维的视频和动画。超文本文学以视为主，但完全可以加入各种听觉成分。各种媒体的交叉互文使超文本文学营造出一个由三维图像构成的、具有高度沉浸感的虚拟现实（virtual eality）。超文本文学的超媒体特性要求对其批评不能再局限于纯粹的文学批评，必须打通不同艺术门类间的壁垒，将文学批评与绘画、音乐、广播、影视、动画，甚至广告、时尚等艺术批评和大众文化研究有机地联系起来。

此外，超文本网络文学还对一些雄霸文学理论和文学批评几千年的重要命题和概念造成了巨大的冲击。超文本文学不再以再现真实的现实世界、表现作者的思想感情为指归。它更注重文本本身——纵横交错的网络系统、不断延伸的非线性结构，竭力凸显能指，淡化甚至消解所指。超文本文学不再专注于文学之外的目的，它不是传达预先设计好的作者意图的媒介，它本身即是意图：内容和媒介、目的和手段合而为一了。传统文学理论和批评中的表现、再现、艺术真实、生活真实、文类、主题等概念在超文本网络文学批评中已发生变异，有的甚至完全失去效力。在此，我们仅举一例。传统文学中，语言文字仅仅是一种符号，通过它，作者与读者得以沟通，文学活动得以维系。无论是把语言文字看成工具，还是本体，一般来说都不会像书法艺术那样，语言符号本身成为描写和表现的对象，直接参与文本意义的生成。在超文本网络文学中，语言文字不仅仅是描写和表现的手段，而且它本身也成为描写和表现的对象。例如"亿唐"文学网站女性频道主编黑可可创作的超文本小说《晃动的生活》欣赏者用鼠标点击后，在深灰色的背景上，配置了水一样流动的线条，犹如沧海变迁、生活绵延，一段叙事兼抒情的文字缓缓浮出海面：大马是我的须眉知己；大二在同学的生日晚会上认识了他；那一夜大马是引人注目的……这些文字以白色的字体出现在幽暗的底色上，怀旧的箫乐声如泣如诉地响起。读完一段文字后，又会出现新的文字和动感画面，类似于电影，但主角是文字。

第三节 媒介场中文学批评场域的生成

中国当代文学批评的实际情况是，美学趣味批评20世纪80年代后对外表现为对政治、经济、伦理等外部压力的拒绝，对内表现为对文学批评自身法则的遵守，这种真理之光的幻象，在20世纪80年代还曾经光彩照人，但是在当代社会语境的条件下，已经显得黯淡无光。20世纪90年代以来，建立小康社会的总体目标成为主流意识形态的一个核心要素，政治话语获得了被普遍接受的经济表达式。市场逻辑的君临天下，使得不可以转换为交换价值的任何存在不得不面临边缘化的命运。文学的终结不再是一个空洞的预言，在纯文学期刊的销量已经溃不成军这一事实中，它已经成为确凿无疑的现实。这里出现的最直接的结果就是依附于作协、以纯文学为自己安身立命根据的美学趣味批评家立即面临巧妇难为无米之炊的窘境,他们以前那种发现最新的文学作品中所包含的前所未有的美学要素的喜悦,被当代作家纷纷臣服于影视巨大物质诱惑这一事实所带来的苦涩替代。他们或者改行从事与市场关系更密切的社会文化批评乃至艺术批评,或者干脆选择沉默。所谓"批评家的缺席"原因固然很多,但是从正面说,中国当代先锋派的迅速颓败与文坛的长期雄风不举、萎靡不振,批评家们无法找到其论述的兴奋点,当是最为明显的原因之一;而从负面说,许多文学性批评家放弃自己批评伦理的最后底线,为了人情(这种人情有时候是亲朋故旧的托请,有时候直接表现为数额可观的人民币,有时候这两者兼而有之,有时候可能更等而下之)而放弃自己的批评良知,为毫无美学价值的某些文本进行炒作和叫卖,这使得其存在变成一种伤害批评尊严的负值的存在。

  置身于象牙塔的大学或学术研究机构的学院派批评家们,也并非生活在真空,在此总体语境中很难独善其身。即便这些批评家能够摆脱名利的强大吸引力,拒绝充当某些文本的廉价广告师,即便他们不去通过编书、评奖、写书评、出席新书发布会等方式直接或间接地与相关作家获得符号利润乃至经济利润的双赢,但是他们自身不得不接受大学体制本身强加的规训。这些规训表面上与交换价值无关,但实际上不可能不渗透着资本的意志。一方面,撇开大学受到外部强制性影响因素(例如大学主管部门尤其是教育部的有关规定,或者与高校共建的某些行政部门甚至一些经济体的利益诉求),即便从大学本身的学术考核指标上来看,也总是渗透着某种经济学成本核算的思维方式。大学的科研管理通常表现为量化的形式。由于文章的学术水平很难得到准确衡量,我们对学术论文的质量(使用价值)的考虑就不得不让步于对其数量(交换价值)的重视。另一方面,学校要求教授在各类名目的核心杂志上刊登文章,但是这些杂志本身就受制于所谓影响因子,而影响因子的一项重要参数是被引用率。文章固然可能因为其真知灼见而得到广泛征引,但更普遍的现象可能是它的公共性或普泛性议题能够激起水平参差不齐的人的集体性反响。换句话说,一篇文章如果能够做到足够的另类出位,能够构建一种新的学术潮流,能够让各类不同层次的学人置喙插嘴，就很容易被转载，容易产生一种学术时尚。其中的内在逻辑，与报纸之追求畅销、电视之追求收视率、网络之追求点击率以及商品之追求市场占有率，并没有任何根本的差异。在学术上能够预流是好事情，但当没有新材料、新问题的学术焦点或热点大行其时的时候，参与无谓的学术论争不过是为学术的虚假繁荣吹泡沫、为生产学术垃圾乐此不疲，从本质上来讲，与其说是学术预流，不如说是受制于资本的逻辑的学术随大流。

那些大众批评的行动者，他们本来就是一批并无确定文学主张的、无法按任何主流观念加以准确定义的"乌合之众"。从原则上来说，他们既可能自在地，也就是依据自己所感受到的生活形式加以概念化的原则来进行批评，但也可能被商品意识形态操控。实际上，大众批评家们很难扮演我们所期望的他者角色。这首先是因为，正如大众媒介社会或全球化社会的命名所暗示的那样，在共享均质的同一的资讯的今天，我们很难设想存在着完全不受其影响的文化飞地，很难设想在一个社会空间（例如共同认同某种亚文化的群体或某一社会阶层）中，存在着比较系统、独立和自足的文化论述。当一根天线连接到某个闭塞的乡村的时候，这个乡村长期保留的传统和歌谣，会无可挽回地被现代文明的福音侵蚀殆尽，以至于所谓"原生态"文化状态本身也被形塑成具有广告效应的符号商标。大众媒介可能会在一个虚拟的同步空间中为具有相同或相似旨趣的人的聚合提供技术支持，从而建构或促成某些群体的"再部落化"，但是即便如此，在当代中国的语境条件下，这些共同体往往不过是临时的集聚体，这些共同体成员并不拥有也并无兴趣构建表征自身的文化系统。在这样的情形下，这些大众批评者们常常将自己依托在某位名人身上，作为他或她的"粉丝（团）"即追随者来曲折地表达自己的文化意志，显然，这不仅仅使得其文化批评缺乏一定的深度，而且由于他们多半借他人之酒杯，浇自己胸中之块垒，就不能不受他人的决定性影响。而这里的他人，无论是"超女"这样的娱乐界新贵，或者是胡戈这种似乎原本不求闻达的草根英雄，都很难避免主流意识形态对他们的形塑压力，这样，借助于他人来表征自身的粉丝们就无法成为具有真正批判性的他者。就此立场上来看，以阿多诺为代表的法兰克福学派对文化工业的批判，其意义在中国仍然没有过时。

我们其实已经在这里初步勾勒出媒介场域中文学批评域空间生成，这种文学批评状况的全景呈现出一种奇妙的梯形关系：处在上端的是占据支配性位置的精英批评场域，在此场域中，作为左上角的美学批评通过其批评实践不断生产或发明新的文艺标准，作为右上角的占据统治位置的学理派批评，则通过具有合法体制力量性质的话语实践，对这些标准予以最后的核准或背书；处在底层的则是大众批评，它主要通过媒介发出的声音来申诉广大庶民的言说权利和自己被压抑的文化欲求，其中的草根英雄则随时有可能鸟枪换炮，加入精英批评家俱乐部，使自己被接纳为精英批评的新的结构要素。这不是一个金字塔形的稳定结构，很多时候，在不同层次上处于被支配位置的美学趣味批评和大众批评常常由于在批评场域上，具有结构的从属性，美学趣味批评相对于学理派批评在专业批评内部处在被支配位置，而大众批评相对于精英批评在整个批评场域中则处于被支配位置。在媒介场域中，处于批评域的不同位置的美学趣味的批评和大众批评会有短暂的结盟。一部分美学趣味批评家会借助网络与某些大众批评主体基于共同的符号利益针对学理派批评家进行斗争。精英主体借助广播、电视，运用其批评观念、美学趣味，品评大众关注的文学、影视作品、文化现象，这种状况更多出现在电视诞生之后。当前最活跃的"跨介"现象是，精英主体和大众主体在机械印刷媒介和网络媒介之间的转换。一方面，不受传统文化权力太多制约的网络媒体，在民间资本的支持下，有可能作为有利的技术条件，帮助精英文学批评的他者来建构自己的话语平台。这种平台显然在一定程度上滑离了主流意识形态的宰制：因为它可能受制于民间资本，从而改变长期以来公共空间必然为意识形态主管者把守的局面；同时，网络介质的时间上所见即所得的即时性，空间上无远弗届的广泛性，使得对它的宰制不得不采取一个滞后的形式。这样民间话语就可以在话语霸权的缝隙中获得一个相对自由的生长发育时机，而这是需要我们小心呵护涵养的。其颠覆倾向应该是推动文学批评不断升级更新的决定性要素。这种斗争从根本性质上来看，意味着文学批评肌体的新陈代谢，通过斗争，各个文学批评家们可以驰骋想象，激活自己的创造才能，各派文学批评的群体可以使出浑身解数，显示自己的存在，这就使得文学批评场域始终处在自我更新的生长演化过程之中。

总结

媒介场域中文学的未来趋向

媒介场域中的主体是公众，在具体的历史文化语境中公众的需求是多种多样的。由于场域中各种媒介传播的偏向性，对于公众需求的满足也具有差异性，因此各种媒介在公众需求的满足方面具有互补性。

对于当代文学的现实来说，所谓文学的边缘化，不是因为文学创作主体突然失去了艺术追求和才情，不是文学欣赏者丧失了对艺术的希冀和兴趣，更不是社会没有为文艺创作提供肥沃的土壤，主要是文学的生态变迁改变了原有的历史坐标，调整了可供言说的现实环境。在媒介场域中文学自有其生存之道，一方面创作主体可以通过文学性的坚守满足某些公众或公众的某个阶段的需求，另一方面文学性可以向其他媒介扩张，对于文学创作来说，文学的构思方式、文本结构形式、语言构造方式、表现手法等可以被其他媒介移用，把原本属于文学文本的"阅读"概念，扩展到阅读一切符号（包括图像）。"阅读"的扩展可以说具有双重意义：一方面，"阅读"向一切文本、一切可被阅读的符号开放，可借此表明对文化研究的宽容与接纳；而另一方面，则是将语言文本"阅读"的方法理念与价值观引入对其他一切文本的读解，导向对一切符号中的现代性意义价值的追寻，即便是图像接受，也应当是真正的"读图"，而不只是"看图"。这也许是文学和文学研究的一种突围与自救之途。

文学的通变之道，通则不乏，变则可久。文学随时演进，面貌不断更新，同时在不同时代、不同体制的文学中能凸显共同特性。对于文学创作主体来说要能在"通"中求"变"，"变"而不失其"通"。对于置身于媒介场域的严肃的作家更是如此。真正严肃的作家不能放弃文学的责任,以形象化的一维连系着我们的感性经验世界,同时也以理性化的一维导向对现实的分离与超越,导向美好想象的世界,构筑起人类的精神家园。作家仍然属于那些"幻想文学能够带来新境界新观点的人"。他们通过语言媒介"搜寻不灭的真理与存在的本质。用他自己的方式,他企图解开世界之谜,企图寻求受难的解答,企图在残忍与非正义的深渊中展现爱情"[①]。

虽然在媒介场域中的这代人不但对上帝已失去信心(尼采),而且对人类本身(萨特),对他身处的制度(卡夫卡)以及那些最接近的人也失去信心。但真正的艺术家应该振奋读者的精神,给读者欢愉与超脱。当代严肃的作家必须深深关心这一代的问题。艾萨斯·巴什维斯·辛格笔下的吉姆佩尔相信每一个人,却被认为是傻瓜,一辈子被捉弄,被欺骗。吉姆佩尔靠信仰支撑着:"我像机器人一样相信每一个人。首先,什么事情都可能发生,像《先智书》上写的那样,书上写着:当一辈子傻瓜也比做一小时恶人强。"但吉姆佩尔在无尽的愚弄中也曾有过恶魔般的念头,他是一个烤面包师,想借此便利,把尿撒在面粉里烤给全镇人吃,最终他死去了的曾经每一个毛孔都浸润着欺骗的妻子在另一个世界用切身体验拯救了他:"你这个傻瓜!因为我是虚伪的,难道一切都是虚伪的吗?我骗来骗去,结果还是骗了自己。我正在为这一切忍受煎熬。吉姆佩尔。在这里他们什么都不饶恕。"吉姆佩尔放弃了这个罪恶的念头,也放弃了家业,开始了他的漫游。虽然在漫游中他验证了他的信念:"我到处漫游,善良的人们没有怠慢我。过了许多年,我老了,头发白了,我听到不少事情,许多是谎言、假话,但是我活得越久,我越懂得,的确无所谓谎言。实际没有的事,晚上梦里会有;今天没有的事,明天会有;明年没有的事,百年之后会有。"但吉姆佩尔还是向往另一个世界:"不管那里是什么地方,都会是真实的,没有纷扰,没有嘲笑,没有欺诈。赞美上帝:在那里,即使是吉姆佩尔,也不会受骗。"尽管吉姆佩尔对这一生的受骗经历释然了,也作出令人信服

---

① 王国荣主编:《诺贝尔文学奖获奖作品精华集成》,文汇出版社1997年版,第1207页。

的解释，但受捉弄、受欺骗毕竟是痛苦的，因此他坦然而又欣悦地等待着那个世界的召唤。尽管辛格是矛盾和痛苦的，他无法改变这样的事实，听上帝话的人，在现实世界生活得并不好，但他没有放弃给这个世界寻求拯救之道的责任，没有放弃给人类寻找精神家园的责任。

附　　　录

问卷调查：关于小学生课外阅读的问卷

学校_____　　　　　　　　年级_____

一、选择题

1. 你平时喜欢阅读吗？
   A. 很喜欢　　　　　B. 一般　　　　　C. 不喜欢
2. 你一星期会用多少时间阅读课外书籍，包括文字类书籍和图画书等？
   A. 多于 8 小时　　　B. 5—8 小时　　　C. 少于 5 小时
3. 你比较喜欢读文字类书籍还是图画书？
   A. 文字类书籍　　　B. 图画书　　　　C. 一样喜欢
4. 你比较喜欢看图画书还是电视和电影？
   A. 图画书　　　　　B. 电视和电影　　　C. 一样喜欢
5. 你一星期花多少时间读文字类书籍？
   A. 多于 3 小时　　　B. 2—3 小时　　　C. 1 小时左右
6. 你一星期花多少时间看图画书？
   A. 多于 3 小时　　　B. 2—3 小时　　　C. 1 小时左右
7. 你一星期花多少时间看电视或电影？
   A. 多于 2 小时　　　B. 1—2 小时　　　C. 少于 1 小时
8. 你一星期花多少时间听音乐？
   A. 多于 1 小时　　　B. 30 分钟—1 小时　　　C. 少于 30 分钟

二、问答题

1. 星期六、星期天你一般是如何安排的？

2. 能写出几本你平时喜欢看的课外书吗？

参考文献

一 中文文献

(一) 中文著作类

[1] 北京大学哲学系外国哲学史教研室编译：《西方哲学原著选读》，商务印书馆1981、1982年版。

[2] 陈嘉映编：《存在与时间读本》，生活·读书·新知三联书店1999年版。

[3] 郭绍虞主编：《中国历代文论选》（四卷本），上海古籍出版社1979年版。

[4] 黄鸣奋：《超文本诗学》，厦门大学出版社2002年版。

[5] 金惠敏：《媒介的后果》，人民出版社2005年版。

[6] 刘恒：《乱弹集》，春风文艺出版社2003年版。

[7] 柳鸣九主编：《从现代主义到后现代主义》，中国社会科学出版社1994年版。

[8] 《鲁迅全集》，人民文学出版社1981年版。

[9] 罗钢、刘象愚主编：《文化研究读本》，中国社会科学出版社2000年版。

[10] 全增嘏：《西方哲学史》上册，上海人民出版社1983年版。

[11] 榕树下图书工作室选编：《99中国年度最佳网络文学》，漓江出版社2000年版。

[12] 孙绍先：《文学艺术与媒介关系研究》，中国社会科学出版社2006年版。

[13] 陶东风：《当代中国的文化研究及其与文学研究的关系》，《文艺

理论前沿》第 2 辑，北京大学出版社 2005 年版。
[14] 王逢振等编：《最新西方文论选》，漓江出版社 1991 年版。
[15] 王国荣主编：《诺贝尔文学奖获奖作品精华集成》，文汇出版社 1997 年版。
[16] 王昆仑：《红楼人物论》，生活·读书·新知三联书店 1983 年版。
[17] 王一川：《文学理论》，四川人民出版社 2003 年版。
[18] 王岳川：《媒介哲学》，河南大学出版社 2005 年版。
[19] 伍蠡甫主编：《西方文论选》，上海译文出版社 1979 年版。
[20] 于沛选编：《文学社会学：罗·埃斯卡皮论文选》，浙江人民出版社 1987 年版。
[21] 张邦卫：《媒介诗学——传播视野下的文学与文学理论》，社会科学文献出版社 2006 年版。
[22] 蒋广学、赵宪章主编：《20 世纪文史哲名著精义》，江苏文艺出版社 1992 年版。
[23] 赵毅衡：《文学符号学》，中国文联出版公司 1990 年版。
[24] 周宪：《世纪之交的文化景观》，上海远东出版社 1998 年版。
[25] 朱光潜：《西方美学史》，人民文学出版社 1964 年版。
[26] 朱立元主编：《当代西方文艺理论》，华东师范大学出版社 2001 年版。
[27] 宗白华：《美学散步》，上海人民出版社 1981 年版。

（二）外文译著类

[1]《别林斯基选集》卷 1，上海文艺出版社 1963 年版。
[2] [斯洛文尼亚] 阿莱斯·艾尔雅维茨：《图像时代》，胡菊兰、张云鹏译，吉林人民出版社 2003 年版。
[3] [美] M. H. 艾布拉姆斯：《镜与灯：浪漫主义文论及批评传统》，郦稚牛等译，北京大学出版社 2004 年版。
[4] [古希腊] 柏拉图：《文艺对话集》，朱光潜译，人民文学出版社 1963 年版。
[5] [法] 鲍德里亚：《生产之镜》，仰海峰译，中央编译出版社 2005 年版。
[6] [法] 让·博德里亚尔：《完美的罪行》，王为民译，商务印书馆

2000年版。

[7]［法］尚·布希亚：《物体系》，上海人民出版社2001年版。

[8]［法］贝尔斯·斯蒂格勒：《技术与时间：爱比米修斯的过失》，裴程译，译林出版社2000年版。

[9]［德］W. 本雅明：《机械复制时代的艺术作品》，王才勇译，浙江摄影出版社1993年版。

[10]［法］皮埃尔·布迪厄：《艺术的法则：文学场的生成和结构》，刘晖译，中央编译出版社2001年版。

[11]［美］丹尼尔·贝尔：《资本主义文化矛盾》，赵一凡等译，生活·读书·新知三联书店1992年版。

[12]［法］吉尔·德勒兹：《哲学与权力的谈判》，刘汉全译，商务印书馆2000年版。

[13]［法］雅克·德里达：《论文字学》，汪堂家译，上海译文出版社1999年版。

[14]［法］蒂费纳·萨莫瓦约：《互文性研究》，邵炜译，天津人民出版社2003年出版。

[15]［法］米·杜夫海纳：《审美经验现象学》，韩树站译，文化艺术出版社1992年版。

[16]［英］迈克·费瑟斯通：《消费文化与后现代主义》，刘精明译，译林出版社2000年版。

[17]［德］施莱格尔：《雅典娜神殿断片集》，李伯杰译，生活·读书·新知三联书店1996年版。

[18]［德］伽达默尔：《美的现实性》，张志扬等译，生活·读书·新知三联书店1991年版。

[19]［德］汉斯·格奥尔格·伽达默尔：《真理与方法》，洪汉鼎译，上海译文出版社1992年版。

[20]［英］E. H. 贡布里希：《艺术与错觉》，林夕等译，浙江摄影出版社1987年版。

[21]［德］哈贝马斯：《公共领域的结构转型》，曹卫东等译，学林出版社1999年版。

[22]［加拿大］哈罗德·伊尼斯：《帝国与传播》，何道宽译，中国人

民大学出版社 2004 年版。
- [23]［德］黑格尔：《美学》，朱光潜译，商务印书馆 1979—1981 年版。
- [24]［德］胡塞尔：《欧洲科学的危机与超越论的现象学》，王炳文译，商务印书馆 2001 年版。
- [25]［德］马克斯·霍克海默等：《启蒙辩证法》，洪佩郁等译，重庆出版社 1990 年版。
- [26]［德］康德：《判断力批判》上，朱光潜译，商务印书馆 1964 年版。
- [27]［德］莱辛：《拉奥孔》，人民文学出版社 1979 年版。
- [28]［法］罗兰·巴特：《神话——大众文化诠释》，许蔷蔷等译，上海人民出版社 1999 年版。
- [29]［法］罗兰·巴特，《S/Z》，屠友祥译，上海人民出版社 2000 年版。
- [30]［法］罗兰·巴特：《符号帝国》，孙乃修译，商务印书馆 1994 年版。
- [31]［美］赫伯特·马尔库塞：《单面人》，左晓斯译，湖南人民出版社 1988 年版。
- [32]［美］马克·波斯特：《第二媒介时代》，范静哗译，南京大学出版社 2000 年版。
- [33]［美］马克·波斯特：《信息方式：后结构主义与社会语境》，范静哗译，商务印书馆 2000 年版。
- [34]《马克思恩格斯全集》，人民出版社 1995 年版。
- [35]［加拿大］马歇尔·麦克卢汉：《人的延伸——媒介通论》，何道宽译，四川人民出版社 1992 年版。
- [36]［捷克］米兰·昆德拉：《小说的艺术》，董强译，上海译文出版社 2004 年版。
- [37]［法］米歇尔·福柯：《规训与惩罚》，刘北成等译，生活·读书·新知三联书店 1999 年版。
- [38]［法］米歇尔·福柯：《知识考古学》，谢强、马月译，生活·读书·新知三联书店 1998 年版。

[39]［日］内山精也:《传媒与真相》,朱刚等译,上海古籍出版社2005年版。

[40]［法］皮埃尔·布尔迪厄、［美］华康德:《实践与反思——反思社会学导引》,李猛等译,中央编译出版社1998年版。

[41]［瑞士］荣格:《心理学与文学》,冯川等译,生活·读书·新知三联书店1987年版。

[42]［英］史蒂文·康纳:《后现代主义文化——当代理论导引》,严忠志译,商务印书馆2004年版。

[43]［荷兰］E.舒尔曼:《科技文明与人类未来》,李小兵等译,东方出版社1995年版。

[44]［美］威尔伯·施拉姆、威廉·波特:《传播学概论》,陈亮等译,新华出版社1984年版。

[45]［美］韦勒克、沃伦:《文学理论》,刘象愚等译,江苏教育出版社2005年版。

[46]［奥地利］维特根斯坦:《哲学研究》,李步楼译,商务印书馆1996年版。

[47]［美］希利斯·米勒:《文学死了吗?》,秦立彦译,广西师范大学出版社2007年版。

[48]［德］席勒:《美育书简》,中国文联出版公司1984年版。

[49]［古希腊］亚里士多德:《诗学》,罗念生译,人民文学出版社1962年版。

[50]［德］伊瑟尔:《走向文学人类学》,载［美］拉尔夫·科恩主编《文学理论的未来》,程锡麟等译,中国社会科学出版社1993年版。

(三) 中文报刊类

[1] 金惠敏:《趋零距离与文学的当前危机——"第二媒介时代"的文学和文学研究》,《文学评论》2004年第2期。

[2] 王一川:《泛媒介互动与文学转变》,《天津社会科学》2007年第1期。

[3] 赖大仁:《文学研究:终结还是再生?——米勒文学研究"终结论"解读》,《学习与探索》2005年第3期。

［4］ 王元骧:《文艺理论中的"文化主义"与"审美主义"》,《文艺研究》2005年第4期。

［5］ 苏宏斌:《文化研究的兴起与文学理论的未来》,《文艺研究》2005年第9期。

［6］ 金元浦:《重构一种陈述——关于当下文艺学的学科检讨》,《文艺研究》2005年第7期。

［7］ 彭亚非:《图像社会与文学的未来》,《文学评论》2003年第5期。

［8］［美］J. 希利斯·米勒:《全球化时代文学研究还会继续存在吗?》,国荣译,《文学评论》2001年第1期。

［9］ 童庆炳:《全球化时代的文学和文学批评会消失吗——与米勒先生对话》,《社会科学辑刊》2002年第1期。

［10］ 童庆炳:《文学独特审美场域与文学入口——与文学终结论者对话》,《文艺争鸣》2005年第3期。

［11］ 李衍柱:《文学理论:面对信息时代的幽灵——兼与J. 希利斯·米勒先生商榷》,《文学评论》2002年第1期。

［12］ 余虹:《文学的终结与文学性蔓延——兼谈后现代文学研究的任务》,《文艺研究》2002年第6期。

［13］ 童庆炳:《"日常生活审美化"与文艺学》,《中华读书报》2005年1月26日。

［14］ 支宇:《类象》,《外国文学》2005年第5期。

［15］［法］G. 德勒兹:《欲望与快感》,于奇智译,《世界哲学》2005年第1期。

［16］［英］阿列克斯·考林尼柯斯:《商品拜物教之镜——让·鲍德里亚和晚期资本主义化》,王昶译,《当代电影》1999年第2期。

二 外文文献

［1］ Habermas, "Modernity Versus Postmodernity", in Alexander, J. E. (ed.), *Culture and Society-Contemporary Debates*, Cambridge: Cambridge University Press, 1990.

［2］ Jean Francois Lyotard, *The Postmodern Condition: A Report on Knowledge*, Trans by Geoff Bennington and Brian Massumi, University of

Minnesota Press, 1989.

[3] George P. Landlow, *Hypertext 2.0: The Convergence of Contemporary Critical Theory and Technology*, Baltimore (Md.): Johns Hopkins University Press, 1997.

[4] John Simpson and Edmund Weiner, *Oxford English Dictionary Addetional Series* (Vlolume 2), Clarendon Press, 1993.

[5] Thmos Burger, *The Structural Transfamation of Public Sphere*, Cambridge: Plolity Press; Cambridge, MA: MT Press, 1989.

[6] W. J. T. Michell, *Iconology: Image, Text, Ideology*, Chicago: The University of Chicago Press, 1986.

[7] Wolfgang Iser, *Fiction and Imagine—Charting Literary Anthropology*, Baltimore: The Johns Hopkins University Press, 1993.

后　　记

本书脱胎于我的博士论文。从博士论文撰写到书稿完成，整整十年时间，我的写作与育儿几乎是同步的。

一　博士论文撰写期

论文的写作是一件寂寞的事，可我并不寂寞，在论文撰写的每一时刻我的宝宝都不离不弃地陪伴着我。动笔之初，宝宝的不期而至，曾令我烦恼不已，可生命的萌动让我很快有了人生从未体验过的喜悦。这是昆德拉所比喻的情感的"第一滴眼泪"，看到草地上奔跑的孩子，感动油然而生，没有理由，不可分析。

孕育生命和撰写文章都不是一帆风顺的事，更何况是二者的邂逅。其间我经历了复杂的心路历程，可谓欣悦和痛苦齐聚、浮躁共沉静同行。生命的诞育是神秘的、不可知的，宝宝一天天的成长既令我喜悦，又充满担心，我看不见、摸不着他（她），谁知我殚精竭虑的写作会不会伤害他（她）呢？论文的写作也同样存在很多未知因素，不知什么时候就写不下去了，突然会对自己产生怀疑，觉得已做的一切都是无用功。双重的焦灼曾让我连续失眠，晚上昭昭，白天昏昏。宝宝快要诞生时，我的论文也杀青了，是家人、师友的关爱、帮助让我度过了这段艰难而又充满挑战的日子。

感谢我的老师王臻中教授，无论是为人还是为学都值得我敬仰。他的宽厚缓解了我的烦躁，他的学养丰厚着我的底蕴，他的严谨推动着我在学业上求善求精。三年来，在老师的言传身教之下，我获益匪浅，生活和学业上老师都给予了亦师亦父亦友般的教导、关怀和帮助。

感谢我的家人全心全意的支持。他们尽最大的可能给我提供了安宁无忧的环境,柴米油盐酱醋茶一切的生活琐事都不需要我去烦心,让我过着不食人间烟火般的生活。我的生活只有两件事:与宝宝交流,和文学对话。生活简单而丰赡。

感谢所有关爱我的老师、同事、朋友,一人独对电脑的几百个日子是枯燥的,但从不缺乏他们的嘘寒问暖,从不缺少他们不间断的帮助,时时感觉到被浓浓的爱包裹着。

朋友问我有没有进行胎教,我说宝宝已经受到了最特别的胎教:爱和智的濡染。在希腊人看来这是哲学的教育。

二 书稿完成期

在撰写博士论文的时候,生活是宁谧的小夜曲,这个时期则是多声部的交响乐。在博士论文完稿不久,儿子出生了。他带着无限的生命能量进入了我的生活,从嗷嗷待哺、牙牙学语到敢与我公开叫板,我感受到了浸透身心的欢乐、潜滋慢长的焦虑、饱胀欲裂的忍耐,我的生命体验从未如此丰富过。

书稿的写作就在陪伴儿子和完成教学的每一个见缝插针的日子里进行着。这段日子里我真正体会到了西绪福斯的痛苦。因为时间被分割成了碎片,文章写得断断续续,常常电脑刚开机,儿子已驾到,常常这边文思才起、那边心思已转,常常一段文字写几天、一篇资料看几遍。

孩子的成长让我坚定了一个信念,过程比结果更重要,很多时候,我们并不知道结果是什么,却每天在接近结果,是一个"日新,日日新,又日新"的过程。儿子出生后不久,我就给他记成长日记。在他十岁生日的时候,我翻看了这些日记,惊讶地发现,但凡那些可称之为值得写的、有意义的事,都是以月和年计算,才会发生的,比如说,会翻身是出生后三个月,会爬是出生后七个月,会走已经是一年后。在这漫长的一年中,我怎么天天有事记的呢?因为我每天把点点滴滴输入他的成长,他则毫无保留地回馈给我、展示给我,我读出了他丝丝缕缕的变化。生命的热度、强度和深度都在这一过程中。同样,对于书稿的写作,我也当作我生命体验的一部分,是过程,而不是一味追求结果,这样少了焦虑,多了从容,少了一蹴而就,多了坚持不懈。

细碎的生活不仅添了你额头的皱纹,还会消磨你的意志,因此我坚持不让每一天留白。书稿的写作，真正开始在两年前，江苏省哲学与社会科学后期资助基金项目立项之后。无论是立项前还是立项后，"文学与媒介的关系"问题就一直没有离开过我的视野。像写孩子的成长日记一样，每天都需要在研究笔记上增加一点东西，哪怕几本参考书、几段摘录、几句悟得。进入写作阶段后，再累再忙，我都要求自己每天必须写，哪怕是百来字。

我的书是"聚沙""集腋"而成，整个过程中洋洋洒洒、一气呵成的状态不多，但这本书的研究对象已经潜移默化入我的生活。书稿完成了，但对研究对象的关注依然成了一种习惯，从这个意义上说，我的书永远在途中。

2017 年 4 月